DIE ZWÖLF LEBEN DER CLARE

EINE REISE DURCH MÖGLICHE LEBEN

MARIE-HELENE LEBEAULT

EPIGRAPH

»Zeit und Raum sind Illusionen. Alles existiert zur gleichen Zeit. Wir sehen nur das, worauf unsere Schwingung eingestellt ist.

Wenn wir unsere Vorstellungen ändern, ändern wir unsere Schwingungen und beginnen, eine andere Welt zu sehen – im wahrsten Sinne des Wortes. Denn wir haben unser Bewusstsein, unseren Fokus auf eine andere Version der Erde verlagert, die gleichzeitig mit der Version existiert, auf der wir uns noch einen Moment zuvor befanden.

Und wir erleben eine Entwicklung durch verschiedene Versionen der Erde.«

Bashar, gechannelt von Daryl Anka

KAPITEL EINS

Ich würde gerne behaupten, dass ich es sofort bemerkt habe, dass ich irgendwie die Fremdartigkeit in der Luft gespürt habe. Die Wahrheit war jedoch, dass ich gerade eine weniger als wünschenswerte Note in meinem letzten Mathetest bekommen hatte und ich mir die Enttäuschung aus dem System laufen wollte. Der ein Kilometer lange Spaziergang zum Wald hatte meine Enttäuschung abgemildert, und ich konnte die Selbstvorwürfe auf kleiner Flamme halten. Als ich den Wald betrat, verschwand die Welt. Nichts Magisches daran; es war einfach die Natur. Sie erdete mich sofort, der Boden zog meine Sorgen heraus wie frischen Dünger.

Ich liebte es, durch diesen Wald zu laufen. Früher gab es mehr davon, aber unsere Stadt hatte sich in den letzten Jahren wie verrückt entwickelt. So wie es jetzt stand, erstreckte sich das kleine Fleckchen Himmel über ungefähr vierundachtzigtausend Quadratmeter.

Meistens würde ich den Wald umrunden, die verschiedenen Wege etwa dreißig Minuten lang ablaufen und dann nach Hause gehen. Aber wenn ich mehr Zeit hatte oder eine längere Pause brauchte, durchquerte ich den Steinbruch und folgte dem Pfad, der zum See führte.

Dorthin war ich an diesem schicksalhaften Tag unterwegs. Um den

Steinbruch herum gibt es einen Stacheldrahtzaun, sodass der angehende Eindringling wissen müsste, wo man überqueren kann. Im Laufe der Jahre begannen die Leute, Hinweise zu hinterlassen. Etwas abseits des Weges war ein rotes Band an einen Baum gebunden. Wenn der Weg schlammig wurde, legten barmherzige Samariter Steine oder umgestürzte Baumstämme hin, um den Weg zu erleichtern.

Es blendete mich immer ein wenig, wenn ich aus dem Wald herauskam und die Lichtung betrat. Sobald sich meine Augen an das Licht gewöhnt hatten, sah ich den See jenseits des Blumenfeldes. Moment, das stimmt nicht. Zwischen mir und dem See sollte eine Lichtung voller Unkraut, eine Straße und ein Parkplatz sein. Ich blinzelte und dachte, ich hätte mich in meinen eigenen Vorstellungen verloren. Aber da war es wieder – eine Weite perfekt gepflegter Rasenflächen und Beete mit Blumen und Sträuchern.

Getrieben von Neugier machte ich ein paar Schritte und spürte eine ungewohnte Festigkeit unter meinen Füßen. Ein Steinpfad war in das taubedeckte Gras eingelassen. Als ich den Pfad entlangging, blickte ich auf und wandte mich vom See in Richtung dessen, was der Steinbruch hätte sein sollen, und blieb wie angewurzelt stehen. Zu meinem völligen Erstaunen sah ich anstelle einer Grube voller Felsen ein Schloss. Vielleicht war es auch nur eine Villa; ich kannte ehrlich gesagt den Unterschied nicht. Es war riesig.

Trotz meiner schlechten Mathenote war ich eigentlich ziemlich gut in Mathe. Ich erinnerte mich, gelesen zu haben, dass das Steinbruchgelände etwa zehn Hektar groß war. Der Besitzer wollte vor ein paar Jahren dort Genossenschaftswohnungen bauen, aber daraus wurde nichts. Mein Haus stand auf einem knapp einem Hektar großen Grundstück. Dieses Haus oder was auch immer das Gebäude genannt wurde, musste mindestens fünfmal so groß sein wie unser Grundstück.

Es schien etwa vier Stockwerke hoch zu sein. Die riesige Steinstruktur war entweder quadratisch oder rechteckig; von meinem Standpunkt aus war es schwer zu erkennen. Ich begann, darauf zuzugehen. Jede Ecke hatte einen kreisförmigen Turm. *Die Aussicht auf den See muss von dort aus fantastisch sein*, dachte ich. Auf beiden Seiten der Kutschentore befand sich eine steinerne Treppe, die zu einer ummauerten Terrasse zu führen schien.

Ich folgte dem Steinpfad zu einem größeren Weg aus Kies oder zerstoßenem Stein. Dieser sah aus wie eine Straße oder eine Auffahrt. Ein Weg führte zum Schloss hinauf, ein Weg führte zum See und ein weiterer zu einer Gruppe kleinerer Gebäude links vom Schloss. Ich war hin- und hergerissen. Wo sollte ich zuerst nachsehen?

Mir wurde klar, dass ich entweder träumte oder irgendwie in die Vergangenheit transportiert worden war. Ich hätte wirklich die Zeit nehmen sollen, etwas über die Geschichte unserer Stadt zu lernen, als wir vor zehn Jahren hierher zogen. Zu meiner Verteidigung: Ich war damals sechs Jahre alt, und das wurde in der Schule nie behandelt.

Wenn ich träumte, wäre es egal, wohin ich ging. Ich könnte in aller Ruhe erkunden, und nichts könnte schiefgehen. Wenn ich in die Vergangenheit geschleudert worden wäre, betrat ich wahrscheinlich unbefugtes Gelände, und das könnte schlecht ausgehen. Ich hatte genug Zeitreise- und historische Liebesromane gelesen, um zu wissen, dass ich mich anpassen müsste, und zwar schnell.

Ich schaute an mir herunter und sah, dass ich immer noch meine Jeans, T-Shirt und Sneakers trug. Wenn dies ein Traum wäre, könnte ich die Augen schließen und eine passendere Kleidung wählen. Aber welche? Aus welcher Zeit war das? In jedem Fall gab es keine Zeit in der fernen Vergangenheit, in der enganliegende Hosen und ein V-Ausschnitt-Oberteil angemessen waren. Ich sollte zumindest ein locker sitzendes Kleid wählen, das den Großteil meiner freiliegenden Haut bedeckte.

Ich schloss die Augen und versuchte, mir ein einfaches Kleid vorzustellen, das mich in jedem Jahrhundert respektabel aussehen lassen würde. Ich stellte mir ein blaues viktorianisches Kleid über einem Musselin-Hemd und Unterröcken vor. Ich drehte mich um mich selbst, um die Röcke flattern zu lassen, aber als ich die Augen öffnete, sah ich keine Veränderung meiner Kleidung. *Kein Traum.*

Sollte ich in den Wald zurückgehen? Vielleicht war ich versehentlich durch ein Portal gegangen oder hatte einen Schleier durchquert. Ich ging meine Schritte zurück, fühlte mich aber nicht anders, als ich wieder den

Wald betrat. Ich beobachtete aufmerksam und sah keinen Unterschied. Der beste Weg, es herauszufinden, wäre, nach Hause zu gehen.

Nach etwa zehn Minuten beschlich mich ein Unbehagen. Ich hätte inzwischen den Anfang der neuen Straße erreicht haben müssen, aber ich war immer noch im Wald. Ich ging weiter. Der Pfad, oder eher ein ausgetretener Streifen Waldboden, setzte sich vor mir fort. Ich folgte ihm zur Straße. Es war schwer, mich zu orientieren, aber ich war mir sicher, dass dies die Autobahn 104 in Richtung Knowlton und Sutton sein sollte. Stattdessen war es eine breite Sandstraße, ohne Autos in Sicht. In beiden Richtungen gab es nichts als Wald auf beiden Seiten der Straße. Dies war ein Cowansville der Vergangenheit. Eines, in dem mein Zuhause nicht existierte.

Wenn man verloren war, sollte man zum nächsten Geschäft gehen, um nach dem Weg zu fragen. Falls das nicht möglich war, zum nächsten Haus. Das war das Schloss. Sicherlich führte diese Straße zum Schloss, da es die einzige war, der ich bisher begegnet war. Ich begann zu laufen.

Nach etwa zwanzig Minuten erreichte ich einen Fahrweg. Ich kniff die Augen zusammen, konnte das Schloss an dessen Ende sehen und machte mich auf den Weg dorthin. Ich würde zumindest an der Vordertür ankommen. Als es näher kam, war ich wieder von seiner Größe beeindruckt. Von vorne gesehen war es majestätisch. Der Fahrweg führte um einen kreisförmigen Buchsbaumgarten herum, obwohl ein schmaler Pfad hindurchführte.

Einmal im Garten angekommen, erkannte ich, dass er viel größer war, als ich geschätzt hatte. Mein Kopf ragte kaum über die gepflegten Sträucher hinaus, die den Garten begrenzten. Das war beruhigend. Ich fühlte mich nicht ganz so exponiert wie während ich mich dem Schloss genähert hatte, obwohl meine Anwesenheit, soweit ich sehen konnte, noch nicht entdeckt worden war.

Ich verharrte am Rand des Gartens. Sobald ich den Fahrweg über-quert hätte, müsste ich die Treppe hinaufgehen und an die Tür klop-fen. Ich hatte das Gefühl, dass es keine Türklingel geben würde.

Ich spürte, wie sich die Haare in meinem Nacken aufstellten. Es war dieses unheimliche Gefühl, das man bekommt, wenn jemand dich beobachtet. Instinktiv schaute ich nach oben und sah eine Bewegung in einem der oberen Fenster. Wie ein Geist verschwand die Person hinter einem Schwung der Vorhänge.

Jemand war zu Hause. Mit erhobenem Kinn ging ich zur Tür und ergriff den alten Messingtürklopfer. Ich hob ihn an und klopfte dreimal kräftig. Ich strengte mich an zu hören, konnte aber keinen Ton von innen vernehmen. Ich verschränkte meine Hände hinter dem Rücken, damit sie nicht zitterten, überprüfte meine Haltung und klebte ein höfliches Lächeln auf mein Gesicht.

Der Butler öffnete schwungvoll die Tür, musterte mich von oben bis unten und verbeugte sich, während er zur Seite trat, um mich eintreten zu lassen.

»Guten Morgen«, sagte ich nervös.

Der Mann, der meinen Gruß nicht beachtete, streckte seinen Arm aus und bedeutete mir, ihm in die Halle voranzugehen. Nachdem er die Tür geschlossen hatte, zeigte er auf eine große gepolsterte Bank. Ich setzte mich. Er verbeugte sich und ging.

Obwohl das Äußere des Schlosses regelrecht mittelalterlich aussah, hatte das Innere mehr Schliff. Wo ich eine Wand aus Stein erwartet hatte, fand ich die Halle vollständig mit einem dunklen, gut polierten Holz verkleidet. Es juckte mich in den Fingern aufzustehen und mich umzusehen, aber ich blieb sitzen. Ich war unbefugt hier und unangemessen gekleidet; es wäre nicht gut, auch noch beim Herumschnüffeln erwischt zu werden.

Von meinem Sitzplatz aus folgten meine Augen einer der Treppen zur Galerie im ersten Stock. Dort oben hingen Porträts, aber ich konnte die Gesichter nicht deutlich erkennen. Ich sah einen Zipfel eines blauen Rocks, der hinter einer der Säulen hervorlugte. Ich wollte gerade meinen kleinen Geist rufen, als ich hörte, wie sich jemand von rechts näherte.

»Sie sind genau pünktlich«, sagte die elegante Dame, während sie über den Boden glitt, die Arme ausgestreckt, als wolle sie mich umarmen.

Instinktiv stand ich auf, als sie sich mir näherte. Ich öffnete meinen Mund, aber alles, was herauskam, war: »Ich... Ich...«

»Gütiger Himmel, *was* tragen Sie denn da, Clare?«, fragte sie.

»Woher kennen Sie meinen Namen?«, fragte ich, als ich endlich meine Stimme wiederfand.

Ihr Lächeln verblasste ein wenig, und sie musterte mich, während sie ihre Lippen schürzte. »Ich verstehe«, antwortete sie. Sie drehte sich auf ihren Absätzen um, ging zurück den Weg, den sie gekommen war, und rief: »Kommen Sie mit, Clare.«

Woher kennt *sie meinen Namen?*, fragte ich mich. Sie dachte offensichtlich, dass sie mich kannte. Vielleicht hatten wir uns getroffen, aber ich hatte es vergessen. Ich tastete meinen Kopf nach einer Beule ab und fand keine. Das war wirklich höchst eigenartig.

Die Dame war bis ans Ende der Halle geschritten, bevor sie bemerkte, dass ich ihr nicht gefolgt war. »Stehen Sie nicht einfach da; kommen Sie und treffen Sie die anderen«, winkte sie.

KAPITEL ZWEI

Die Dame führte mich in einen leuchtend gelben Salon. Es waren bereits etwa ein Dutzend Mädchen im Raum. Einige lasen, andere spielten Karten.

Eine spielte Klavier, eine andere Geige, während eine weitere sang. Ich kannte das Lied nicht, aber sie waren gut. Ein Mädchen malte eine Landschaft am Fenster und eine andere kritzelte wie wild in einem Notizbuch. Eine Unruhige lief hin und her und überprüfte die Zeit auf ihrer Sportuhr. Inmitten des Chaos meditierte ein Mädchen, und das letzte Mädchen stickte und summte fröhlich zum Lied.

Obwohl sie alle ungefähr in meinem Alter zu sein schienen, trug kein Mädchen den gleichen Kleidungsstil. Als ich jede von ihnen der Reihe nach betrachtete, fragte ich mich, ob ich auf einem Fernsehset gelandet war. Es sah aus, als würden sie gleich einen Mädchen-Power-Werbespot drehen oder so etwas.

Jedes Mädchen schien eine stereotype Aktivität mit der entsprechenden Kleidung zu repräsentieren. Ich hatte keine Ahnung, was mein Jeans-und-T-Shirt-Look über mich aussagte. Das war wahrscheinlich der Grund, warum die Dame danach gefragt hatte. Sprach ich für eine Rolle vor, von der ich nichts wusste? Das unruhige

Mädchen trug einen futuristischen Catsuit direkt aus einem Science-Fiction-Film.

»Alle zusammen, das ist Clare«, sagte die Dame und legte eine Hand auf meine Schulter. »Sie ist eine-« Sie hielt inne und schaute mich an, versuchte meine Herkunft einzuschätzen.

»Schülerin?«, schlug ich vor und biss mir auf die Lippe.

»Nein, Liebes, was ist deine Fertigkeit?«, erwiderte sie.

Meine Fertigkeit? dachte ich gequält. Ich hatte keine Fertigkeiten. Das war ja das Problem. Ich war ein durchschnittliches Mädchen, das ein durchschnittliches Leben führte. Daher auch das generische Outfit.

Nachdem sie mit dem, was sie taten, aufgehört hatten, um der Dame zuzuhören, kamen die Mädchen näher und riefen ihre Fertigkeiten aus, als wäre es nicht schon offensichtlich. Das unruhige Mädchen sagte, sie sei Turnerin. Diese Mädchen hatten ihr Leben im Griff. Ich hingegen hatte keine Ahnung, wohin ich steuerte.

Bevor ich mich stoppen konnte, platzte ich heraus: »Sorgen machen.« Sofort schlug ich mir eine Hand vor den Mund.

Ich wollte gerade nach ihren Namen fragen. Sicherlich würde ich sie nicht nach ihren Fertigkeiten ansprechen. Dann kam Sängerin auf mich zu, die Hand ausgestreckt.

»So schön, dich kennenzulernen!«, sagte sie. Als ich ihre Hand schüttelte und zu ihr aufsah, jetzt aus der Nähe, erstarb die automatische Begrüßung, die ich gerade aussprechen wollte, auf meinen Lippen.

Ich starrte sie verwirrt an. Sie war ich. Ich war sie. Ich starrte verdutzt auf unsere identischen Hände, die ineinander lagen, und dann zurück zu der Dame, die mich hierher gebracht hatte. Gütiger Gott, sie war *ich* auch! Eine ältere Version von mir. Ich ließ Sängerins Hand los und sah wild auf die Gesichter jedes einzelnen Mädchens. Sie waren *alle* ich! Die meisten trugen einen verständnisvollen Blick. Die Schriftstellerin beobachtete, bereit auf meine Reaktion anzuspringen, um sie für die Nachwelt in ihrem Notizbuch festzuhalten. Die kartenspielenden Clares kicherten.

»Clare, vielleicht solltest du dich setzen«, sagte die ältere Version von mir und führte mich zum Sofa. Handarbeit bot mir eine Tasse Tee an, die ich nahm, aber nicht sofort trank. Das Klaviermädchen kam mit einem Glas einer bernsteinfarbenen Flüssigkeit herüber, die Alkohol sein musste. Ich runzelte die Stirn und schüttelte den Kopf. Sie zuckte mit den Schultern und kippte es hinunter, während sie zum Klavier zurückkehrte und zu spielen begann. Geige gesellte sich zu ihr, und die meisten anderen kehrten zu ihren vorherigen Beschäftigungen zurück.

Ich blieb mit der älteren Version von mir und Sängerin zurück. Handarbeit setzte sich und nahm ihr leises Summen wieder auf.

»Sei versichert, wir alle hatten dieselbe Reaktion«, sagte Sängerin freundlich.

Als die Worte meine Lippen verließen, wusste ich, dass dies die dümmste aller Fragen war, aber ich wusste einfach nicht, was ich sonst sagen sollte. »Träume ich?«, fragte ich und nahm einen Schluck Tee, um meine Hände zu beschäftigen, die zu zittern begannen.

Die ältere Version von mir – sie war wirklich ziemlich schön, so eitel das auch klingen mag – antwortete als Erste.

»Ja und nein«, sagte sie rätselhaft. Sie stand dann auf. Sie faltete ihre Hände und nahm einen tiefen Atemzug. Ich erkannte die Pose sofort; ein Vortrag.

Meine Mutter machte das ständig. Sie nannte es ›Lehrmomente‹. Mitten in einem normalen Gespräch oder sogar während eines Films hielt sie inne und verwandelte sich in die dozierende Mutter. Nicht die Art von Vortrag, bei dem sie mich ausschimpfte, sondern die Art, die man in einer Universitätsvorlesung finden würde. Sie teilte ein bisschen Wissen oder eine Erfahrung, die mein Leben auf tiefgreifende Weise verändern sollte.

Ich liebte meine Mutter; sie war wirklich eine erstaunliche Frau. Aber wenn sie in den Vortragsmodus wechselte, zuckte ich zusammen. Nicht weil ihre Vorträge irrelevant oder uninteressant waren – oft waren sie faszinierend und unterhaltsam. Sondern weil sie von einem Ort zu kommen schienen, der davon ausging, dass ich die Informationen brauchte. Gott segne ihr Herz, wie die meisten Eltern erkannte sie nicht, dass sich die Zeiten geändert hatten und sich schnell weiterentwickelten. Ihre Weisheit, obwohl vernünftig, würde wahrscheinlich nie zur Anwendung kommen.

Ich stellte die Teetasse auf den Couchtisch und nahm die Position des eifrigen Zuhörers ein. Ernster Gesichtsausdruck, gerader Rücken, Hände im Schoß gefaltet.

»Dies«, begann sie und streckte die Hände zu beiden Seiten aus, um den Raum zu umfassen, »ist Clarity Castle. Es liegt außerhalb von Zeit und Raum. Für dich scheint es in der Nähe deines Zuhauses zu sein, aber wahrscheinlich an einem ungewöhnlichen Ort.«

Ich nickte. »In meiner Realität gibt es einen alten Steinbruch, wo das Schloss steht. Und der ganze Raum am See ist ein Naturpark der Gemeinde«, erklärte ich.

»Richtig. Das Schloss ist für uns alle gleich, aber sein Standort kann für einige von uns unterschiedlich sein. Man könnte sagen, es ist unsere Heimatbasis oder unser Hauptquartier«, sagte sie.

»Hauptquartier wofür?«, fragte ich. War ich Teil eines geheimen Ordens von Klonen?

»Ich weiß nicht, ob du das weißt, aber der Name Clare leitet sich vom lateinischen Wort *clarus* ab, was hell, klar oder berühmt bedeutet. Deshalb heißt das Schloss Clarity. Jede von uns sucht auf die eine oder andere Weise nach Klarheit. Und hier finden wir sie.«

Sie ließ das einen Moment lang sacken. *Suche ich nach Klarheit?*, fragte ich mich selbst. Nach einem Moment des Nachdenkens musste ich zugeben, dass sie die Wahrheit sprach. Ich hasste es, wenn Leute nicht klar kommunizierten. Ich zog es vor, mit jemandem zu tun zu haben, der einfach unverblümt unhöflich war, als mit Halbwahrheiten und Doppeldeutigkeiten. Ich muss genickt haben, denn die ältere Version von mir fuhr fort.

»Das Schloss ist unser wahres Zuhause. Es ist, wo wir beginnen. Wohin wir zurückkehren, um uns auszuruhen, zu heilen, zu wachsen, zu lernen und zu erkunden. Wenn wir in die Welt hinausgehen, vergessen wir es oft und kehren nur zurück, wenn wir schlafen, durch das, was wie Träume erscheint. Schließlich werden wir uns dessen bewusst und können jederzeit zurückkehren. Das nennen wir das Erwachen.«

Ich runzelte die Stirn, mir jetzt bewusst, dass dies nicht klar war und dass es nervig war. Und ich war genervt, dass ich genervt war. Ich seufzte und schüttelte es ab.

»Na gut. Bin ich wach oder schlafe ich?«, fragte ich, in der Hoffnung auf eine umfassendere Antwort.

»Du bist wach, aber du bist noch nicht Erwacht. Du läufst derzeit in den Wäldern in der Nähe deines Hauses, in einem Zustand entspannter Betrachtung, der nicht deine volle Anwesenheit erfordert. Ein Teil von dir ist hierher gekommen«, antwortete sie.

»Willst du damit sagen, dass ich wie ein Zombie herumlaufe, während mein Geist hier ist?«, fragte ich entsetzt, dass ich meinen Körper unbeaufsichtigt gelassen haben könnte. Was, wenn ich die Straße überquere und von einem Auto angefahren werde?

Sängerin rutschte auf dem Sofa näher und legte beruhigend eine Hand auf meinen Arm. »Nein, Clare. Es ist nicht dein Geist, der deinen Körper verlassen hat. Es ist dein Bewusstsein«, sagte sie besänftigend.

Mein Bewusstsein? Mann, ernsthaft? Wie kann ich ohne mein Bewusstsein herumlaufen? »Willst du damit sagen, dass ich eine außerkörperliche Erfahrung am helllichten Tag habe?«, fragte ich, mein Tonfall stieg ein wenig.

Die ältere Version von mir straffte die Schultern und lächelte. »Nicht ganz. Ich werde nicht in der Lage sein, dir heute alles zu deiner Zufriedenheit zu erklären. Deshalb bist du hier, um zu lernen, oder ich sollte sagen, dich zu *erinnern*. Beginnen wir mit dem Konzept einer Seele. Wie würdest du das definieren?«, fragte sie.

»Ich denke, es ist dieser immaterielle Teil von uns. Wenn wir sterben, folgt er uns zu unserem nächsten Körper«, sagte ich zögernd. Ich war nicht die spirituellste Person. Ironischerweise war dies ein regelmäßiges Thema in den Vorträgen meiner Mutter gewesen. Danke für die Info, Mama.

»Das ist ein guter Ausgangspunkt. Ich möchte jedoch ein paar Elemente zu deinem Verständnis hinzufügen. Mit jedem neuen Körper kommt ein neues Leben, eine neue Persönlichkeit und neue Ziele.

Nach deiner Definition endet das eine Leben, wenn ein neues beginnt. In Wahrheit endet kein Leben jemals.

»Für jede neue Inkarnation wird ein neues Bewusstsein geboren. Bewusstsein ist ein neuer Ausdruck derselben Seele. Wenn die Seele ein Keks wäre, wäre jedes Bewusstsein eine andere Geschmacksrichtung des Kekses. Aber es ist immer noch ein Keks, verstehst du?«, fragte sie. Ich nickte.

»Nur weil du einen Keks gegessen hast, bedeutet das nicht, dass er nicht mehr existiert. Auf der einen Seite befindet sich die Materie, aus der der Keks bestand, nun in deinem Magen und wird verdaut. Sie wurde verwandelt. Auf der anderen Seite ist die Erinnerung an den Keks intakt. Der vergangene Keks ist real. Und schließlich, bevor du den Keks gesehen und gegessen hast, wusstest du, dass er existierte. Dieser zukünftige Keks ist auch real«, fuhr sie fort.

»Du sprichst vom Zeitkontinuum, wie alle Dinge gleichzeitig existieren. Vergangenheit, Gegenwart und Zukunft«, sagte ich.

»Ja!«, rief Sängerin.

»Deshalb muss mit jeder neuen Inkarnation ein neues Bewusstsein erschaffen werden, weil das alte noch in Gebrauch ist«, wagte ich zu sagen, jetzt ganz aufgeregt.

»Richtig«, sagte die ältere Version von mir. »Und die Seele ist sich jeder Inkarnation immer bewusst, weil sie ein Teil davon ist.«

»Warte, sagst du, dass das Schloss unsere Seele ist?«, fragte ich und stand abrupt auf. Jetzt hatte ich es!

»Nein, das Schloss ist unser Bewusstsein«, stellte Sängerin fest, kaum lauter als ein Flüstern.

Ich setzte mich wieder. »Aber wer sind dann all diese Leute?«, fragte ich und gestikulierte in Richtung des Raumes allgemein.

»Wir sind alle mögliche Versionen desselben Bewusstseins«, sagte die ältere Version von mir.

Meine Augen schlossen sich, und ein Kopfschmerz setzte sich zwischen meine Augen. »Mögliche Versionen?«, fragte ich.

»Parallele Versionen wäre genauer. Kennst du die Viele-Welten-Interpretation der Quantenmechanik?«, fragte die ältere Version von mir.

Mein Kopf drehte sich herum, als mir die Erkenntnis dämmerte. Alles, worüber meine Mutter geschwafelt hatte, war wahr. Als sie mich ›What the Bleep Do We Know‹ ansehen ließ, hatte ich es für einen weiteren Science-Fiction-Film gehalten. Es war alt, und die visuellen Effekte waren mangelhaft. Aber die Botschaft war klar gewesen: Es gibt unbegrenzte Versionen von jedem.

»Du sprichst vom Multiversum. Willst du damit sagen, dass jeder in diesem Raum ein Ableger derselben Person ist? Mich eingeschlossen?«, fragte ich.

»Ja, das sind wir«, warf Handarbeit ein, die ich völlig vergessen hatte, dass sie ein paar Meter entfernt in einem Sessel saß. Tatsächlich hatte ich die Gruppe von ›Ichs‹ im Raum völlig ausgeblendet. Ihre kollektiven Geräusche schienen nun ohrenbetäubend, als ich mich umdrehte, um andere Versionen von mir anzuschauen.

Natürlich, das waren sie. Sie konnten nicht geklont sein, und Klone wären identisch gewesen. Jedes Ich war ein bisschen anders. Klar, die Grundstruktur war da: blondes Haar, grüne Augen, etwa eins sechsundsiebzig, gleiches Gesicht. Aber das Haar variierte in Länge, Farbton und Stil. Keine zwei hatten die gleiche Figur. Einige waren schlank, einige rundlich. Einige waren eindeutig muskulös. Auch die Haltung unterschied sich von einer zur anderen.

»Impliziert das Konzept eines Multiversums nicht unbegrenzte Versionen einer Person? Ich sehe hier etwa ein Dutzend. Und dich natürlich«, sagte ich zur älteren Version von mir. »Wie soll ich dich nennen?«, fragte ich verspätet.

»Du kannst mich Lehrerin nennen. Du hast Recht. Allerdings glauben wir, dass es überwältigend wäre, alle auf einmal zu treffen. Außerdem können wir nicht alle gleichzeitig hier sein. Nein, die Personen im Raum sind eine Auswahl von Clares, fünfzehn Jahre alt, die in dieser Nachbarschaft leben.«

»Wo sind die anderen?«, fragte ich neugierig.

»Der Einfachheit halber haben wir jeden Raum einer gleichaltrigen Gruppe von Clares gewidmet, die sich im Prozess des Erwachens befinden. Zum Beispiel findest du im grünen Salon die Zwölfjährigen. Die Zwanzigjährigen sind im ersten Stock, die Dreißigjährigen im zweiten und die Vierzigjährigen im dritten«, erklärte sie.

»Was ist mit älteren Clares?«, fragte ich.

»Niemand ist je nach seinem fünfzigsten Geburtstag erwacht. Ältere Clares sind normalerweise Lehrerinnen, Führerinnen oder Managerinnen. Obwohl ich hinzufügen muss, dass es keine Altersgrenze für Lehrerinnen und Führerinnen gibt. Du könntest eine fünfjährige Führerin oder eine zwanzigjährige Lehrerin sein«, antwortete sie.

»Wie alt bist du? Wo ist dein Raum?«, fragte ich fasziniert.

»Ich bin achtunddreißig. Unser Raum ist rosa«, antwortete sie.

Ich hielt diese Information für zukünftige Referenz fest. »Wenn ich noch nicht erwacht bin, wie bin ich dann hierher gekommen, während ich noch wach bin?«, fragte ich.

»Das ist ungewöhnlich. Die Wahrheit ist, wir konnten nicht länger warten. Wir brauchen deine Hilfe«, sagte sie.

KAPITEL DREI

Ich saß auf einer der Bänke vor dem See und starrte auf die Seetaucher. Die Sonne in meinem Rücken wärmte mich, und ich muss eingenickt sein. Als ich auf meine Uhr schaute, sah ich, dass es fast fünf war. Ich hatte nicht vorgehabt, so lange weg zu bleiben. Ich schrieb meiner Mutter eine Nachricht, damit sie sich keine Sorgen machte, falls sie vor mir von der Arbeit nach Hause käme.

Meine Mutter war HR-Beraterin für Personaleinstellungen. Sie half Unternehmen, die besten Kandidaten einzustellen. Sie hatte ein Händchen dafür, Diamanten unter der Kohle zu finden. Sie nahm auch Privatkunden mit ungewöhnlichen Fähigkeiten an und platzierte sie dort, wo sie am besten glänzen würden.

Sie arbeitete meistens von zu Hause aus, außer wenn Arbeitgeber wollten, dass sie bei Vorstellungsgesprächen dabei war. Heute war sie, glaube ich, bei Vorstellungsgesprächen für einen Ingenieur in der großen Molkerei.

Sie mischte gerade einen Salat, als ich reinkam. »Hi, Schätzchen«, rief sie aus der Küche.

Ich zog meine Schuhe aus und tappte in die Küche, dann gab ich ihr eine dicke Umarmung.

»Das war aber ein langer Spaziergang. Ist etwas in der Schule passiert?«, fragte sie und verteilte den übrig gebliebenen Hackbraten auf zwei Teller. Als sie fertig war, steckte ich den ersten in die Mikrowelle.

»Ich habe eine Zweiundsiebzig in meinem Mathetest bekommen«, sagte ich und nahm Besteck aus der Schublade, um den Tisch zu decken.

»Ich weiß, dass du auf eine bessere Note gehofft hast, aber das ist keine schlechte Note«, erwiderte sie.

Die Mikrowelle piepte und ich tauschte die Teller aus. Mutter lud Salat auf den Teller und ich stellte ihn auf den Tisch.

»Mama, du weißt doch, dass ich einen Durchschnitt von fünfund-siebzig brauche, um nächstes Jahr in die fortgeschrittenen Mathe- und Naturwissenschaftsklassen zu kommen«, sagte ich und schlug mir mit den Händen auf die Oberschenkel.

Sie gab mir ihr Glas zum Auffüllen und ich holte auf dem Rückweg den zweiten Teller. Sie häufte einen Berg Salat darauf, und wir setzten uns an den Tisch.

»Das Schlüsselwort hier ist Durchschnitt. Du hattest einundachtzig und dreiundachtzig in den ersten beiden Zeugnissen. Du wirst im dritten gut abschneiden. Es ist nur ein Test, hör auf, dir Sorgen zu machen!«, beruhigte sie mich.

Leichter gesagt als getan. Da ich keine Ahnung hatte, was ich mit meinem Leben anfangen wollte, musste ich mir alle Optionen offen halten. Der beste Weg dafür war, nächstes Jahr alle fortgeschrittenen Kurse zu belegen, um später auf dem College jedes gewünschte Programm wählen zu können. Hoffentlich hätte ich bis dahin ein klareres Bild von meiner Zukunft.

Alle meine Freunde hatten ihre Karrierewege bereits gewählt. Mel wollte Schauspielerin werden, Julie Zahnärztin, und Sam steuerte auf die juristische Fakultät zu. Ich hatte große Hoffnungen in die Bewer-tungen gesetzt, die wir mit dem Berufsberater gemacht hatten, aber die Ergebnisse schränkten meine Möglichkeiten kaum ein. Ich würde grundsätzlich in allem erfolgreich sein, was ich täte.

Was natürlich genau das war, was meine Mutter mir schon mein halbes Leben lang erzählte. Ich bin ziemlich sicher, dass alle Eltern ihren Kindern so etwas sagen. Es hieß auch, ich würde am besten mit Menschen arbeiten – als ob ich einen dreistündigen Test bräuchte, um mir das zu sagen! Ich war nicht so der Computer-Typ, und obwohl ich meine Zeit allein genoss, war ich durch und durch ein soziales Wesen. Ich half gerne Menschen. Eine tolle Eigenschaft, aber keine Berufswahl.

Ich fragte Mama nach ihrem Tag, um das Thema zu wechseln, und sie fragte, ob ich viele Hausaufgaben hätte. Wenn nicht, schauten wir abends zusammen Filme. Heute Abend musste ich mich auf einen bevorstehenden Physiktest vorbereiten.

Wir spülten das Geschirr und ich ging in mein Zimmer zum Lernen. Mama nahm ihr Glas Wein mit auf die hintere Terrasse und machte es sich gemütlich, um ein Buch zu lesen. Mama liebte es zu lesen. Sie konnte drei Stunden lang am selben Fleck sitzen und sich nur bewegen, um die Seiten umzublättern oder einen Schluck von dem zu nehmen, was sie gerade trank. Kaffee, Tee oder Wein, je nach Tageszeit. Nie Wasser, obwohl sie den Rest des Tages nur das trank. Es war, als würde sie das Beste für ihre Lesezeit aufsparen. Wie ein Date. Ich wünschte, sie würde auf richtige Dates gehen.

Wir wischten durch die Bilder auf ihrer Dating-App. Obwohl wir viel Spaß dabei hatten, die Kandidaten sanft zu verspotten, fand sie nie jemanden, der ihr gefiel. Sie sagte, sie wüsste zu viel über die menschliche Natur, um auf schlaue Dating-Profile hereinzufallen. Und der äußere Schein könne trügen.

»Außerdem«, hatte sie mir einmal gesagt und ihr Lieblingsbuch an die Brust gedrückt, »warte ich auf meinen eigenen Jamie Fraser.« Ich hatte mit den Augen gerollt. Ich wusste nicht viel über Jamie Fraser, aber ich wusste, dass er viele Frauen und auch viele Männer zum Schwärmen brachte. Ich konnte ihr diese Begründung eigentlich nicht verübeln. Ich hatte in der Schule noch keinen Jungen gefunden, der mir gefiel. Vielleicht färbte Mamas Wählerischkeit auf mich ab. Das kam mir gelegen, da ich mich in absehbarer Zukunft auf die Schule konzentrieren musste und keine Zeit für Jungs hatte.

Mama kam gegen neun Uhr, um mir eine gute Nacht zu wünschen. Wir hatten jeweils unsere eigenen Abendroutinen. Meine bestand aus einer Dusche und dem Durchscrollen der Social-Media-Beiträge, die ich während der Schule oder beim Lernen verpasst hatte. Normalerweise war ich um zehn Uhr im Bett. Manchmal konnte ich mich in etwas vertiefen und bis elf Uhr aufbleiben, aber das würde den Zeitplan des nächsten Tages völlig durcheinander bringen, also widerstand ich der Versuchung so weit wie möglich.

Heute war es einfach. Ich war super müde und schlief ein, sobald mein Kopf das Kissen berührte, immer noch mit dem Handy in der Hand.

~

ICH WAR AUF DER LICHTUNG, aber ich konnte mich nicht erinnern, wie ich dorthin gekommen war. Als ich das Schloss sah, kamen mir die Ereignisse des Tages wieder in den Sinn. *Warum habe ich mich vorher nicht erinnert?*, fragte ich mich. Wahrscheinlich, weil ich noch nicht Erwacht war, wenn man Teacher glauben durfte.

Ich überprüfte mein Outfit und sah, dass es dasselbe war, das ich bereits früher am Tag getragen hatte. Ich überlegte, ob ich versuchen sollte, es zu ändern, verwarf den Gedanken aber wieder. Sie hatten mich darin gesehen, und so würden sie wissen, dass ich es war, die Sorgenmacherin.

Als ich auf die Rückseite des Schlosses zuging, erinnerte ich mich an das, was Teacher gesagt hatte, kurz bevor ich am See aufgewacht war: dass sie meine Hilfe brauchten. Ich hatte keine Ahnung, wie ich einem Haufen überambitionierter alternativer Versionen von mir nützlich sein könnte. Vielleicht brauchte eine von ihnen einen Babysitter. *Moment mal, haben meine anderen Ichs Geschwister? Einen Freund? Einen Vater?* fragte ich mich. Der letzte Gedanke hatte sich eingeschlichen, in der Hoffnung, ich würde es nicht bemerken. Ich schimpfte mit meinem Unterbewusstsein und konzentrierte mich darauf, einen Türklopfer an den Hintertüren zu finden.

Ich stand vor dem riesigen Eingang. Die massiven Eichentüren waren mit komplizierten Eisenmustern verstärkt und hatten keinen erkennbaren Griff. Aus einem Impuls heraus legte ich beide Hände auf eine der Türen und drückte. Ich wurde mit einer kleinen Bewegung belohnt. Ich drehte mich um und drückte mit meinem Hintern gegen die Tür, bis die Öffnung groß genug war, um hindurchzuschlüpfen.

Von außen hatte ich kein Lebenszeichen im Inneren gehört. Aber sobald ich drinnen war, wurde ich vom Chaos von etwa hundert Kindern, alles Mädchen, überwältigt, die im Hof spielten. Jemand rief »mach die Tür zu«, und ich schob sie schnell auf die gleiche Weise zurück, wie ich sie geöffnet hatte.

Ich lehnte mich gegen die Tür und starrte mit offenem Mund auf meine anderen Ichs. Der Innenhof war mindestens so groß wie ein Fußballfeld. Die Türen, durch die ich gerade gekommen war, waren wahrscheinlich die Kutschentüren, die ich früher gesehen hatte, da Kieswege den Umriss des Platzes säumten. Ältere Kinder gingen oder fuhren mit dem Fahrrad auf dem Weg. Einige waren älter, vielleicht Teachers oder Guides, und schoben Kinderwagen. Ein paar Gruppen spielten Seilspringen und andere solche Spiele.

Der mittlere Teil war in vier Abschnitte unterteilt. Die beiden, die mir am nächsten lagen, waren Gärten mit großen Rasenflächen, auf denen Kinder spielten. Hohe Bäume spendeten Schatten, und an einigen hingen Schaukeln. Rund um den Bereich gab es Bänke, auf denen wir sitzen und lesen oder den anderen Kindern beim Spielen zusehen konnten.

Die beiden Abschnitte, die dem Hauptbereich des Schlosses am nächsten lagen, hatten modernere Spielplatzeinrichtungen wie Schaukeln, Klettergerüste und Sandkästen. Sie hätten in einem Schlossinnenhof fehl am Platz wirken sollen, aber sie waren im mittelalterlichen Stil gehalten und fügten sich gut in den Rest des Raumes ein.

Es gab Türen, die zu den Flügeln auf beiden Seiten des Hofes führten, aber ich machte mich auf den Weg zu der im Hauptbereich. Neugierig, mich selbst in verschiedenen Altersgruppen zu sehen, folgte ich dem Weg durch die Gärten und den Spielplatz.

Man könnte meinen, dass der Anblick so vieler Kopien von einem selbst mit der Zeit langweilig würde oder dich gewöhnlich erscheinen lässt. Aber jedes Gesicht, das ich sah, war faszinierend. Sie waren ich, aber nicht ich. Mir wurde dann klar, dass sie nicht völlig identisch waren. Im Gegensatz zu den Mädchen, die ich bei meinem letzten Besuch hier getroffen hatte, hatten nicht alle Kinder blonde Haare, und auch nicht alle waren hellhäutig. Glücklicherweise schienen sie trotz ihrer Unterschiede in Persönlichkeit und Auftreten gut miteinander spielen zu können.

Ich hatte mir immer eine Schwester gewünscht, mit der ich spielen konnte, als ich jünger war, und der ich mich jetzt, da ich älter war, anvertrauen konnte. Diese Kinder hatten so viel Glück, all diese perfekt zu ihnen passenden Spielkameraden zu haben!

Ich hatte den Weg erreicht und drehte mich um, um einen letzten Blick auf meine anderen Ichs zu werfen und lächelte. Sie waren so wunderschön, und ich empfand so viel Liebe für jede einzelne von ihnen, dass mir die Tränen in die Augen stiegen. Ich erinnerte mich daran, dass ein Dutzend oder mehr »Schwestern« im gelben Zimmer auf mich warteten. Freude durchströmte meine Brust, und ich verspürte plötzlich den Drang, die Treppe hinaufzurennen und mich ins Schloss zu stürzen. Das würde Spaß machen.

KAPITEL VIER

Ich wachte auf und fühlte mich fröhlicher, als ich es eigentlich verdient hatte. Heute standen Französisch und Sport auf dem Plan, meine am wenigsten geliebten Fächer. Beide erforderten viel Teamarbeit, was völlig in Ordnung gewesen wäre, hätte ich Freunde in diesen Kursen gehabt. Ich war die einzige in meiner Gruppe, die Französisch als Erstsprache gewählt hatte, eine Entscheidung, die ich schon am ersten Tag bereute.

Da wir in einer französischsprachigen Provinz lebten, schien es sinnvoll, so fließend wie möglich zu sein, um nicht nur meine Karriereoptionen, sondern auch die Anzahl der Hochschulen zu erhöhen, an denen ich angenommen werden könnte. Allerdings wurde schnell klar, dass meine Mitschüler alle bereits zweisprachig waren und den Stoff mit sehr wenig Mühe gemeistert hatten. Ich hingegen war miserabel in Französisch.

Wie alle anderen hatte ich seit der ersten Klasse den obligatorischen Französisch-als-Zweitsprache-Unterricht besucht. Ich hatte auch recht gut abgeschnitten, weshalb meine Wahl genehmigt wurde. Dennoch war ich schlecht auf die Anforderungen von Französisch als Erstsprache vorbereitet, wozu das Lesen literarischer Romane – sowohl französischer als auch aus Québec –, das Schreiben von

Aufsätzen und das Debattieren auf dem gleichen Niveau wie im Englischunterricht gehörten. Meine begrenzten mündlichen Fähigkeiten machten mich bei jedem Teamprojekt zu einer Belastung und verstärkten, anstatt mir Vorbilder zur Nachahmung zu bieten, einfach meine Versagensängste.

Die Schrecken des Sportunterrichts waren das Ergebnis einer weiteren schlecht durchdachten Entscheidung. Jedes Semester konnten wir aus drei Aktivitäten wählen. Julie hatte Tennis gewählt, weil sie und ihre Familie einem Club angehörten und sie dachte, es wäre eine leichte Eins. Mel hatte sich für Leichtathletik entschieden, da sie ein geborenes Sporttalent ist. Sam war im Sportförderprogramm und verbringt die meisten Nachmittage im Schwimmbad. Ich hatte Yoga gewählt, weil es wie eine entspannende, individuelle Aktivität schien, bei der die Leistung weniger wichtig wäre als die Achtsamkeit. Das stand zumindest in der Broschüre.

Es stellte sich heraus, dass einige Yoga-Enthusiasten sich ausschließlich auf das Erscheinungsbild konzentrierten – es dreht sich alles um das Outfit – und die perfekte Form. Ich beherrschte weder die Outfits noch die Form und verließ den Unterricht immer mit einem schrecklichen Gefühl der Unzulänglichkeit.

Sich bei Mama darüber zu beschweren, war nie eine gute Idee. Sobald ich mein Missfallen über die Highschool-Erfahrung äußerte, ging sie in den Krieger-Mama-Modus über und bestand darauf, mit jemandem zu sprechen oder, Gott bewahre, *eine pointierte E-Mail* zu schreiben. An irgendjemanden. An jeden, der es wagte, ihr perfektes Kind weniger als geliebt, gestärkt und wertgeschätzt fühlen zu lassen.

Die ersten Male, als sie das tat, fühlte ich mich zunächst bestätigt. Dann begann ich mir Sorgen zu machen, dass die Lehrer deswegen gemein zu mir sein könnten. Es ist nie passiert, aber ich flehte sie an, damit aufzuhören.

Sie versprach, ihre tödliche Feder beiseite zu legen und einfach zuzuhören, wenn ich reden müsste. Was sie nicht konnte. Sie musste Ratschläge oder einen Fünf-Schritte-Aktionsplan liefern, um die Situation zu lösen. Manchmal waren ihre Vorschläge hilfreich, andere Male weniger.

Das muss so klingen, als ob sich ihr Leben nur um mich drehte. Das tat es nicht. Obwohl sie nicht oft ausging und seit Jahren nicht mehr gedatet hatte, genoss Mama ihre eigene Gesellschaft. Sehr sogar. Sie war immer unterwegs auf irgendeinem Solo-Abenteuer oder probierte neue Dinge aus. Sie hatte eine Furchtlosigkeit, die ich beneidete. Sie war so leidenschaftlich bei allem, auch bei mir.

Also auch wenn ich mich in der Schule nicht immer geliebt, gestärkt und wertgeschätzt fühlte, wusste ich, dass ich der Augapfel meiner Mutter war.

Ich scrollte durch die Social-Media-Beiträge des Vorabends. Meine Freunde hielten sich nicht an eine strenge Schlafenszeit um zehn Uhr. Sam schlug vor, dass wir heute draußen zu Mittag essen könnten und bestand darauf – nein, forderte –, dass wir ein Lunchpaket mitbrachten und uns an unserem üblichen Platz auf der hinteren Wiese trafen.

Das waren in der Tat großartige Neuigkeiten. Es würde nicht nur den Tag erträglicher machen, sondern es war auch schon eine Weile her, seit wir alle zusammen eine freie Mittagspause hatten. Sam war oft bei Wettkämpfen unterwegs, Mel hatte Theaterproben, und ich gab jüngeren Schülern Nachhilfe in Englisch. Wenn keiner von uns verfügbar war, aß Julie allein und ging dann in die Bibliothek. Sie las fast so viel wie meine Mutter.

Als ich aus meinem Zimmer kam, erwartete mich Mama mit der üblichen Umarmung. Ich ging ins Bad und gesellte mich dann zu ihr in die Küche. Da sie schon seit dem Morgengrauen wach war, konnte Mama ziemlich gesprächig werden, wenn sie mich aus meinem Zimmer kommen sah.

Ich musste sie einmal hinsetzen und ihr behutsam erklären, dass ich, wenn ich aufwache, nicht den Vorteil von zwei produktiven Stunden und drei Tassen Kaffee hatte. Alles, was ich hatte, waren liebevolle Erinnerungen an ein warmes Bett und vage Befürchtungen für den Tag, der vor mir lag.

Sie hatte verstanden. Jetzt verbrachten wir die ersten dreißig Minuten in Stille. Nachdem ich gegessen hatte, fragte ich, ob wir etwas hätten, das ich für ein kaltes Mittagessen einpacken könnte. Mama war eine gute Köchin, aber sie mochte es nicht, Geschirr zu spülen, also kochte sie riesige Portionen, wenn sie in Stimmung war. Ein Lunchpaket zu packen war normalerweise ein Kinderspiel. Ich griff einfach nach einem der Dutzenden Glasbehälter sowie kleineren Behältern, die sie mit Nüssen, selbstgemachten Keksen oder anderen Leckereien füllte, und füllte meine Wasserflasche. Fertig.

Ein kaltes Mittagessen einzupacken würde sich als etwas schwieriger erweisen. Oder so dachte ich zumindest. In wenigen Minuten hatte Mama ein bento-box-ähnliches Festmahl zusammengestellt, das jeden Ernährungsberater stolz gemacht hätte. Ich wurde an die erstaunlichen Lunchpakete erinnert, die sie mir früher für die Schule gepackt hatte. Lecker, nahrhaft und lustig. Ich dankte ihr überschwänglich dafür, dass sie mich so gut ernährte. Das tat ich regelmäßig, weil ich gesehen hatte, was andere Kinder in der Schule aßen, und sie offensichtlich sich selbst überlassen wurden.

Während ich mich anzog, fragte sie, ob ich eine Mitfahrgelegenheit zur Schule wollte. Sie fuhr in die Stadt für weitere Interviews. Ich sagte ihr, ich würde den Bus nehmen. Im Gegensatz zu den meisten Highschool-Schülern mochte ich es, mit dem Bus zu fahren. Es war nur eine fünfzehnminütige Fahrt und ich konnte meine Kopfhörer aufsetzen und ein Power-Nickerchen machen. Als ich schließlich in der Schule ankam, war ich bereit, mich der Welt zu stellen. Oder dem Französischunterricht.

HEUTE LIEß uns Monsieur Marcel *Barbe Bleue* lesen, ein französisches Volksmärchen von Charles Perrault. Es war die Geschichte von Blaubart, einem wohlhabenden Mann, der kurz nach seiner Heirat verreiste und seiner Frau die Schlüssel zu allen Türen seines Schlosses überließ, ihr aber verbot, eine davon zu öffnen. Sie nahm keine Rücksicht darauf und fand die Leichen seiner früheren Ehefrauen. Bei seiner Rückkehr bemerkte Blaubart einen blutigen Fleck auf einem der Schlüssel und drohte, ihr den Kopf abzuschlagen für ihren Ungehorsam. Gerade als Blaubart den letzten Schlag ausführen wollte, wurde die Frau durch das rechtzeitige Eintreffen ihrer Brüder gerettet.

Es ist keine schlechte Geschichte, nur mussten wir der Reihe nach laut vorlesen, etwas, das ich hasste. Dann diskutierten wir über die Moral der Geschichte, bevor wir uns in Teams aufteilten, um die zwölf Papierstreifen zu ordnen, die er in einen Umschlag gelegt hatte, um die Geschichte zu rekonstruieren. Dann mussten wir paarweise Listen der physischen und emotionalen Eigenschaften jeder Figur erstellen. Als Hausaufgabe sollten wir eine dreihundert Wörter umfassende Antwort auf folgende Aufgabe schreiben: Vergleiche und kontrastiere die Paardynamik mit der heutigen.

Nach einem kurzen Gespräch in der Pause mit Mel an meinem Spind ging ich zum Sportunterricht. Zumindest hier konnte ich meinem armen Gehirn eine Pause gönnen. Nicht nur mein Geist bekam eine Pause, auch mein Körper. Der heutige Unterricht drehte sich um wiederherstellende Positionen. *Kinderleicht.* Die Stunde endete mit einer geführten Entspannung in der Leichenhaltung, meiner Lieblingsposition. Wenn nur Ms. Maxwell aufhören würde zu reden, wäre es die reinste Glückseligkeit. Mein Wunsch wurde erhört, als es an der Tür klopfte. Als die Lehrerin weggerufen wurde, wies sie uns an, unsere Gedanken in stille Meditation gleiten zu lassen. Ich schlief prompt ein.

KAPITEL 5
KAPITEL FÜNF

Ich lag auf dem Gras und sonnte mich. Die Wärme auf meinem Gesicht und meinen Armen fühlte sich himmlisch an, und alles, was ich hören konnte, war der zweitönige Gesang eines weit entfernten Spottvogels. *Moment, Vogelgesang?*

Ich stand abrupt auf. Ich befand mich auf den Grasflächen hinter dem Schloss. *Ich muss im Yogakurs eingeschlafen sein.* Komisch, wie ich das Schloss völlig vergaß, wenn ich wach war, aber wenn ich schlief, konnte ich mich an alles erinnern.

Da ich mir bewusst war, dass ich wahrscheinlich nicht viel Zeit haben würde, eilte ich zum Schloss. Der Innenhof war leer. Ich sprintete die Straße hinunter und betrat die erste Tür zu meiner Rechten. Als sich meine Augen an das dunkle Innere gewöhnt hatten, machte ich mich in die Richtung auf, die meiner Meinung nach zur Vorderseite des Hauses führte. Es gab eine endlose Anzahl von Türen auf beiden Seiten, während ich zügig den breiten Flur entlangging. Ich widerstand der Versuchung, die Türen zu öffnen. Ich wusste, was ich finden würde.

Was ich jetzt brauchte, war ein Lehrer, ein Führer oder sogar ein Manager. Ich musste herausfinden, wie ich freiwillig hierher kommen konnte oder zumindest lernen, nachts länger zu bleiben. Ich sah weiter vorne eine Eingangshalle, obwohl ich nicht glaubte, dass es sich um die Haupthalle handelte. Als ich sie erreichte, sah ich, dass es ein Treppenabsatz war. Auf einer Seite gab es eine Treppe mit dem schönsten Buntglasfenster, das ich je gesehen hatte. Es zeigte ein Mädchen und ein Pferd, die über ein Feld galoppierten, sehr ähnlich dem hinter dem Schloss. Das Mädchen, natürlich ich, hatte einen Ausdruck völliger Freude und etwas, das der Freiheit ähnelte, während sie mit wehendem Haar tief über ihr Pferd gebeugt ritt.

Ich war so fasziniert von dem Fenster, dass ich vergaß, warum ich gekommen war, und erschrak beim Klingeln des Aufzugs. Moment, Aufzug?

ICH WURDE vom Klang des Dreiecks geweckt, das die Lehrerin am Ende des Unterrichts anschlug, um die Schüler zu wecken. Ich war nicht die Einzige, die eingeschlafen war, Teenager waren dafür bekannt, nicht genug Schlaf zu bekommen. Außer mir. Ich bekam genug Schlaf, aber hier war ich und schlief überall ein, als würde ich an Narkolepsie leiden. Vielleicht sollte ich einen Termin bei der Schulkrankenschwester vereinbaren. Ich machte mir eine geistige Notiz, während ich mich umzog und zurück zu meinem Spind eilte, um mein Mittagessen zu holen.

Als ich am Tisch ankam, waren meine Freunde bereits da. Sie sprachen über die neue Avatar-Fortsetzung, die herauskommen sollte.

»Ich kann es kaum erwarten, den zu sehen!«, sagte ich und öffnete meine Lunchbox. Das Gespräch verstummte sofort, als alle darauf starrten.

»Einerseits möchte ich dich aufziehen und fragen, ob du einem Kindergartenkind das Mittagessen gestohlen hast. Andererseits möchte ich dich anflehen, mit mir zu tauschen, wie wir es in der Grundschule getan haben«, scherzte Sam.

Sein Mittagessen bestand aus einem fertig gekauften Eiersalat-Sandwich, einem limettenfarbenen Wackelpudding und einer Tüte Salz-und-Essig-Chips. Ich hatte fast Lust zuzustimmen, wenn er es ernst meinte. Das sah sündhaft lecker aus. Ich biss mir auf die Lippe und besann mich eines Besseren. Ich hatte eine Theorie, dass Mamas nahrhaftes Essen mich bisher vor Akne bewahrt hatte. Die Theorie wurde nur verstärkt, als ich einen Blick auf Sams pickliges Gesicht warf.

Ich umklammerte mein Mittagessen und zischte »mein Schatz« heraus, was alle zum Lachen brachte, und wir gingen zu anderen Gesprächsthemen über.

Der Rest des Tages war deutlich besser. Mel, Julie und ich hatten heute zwei Stunden Englisch. Unsere Klasse hatte gerade *Der Geber* zu Ende gelesen, eines meiner Lieblingsbücher. Der Nachmittag war dem Anschauen der Filmadaption und dem Vergleich mit dem Buch gewidmet.

Als ich nach Hause kam, war ich zu unruhig, um mit den Hausaufgaben zu beginnen, also ging ich wieder raus. Entschlossen, meinen üblichen dreißigminütigen Spaziergang zu machen, entschied ich mich für einen zügigen Gang durch die Nachbarschaft. Wenn möglich, half ich Mama gerne beim Abendessen.

Der Spaziergang fühlte sich nach dem langen Sitzen am Nachmittag gut an, und als ich nach Hause kam, fühlte ich mich erfrischt und konzentriert. Mamas wöchentlicher Speiseplan am Kühlschrank zeigte, dass wir heute Abend Lasagne haben würden. Lecker! Ich heizte den Ofen vor, stellte die Auflaufform vom Kühlschrank in den Ofen und stellte einen Timer auf dreißig Minuten. Das würde mir gerade genug Zeit geben, um meine Antwort für den Französischunterricht zu schreiben.

Mama kam genau dann nach Hause, als der Ofentimer piepte. Sie nahm die Lasagne heraus und begann, einen Salat zuzubereiten. Ich erzählte ihr, dass ich mit meiner Französischaufgabe noch nicht ganz fertig sei, und ich war zufälligerweise genau dann fertig, als sie mir sagte, dass das Abendessen fertig sei.

Beim Abendessen erzählte ich Mama vom Mittagessen mit meinen Freunden und vom Rest meines Tages. Ihr Tag war ereignislos. Sie war froh, dass die Interviews vorbei waren. Sie plante, an diesem Abend zu arbeiten. Wenn sie ihre Empfehlungen heute Abend verschicken würde, wäre sie mit diesem Kunden fertig und könnte es morgen ruhig angehen lassen. Das bedeutete eines von zwei Dingen: Entweder würde sie einen Tag in einem örtlichen Spa verbringen oder den ganzen Tag backen.

Nachdem das Geschirr erledigt war, gingen wir getrennte Wege, bis es Zeit war, gute Nacht zu sagen. Wir waren wirklich Gewohnheitstiere.

KAPITEL SECHS

Diesmal war ich wieder auf dem Weg, der zur Vordertür führte. Es musste einen schnelleren Weg geben, um dorthin zu kommen, wo ich hin wollte. Als ich das Schloss erreichte, klopfte ich gar nicht erst an. Die Tür war unverschlossen, und ich machte mich auf den Weg zum gelben Salon.

Es waren wieder etwa ein Dutzend Mädchen dort, aber einige waren neu. Eine war als Balletttänzerin gekleidet. Ich konnte nicht glauben, dass es eine Welt gab, in der ich so schlank und anmutig war. Eine andere trug einen Laborkittel mit einer Schutzbrille, die in ihrem Haar steckte. Ich machte mir gedanklich eine Notiz, sie um Hilfe für meine bevorstehende Physikprüfung zu bitten.

Mein Blick blieb an einem Emo-Mädchen hängen, das mit überkreuzten Beinen auf dem Boden saß, den Rücken an die Wand gelehnt. Sie trug enge schwarze Jeans, schwarze Converse-Schuhe und ein T-Shirt mit der Aufschrift »Schwarz ist meine Glücksfarbe«. Der Pony ihrer offensichtlich schwarz gefärbten Haare verdeckte einen Teil ihres Gesichts, aber es war trotzdem ich. Mit Pony! Und einem Nasenring. Und schwerem schwarzem Augen-Make-up. Unglaublich.

Ich schüttelte den Gedanken ab und suchte nach Singer. Sie schien hier die Anführerin zu sein. Sie saß auf dem Klavier und schmetterte eine rührende Version von *Tomorrow* aus dem Annie-Soundtrack. Ich eilte auf sie zu und blieb direkt vor ihr stehen. Sie hatte ins Leere gestarrt und zuckte plötzlich zurück, als sie mich so nah sah. Sie geriet ins Stocken und hörte abrupt auf zu singen.

»Was ist los?«, fragte sie, rutschte vom Klavier und legte eine Hand auf meine Schulter.

»Was los ist? Ich kann nie lange genug hier bleiben, um irgendwelche Informationen zu bekommen, und wenn ich aufwache, habe ich alles vergessen!«, antwortete ich fast schreiend.

Sie nickte verständnisvoll. »Ja, ich verstehe das Problem. Das liegt daran, dass du noch nicht Erwacht bist.«

»Kann mich dann jemand wecken? Und gibt es außerdem einen Weg, direkt in diesen Raum zu gelangen? Ich lande immer an verschiedenen Punkten draußen, und es dauert ewig, bis ich hierher komme. Einmal habe ich es nur bis zur Hintertür geschafft, und beim letzten Mal bis zum Aufzug«, sagte ich frustriert.

»Ich verstehe«, sagte sie ruhig, und ich hätte sie am liebsten geschüttelt. Ich drehte mich um und suchte nach der Lehrerin, aber sie war nicht im Raum. »Ich kann dich nicht erwecken, aber ich kann dir helfen, länger hier zu bleiben.«

Ich warf ihr meinen besten ›komm-zum-Punkt‹-Blick zu, und sie fuhr fort: »Sprich mir nach: ›Ich wünsche, so lange im Schloss zu bleiben, wie nötig ist, um mein Ziel zu erreichen.‹« Sie lächelte strahlend, stolz darauf, helfen zu können. Diese hier könnte mir Unterricht in Ruhe und Fröhlichkeit geben. Ich holte tief Luft und wiederholte den Satz. Ich wartete einen Moment, aber nichts geschah.

»Woher weiß ich, dass es funktioniert hat?«, fragte ich ungeduldig.

»Du musst mir einfach glauben«, antwortete sie und zog mich zum Sofa, wo Needlepoint zufrieden saß, stickte und summte, obwohl gerade keine Musik spielte. Ich nickte ihr zu und sie schenkte mir ein gelassenes Lächeln. Sie wäre meine Anlaufstelle für Geduld und Gelassenheit.

Singer und ich setzten uns einander gegenüber, sie auf dem Sofa und ich in einem der Sessel.

»Morgen Abend, bevor du ins Bett gehst, solltest du den Satz, den ich dir gerade gegeben habe, zusammen mit ›Ich wünsche, in den gelben Salon zu gehen‹ und ›Ich wünsche, mich an alles über meinen Besuch im Schloss zu erinnern‹ sagen. Das sollte deine unmittelbaren Probleme lösen«, sagte sie.

In diesem Moment erschien die Lehrerin an der Tür und bat mich, ihr zu folgen. Ich zuckte mit den Schultern und winkte Singer und Needlepoint zu. Sie führte mich den Flur entlang zu dem Aufzug, den ich früher am Tag gesehen hatte. Das musste ein neuer Anbau sein. Ich war ziemlich sicher, dass mittelalterliche Schlösser keine Aufzüge hatten. Auf dem Weg nach unten erzählte ich ihr von meinem Gespräch mit Singer.

Sie nickte zustimmend. »Ja, du solltest heute länger bleiben können. Besonders da unser Ziel ist, dein Erwachen zu beschleunigen«, antwortete sie.

Die Tür klingelte, und wir verließen den Aufzug in dem, was einmal die Kerker gewesen sein mussten. Obwohl der Flur gut beleuchtet und die Steinmauer sauber war, lag eine unverkennbare Feuchtigkeit in der Luft. Es war hier kühler als oben, und ich zitterte leicht. Als ich ihr den Flur hinunter folgte, überlegte ich, ob ich einen Pullover herbeizaubern könnte, als mein Lieblingshoodie in meinen Händen erschien.

Bei meinem erstaunten Blick lachte die Lehrerin. »Du hast noch viel zu lernen«, sagte sie und blieb vor einer Tür stehen. Es war eine kleinere Version der Kutschentür mit einer kleinen Öffnung. In der Öffnung waren Gitterstäbe, und ich konnte nicht anders, als zu denken, dass dies zu einer Isolationszelle führte, und trat unwillkürlich einen Schritt zurück.

»Keine Sorge, es ist nur ein Büro«, sagte sie und öffnete die Tür. Sie war nicht abgeschlossen. Sie ging voran und schaltete das Deckenlicht ein. Der Raum dahinter sah wie ein normales Büro aus, außer dass die Rückwand ein von Boden bis zur Decke reichendes Aquarium war. Die Lehrerin bedeutete mir, in einem der Sessel vor dem Kamin gegenüber dem Aquarium Platz zu nehmen. Ich konnte nicht anders, als mich umzudrehen und zu fragen: »Ist das echt?«

Sie lachte. »Nein, es ist eine Illusion. Ich kann den Standort meines Büros nicht wählen, aber ich habe volle Kontrolle darüber, wie es aussieht. Ich mag das Meer. Hättest du lieber eine andere Aussicht?«

»Nein, das ist in Ordnung«, antwortete ich und wandte mich wieder dem Kamin zu. Die Wärme des Feuers vertrieb die feuchte Kälte, und kurz darauf zog ich meinen Hoodie aus.

»Nun gut. Lass uns beginnen. Ich bin sicher, du hast viele Fragen«, sagte sie und machte eine Pause, um mich fragen zu lassen.

»Die habe ich. Gestern hast du mir gesagt, dass du meine Hilfe brauchst, aber du hast mir nie gesagt, wobei. Ich nehme an, das ist der Grund, warum das Ziel ist, mein Erwachen zu beschleunigen. Zweitens, wenn das nicht passiert wäre, wann wäre ich normalerweise erwacht? Drittens, was genau beinhaltet ein Erwachen?«, fragte ich. *So, das deckt es ungefähr ab.*

Sie betrachtete mich einen Moment lang, vielleicht überlegend, wo sie beginnen sollte. Schließlich nickte sie sich selbst zu und sagte: »Das Erwachen geschieht, wenn wir uns bewusst werden, dass wir unsere eigene Realität erschaffen. Vor einem Moment habe ich dir gesagt, dass ich das Aussehen meines Büros kontrollieren kann, aber nicht seinen Standort. Dasselbe gilt in deinem Leben.«

Um ihren Punkt zu demonstrieren, schloss sie die Augen, und die Bürowände wurden klar wie Glas. Das Büro schien mitten in der Wüste platziert worden zu sein. Ich drehte mich in meinem Stuhl, um es in mich aufzunehmen. Als sie wieder sprach, nahm der Raum sein vorheriges Aussehen wieder an.

»Du kannst kontrollieren, was in deinem Leben passiert«, sagte sie.

»Meinst du, ich kann es so einfach ändern, wie du das gerade getan hast? Oder meinst du, dass mein Leben eigentlich eine Illusion ist?«, fragte ich, unsicher, worauf sie hinauswollte.

»Hast du schon einmal etwas in einem Traum geschehen lassen?«, fragte sie.

»Ja, ich kann ändern, was ich trage, oder wenn mir der Traum nicht gefällt, kann ich von etwas anderem träumen«, antwortete ich.

»Das nennen wir Klarträumen. Es bedeutet, dass du dir bewusst bist, dass du träumst und daher deinen Willen auf das ausüben kannst, was vor sich geht. Dasselbe gilt für dein waches Leben, außer dass es nicht ganz so sofort passiert. Es erfordert etwas mehr Nachdenken und Geschick«, antwortete sie.

»Das Erwachen ist, wenn du dir dessen in deinem wachen Leben bewusst wirst. Sobald dieser Schritt erreicht ist, kannst du lernen, wie man es richtig macht, hier im Schloss. Das Erste, was du lernst, ist, wie du bewusst hierher kommst, in deinen wachen Stunden.«

»Moment, sagst du, ich kann Magie wirken? Die Augen schließen und es so machen, dass ich am Strand bin oder ein Eisbecher vor mir erscheint?«, fragte ich, halb im Scherz und halb hoffnungsvoll.

Sie lachte. »Vielleicht könntest du mit der Zeit, mit Übung und Entschlossenheit, diese Dinge erreichen. Aber konzentrieren wir uns jetzt darauf, dass du lange genug hier bleiben kannst, um etwas zu lernen und hierher kommen zu können, wenn du Antworten brauchst.«

»Erfordert das viel Meditation?«, fragte ich, unbehaglich. Ich wusste, dass Meditation mir gut tun würde, besonders da ich so ein Sorgenkind war. Aber alles, was mit Meditation begann, würde wahrscheinlich ewig dauern und sehr wenig bringen.

»Meditation hilft sicherlich, aber nein. Ich spreche davon, sich seiner Gedanken und der Ergebnisse, die sie produzieren, bewusst zu sein. Gedanken manifestieren sich in Dingen. Zum Beispiel rufst du jedes Mal, wenn du dir über etwas Sorgen machst, genau diese Sache zu dir«, erklärte sie.

»Ist das der Grund, warum ich nicht die Noten bekomme, die ich in Mathe und Naturwissenschaften haben möchte?«, fragte ich.

»Das ist sehr wahrscheinlich. Hast du ständig Angst, dass du durchfallen könntest?«, fragte sie.

»Ja! Oder dass ich eine schlechte Note bekomme«, jammerte ich.

»Da hast du's!«, sagte sie und wedelte mit den Armen, um zu zeigen, dass ihr Fall erledigt war.

Ich dachte darüber nach. Könnte es wirklich so einfach sein?

Bei meinem skeptischen Gesichtsausdruck sagte die Lehrerin: »Warum probierst du es nicht wissenschaftlich aus? Stelle aber sicher, dass du eine positive Hypothese hast. Wenn du nicht erwartest, dass es funktioniert, kann es nicht funktionieren. Warum, glaubst du, bekommen Wissenschaftler unterschiedliche Ergebnisse aus den gleichen Experimenten? Weil ihre Erwartungen variieren und fast immer bestätigt werden!«, rief sie mit einem Grinsen.

Ich nickte und ließ es mir durch den Kopf gehen. *Wie kann ich das testen?* Ich könnte erwarten, bei meinem nächsten Physiktest eine Eins zu bekommen. Ich würde sowieso dafür lernen, und eine Eins war das, was ich wollte, aber ich hatte es eigentlich nie erwartet.

»Okay, hier ist meine Hypothese: Ich erwarte, in meiner nächsten Physikprüfung eine Eins zu bekommen«, behauptete ich.

»Du musst glauben, dass es möglich ist«, fügte sie hinzu.

»Ich bin aufmerksam im Unterricht, mache ausführliche Notizen, mache alle Übungen und lerne, als hinge mein Leben davon ab. Ich sollte Einsen bekommen. Ich kann nicht erklären, warum ich sie bis jetzt nicht bekommen habe. Es ist definitiv mehr als möglich«, sagte ich, jetzt aufgeregt über die Möglichkeiten, die vor mir lagen.

»Ich bitte dich, die Augen zu schließen und dir vorzustellen, wie du deine Prüfung zurückbekommst mit einer leuchtend roten Eins darauf«, sagte sie. Ich schloss die Augen.

In meinem Kopf saß ich im Unterricht, während die Lehrerin die benoteten Prüfungen austeilte. Anstelle der üblichen Angst, die ich fühlte, zwang ich mich, eine aufgeregte Erwartung zu spüren. Ich begann, auf meinem Stuhl zu wippen und klatschte in Vorfreude leise in die Hände. Als die Lehrerin mich erreichte, lächelte sie und sagte: »Ich weiß nicht, was du getan hast, aber mach weiter so, Kleine!«

Ich dankte ihr und starrte auf meine perfekte Note. Eine Wärme breitete sich in meiner Brust aus, und der Druck baute sich auf. Er stieg zu meinem Hals auf, und ich konnte nicht anders, als zu rufen: »Juhu!«

Mir wurde in diesem Moment klar, dass ich tatsächlich im Büro der Lehrerin stand, einen triumphierenden Arm erhoben und ein albernes Grinsen im Gesicht.

»Gut gemacht, Clare. Wenn du das jeden Tag bis zu deiner Prüfung tun kannst, garantiere ich dir, dass du eine Verbesserung sehen wirst«, sagte sie. »Und vergiss nicht, diese Sätze morgen vor dem Schlafengehen zu wiederholen.«

»Ist es schon Zeit zu gehen?«, fragte ich. Ich war voller Energie. Ich war bereit für die großen Dinge. »Warte, du hast mir immer noch nicht gesagt, wobei du meine Hilfe brauchst?«, fragte ich, aber ich konnte das beharrliche Summen meines Weckers hören.

KAPITEL SIEBEN

O h Wunder aller Wunder, als ich aufwachte, konnte ich mich an alles erinnern, was seit meinem ersten Besuch im Schloss passiert war. Menschen waren wirklich höchst beeinflussbare Wesen. Das verlieh mir Schwung, denn es bedeutete, dass ich wahrscheinlich eine Eins in meiner Physikprüfung bekommen würde. Das war so aufregend! Ich musste aus dem Bett.

Ein kurzes Scrollen durch meine sozialen Medien zeigte keine dringenden Beiträge oder Nachrichten. Ich checkte meinen Planer und suchte nach Dingen, bei denen ich bessere Leistungen erwarten konnte als in der Vergangenheit. Ich sah nichts Dringendes, außer dass heute Donnerstag war.

Mama holte mich von der Schule ab, da wir jede Woche mit Oma zum Mittagessen gingen, wenn sie in der Stadt war. Oma lebte in einem Wohnheim für aktive Senioren. Das ist kein Euphemismus. Der Ort war unglaublich. Es gab ein Fitnessstudio, ein Hallenbad mit Whirlpool und Sauna, ein Vollservice-Restaurant mit Zimmerservice, ein Café mit Außenterrasse, ein Freibad mit Whirlpool, zwei Tennisplätze, und es lag direkt am Golfplatz. Oma war nie zu Hause. Entweder nutzte sie die hauseigenen Annehmlichkeiten, nahm an Gruppenunterricht und Ausflügen teil oder reiste zu exotischen Zielen.

Ich wollte Omas Leben haben, wenn ich älter war! Verdammt, ich wäre schon froh, wenn ich nur halb so viele Dinge an einem Tag erledigen könnte wie sie. Heute erzählte sie uns von einer achtzehntägigen Marokko-Tour, für die sie sich angemeldet hatte. Sie begann in einer Woche. Die Reise startete in Casablanca und endete in Marrakesch und beinhaltete einen Ritt durch die Wüste auf dem Rücken eines Kamels. Mama machte sich etwas Sorgen, aber Oma sagte ihr, es sei eine Seniorenreise. Was könnte da schon schiefgehen? In der Tat. Die Wahrheit war, dass Oma immer tolle Reisen hatte und nie etwas schiefging, abgesehen von gelegentlich verspätetem Gepäck.

Meine Großmutter hatte Kohle. Sie konnte sich überall die erste Klasse leisten und nutzte das auch aus. Das war nicht immer so gewesen. Sie und Opa hatten ein Restaurant hier in der Stadt gehabt, das sie sehr beschäftigt hielt. Als er gestorben war, konnte Oma sich nicht vorstellen, ihre Tage dort ohne ihn zu verbringen. Weder Mama noch Onkel Riley – er war ein Großstadtanwalt – hatten damit etwas zu tun haben wollen.

Als ein Angebot kam, hatte sie es angenommen. Es war viel mehr wert als sie geschätzt hatten, hauptsächlich weil es auf einem Grundstück lag, das ein Bauträger für ein größeres Projekt im Auge hatte. Sie hatte sich schlecht wegen der Angestellten gefühlt, die wahrscheinlich ihre Jobs verlieren würden, aber der Bauträger hatte gesagt, es würde noch ein Jahr dauern, bevor er es schließen müsste. Er hatte versprochen, die Mitarbeiter in seine anderen Unternehmen zu versetzen, wenn sie das wollten.

Das war geklärt und sie hatte prompt das Haus auf den Markt gebracht. Es war zu viel Instandhaltung und es gab zu viele Erinnerungen an Opa. Auch das hatte sich schnell verkauft. Es war das perfekte Haus für eine Familie, in der Nähe einer Schule und eines Spielplatzes und groß genug für drei oder vier Kinder.

Mit dem Restaurant hatten Oma und Opa kaum jemals Urlaub gemacht. Sie waren daran gekettet gewesen, oft sieben Tage die Woche, als Mama und Riley aufs College gegangen waren. Man hätte denken können, sie würden weniger arbeiten, als sie älter wurden, aber sie hatten gesagt, es sei ihr Baby, dasjenige, das sie nie verlassen würde.

Ich hatte mich nie darüber beschwert, denn zusätzlich zur Finanzierung der Ausbildung von Mama und Riley hatten sie Geld für meine und die meiner Cousins beiseitegelegt. Rileys Kinder waren älter als ich. Chase beendete dieses Jahr die Highschool und ich hörte, er wolle Sportagent werden. Er hatte den richtigen Namen dafür. Evan war im zweiten Jahr seines Jurastudiums. Er plante, in die Kanzlei seines Vaters einzusteigen. Sie machten Unterhaltungs- und Sportrecht, sehr schick und sehr hochnäsig. Wir standen uns nicht nahe.

Als sie mich an der Schule absetzten, umarmte mich Oma und drückte mir mit einem Augenzwinkern einen Fünf-Dollar-Schein in die Hand. Ich zwinkerte zurück und ließ ihn in meine Jeans gleiten. Unser kleines Geheimnis.

~

DAS LETZTE MAL, als ich so aufgeregt gewesen war, ins Bett zu gehen, war die Nacht bevor Mama, Oma und ich zusammen nach Disney World gefahren waren. Es war mein erster Flug gewesen, und der Gedanke, Arielle persönlich zu sehen, hatte es mir wirklich schwer gemacht einzuschlafen. Dieses Problem hatte ich jetzt nicht.

Ich verbrachte den Abend damit, für die Physikprüfung zu lernen. Sam und ich stellten uns über Video-Chat über eine Stunde lang gegenseitig Fragen. Wir waren bereit. Bevor wir uns ausloggten, fragte ich Sam, der immer gute Noten hatte, ob er vor einer Prüfung gute Noten erwartete. Er schaute mich komisch an und sagte: »Natürlich! Du etwa nicht?«

Ich starrte ihn sprachlos an. Hier dachte ich, ich wäre auf ein magisches Ritual gestoßen, und er wusste bereits davon. Vielleicht war er eingeweiht? Vorsichtig fragte ich: »Wie hast du gelernt, das zu tun?«

Zuerst fing er an zu lachen, aber als er sah, dass ich es ernst meinte, antwortete er: »Mensch, Clare, das hat mir niemand beigebracht. Ich setze mir einfach ein Ziel, mache die Arbeit und hoffe auf das Beste.«

Offensichtlich hatte Sam keine Selbstzweifel wie ich. Zumindest nicht, was die Schule betraf. Ich beschloss, das Thema fallen zu lassen, und wir sagten uns gute Nacht.

Ich war vom Lernen erledigt. Ich putzte mir die Zähne, umarmte Mama zum Abschied und kroch ins Bett. Ich verzichtete aufs Scrollen und wiederholte stattdessen die Worte, die Singer mir zu sagen aufgetragen hatte: »Ich wünsche mich in den gelben Salon, um so lange im Schloss zu bleiben, wie es nötig ist, um mein Ziel zu erreichen, und um mich an alles über meinen Besuch zu erinnern.«

KAPITEL ACHT

Ich landete vor dem Kamin im gelben Raum, den ich bei meinen vorherigen Besuchen nicht bemerkt hatte. Ich war sehr zufrieden mit mir selbst. Allerdings wurde mir schnell klar, dass ich tatsächlich allein im Raum war.

Auf dem Weg zur Tür lauschte ich auf Geräusche, denen ich folgen könnte. Als ich nichts hörte, beschloss ich, meine neuen Kräfte sozusagen zu testen. »Ich möchte im Büro der Lehrerin sein«, sagte ich mit geschlossenen Augen. Ich öffnete die Augen und stellte fest, dass ich mich jetzt im Kellerflur befand und auf einen scheinbar endlosen Korridor mit identischen Türen starrte.

Eines von zwei Dingen war geschehen. Entweder konnte ich das Büro der Lehrerin nicht ohne Einladung betreten, oder ich war nicht präzise genug gewesen, welche Lehrerin ich sehen wollte. In Anbetracht der unbegrenzten Anzahl von uns musste es ziemlich viele Lehrerinnen geben.

Aber wie konnte ich genau angeben, welche ich sehen wollte? Wir waren alle gleich! Ich beschloss, etwas anderes zu versuchen. »Ich möchte mit der Lehrerin sprechen, die mich gestern in ihr Büro gebracht hat und die ich im gelben Raum getroffen habe«, sagte ich. So, das sollte spezifischer gewesen sein.

Ich stand immer noch im Flur. Es hatte nicht funktioniert.

Ich war gerade dabei zu fragen, ob ich die fünfzehnjährige Sängerin aus dem gelben Raum sehen könnte, als ich hinter mir jemanden hörte, der sich räusperte. Ich wirbelte herum und sah sie. Sie war hier! Zumindest glaube ich, dass sie es war.

Lächelnd sagte sie: »Gut gemacht, Clare. Du hast es allein hierher geschafft. Und du konntest mich rufen. Ausgezeichnete Arbeit. Sollen wir da weitermachen, wo wir aufgehört haben?« Ich nickte und lächelte dankbar. Ich wollte wirklich nicht allein hier unten sein. Sie öffnete die Tür neben uns und bedeutete mir, voranzugehen.

Jetzt fragte ich mich, ob ich zufällig die richtige Tür gefunden hatte oder ob alle Türen zu ihrem Büro geführt hätten, da sie es ja kontrollierte. Ich fragte mich auch, wo die anderen waren. Nicht nur die aus dem gelben Raum, sondern überhaupt irgendwelche anderen. Abgesehen von den Kindern, die ich im Innenhof gesehen hatte, war ich bisher niemandem begegnet.

»Also dann. Du hast gefragt, warum wir deine Hilfe brauchen. Ich sollte sagen, deine Gruppe braucht dich. Erwachen bedeutet, sich seiner Kraft bewusst zu werden. Sich bewusst zu sein, dass du nicht das Opfer deiner Umstände bist. Dass du der Schöpfer von allem bist, was du denkst, tust, fühlst, siehst, hörst, berührst, schmeckst und riechst. Sobald du in deinem *Wissen* bist, bist du frei von Angst, Zweifel oder Sorge. Dann kannst du ein wundervolles Leben für dich erschaffen.«

Je mehr ich zuhörte, desto wärmer wurde mir in der Mitte meiner Brust. Wenn das, was sie sagte, wahr war, ging das über Magie hinaus. Das war gottähnliche Macht. »Du meinst so etwas wie gute Noten bekommen, im Lotto gewinnen, an einem tollen College angenommen werden?«, fragte ich, um einzuschätzen, wie praktisch das sein könnte oder ob es nur um Dinge wie inneren Frieden ging. Ich meine, das wäre toll, aber einen intelligenten, süßen Typen kennenzulernen, wäre auch nicht schlecht.

Sie lächelte und nickte. »Ja, das und noch viel mehr. Manchmal können wir es nicht alleine herausfinden und kommen hierher. Eine von uns kann helfen. Allerdings können wir alleine keine wichtigen

Änderungen an der Zeitlinie oder an bedeutenden Lebensereignissen vornehmen. Wir brauchen mehr Hilfe. Auf deinem Bewusstseinsniveau brauchst du eine Gruppe von zwölf.«

Stärke durch Zahlen. Das machte Sinn. »Also, wenn eine von uns etwas Wichtiges ändern will, wie jemanden vor einem Autounfall bewahren, könnten wir die anderen um Hilfe bitten?«, fragte ich.

»Mehr oder weniger. Im Moment seid ihr auf Dinge beschränkt, die in eurem aktuellen Kalenderjahr passieren.«

»Du meinst, wir können in der Zeit zurück oder vorwärts reisen?«, fragte ich ungläubig. Sie nickte. »Aber wie? Gibt es eine Zeitmaschine?«, scherzte ich.

»Jedem Mädchen in einer Gruppe wird ein anderer Monat des Jahres zugeordnet, wenn sie Erwachen. Es fällt normalerweise mit dem Monat zusammen, der in ihrer Realität kürzlich abgeschlossen wurde. Ich glaube, es ist April in deiner Realität. Du bist daher für den Monat März verantwortlich und kannst den anderen in deiner Gruppe deine Perspektive anbieten«, erklärte sie.

»Aber woher wisst ihr, dass jeden Monat jemand erwachen wird?«, fragte ich und versuchte, dahinter zu kommen.

»Wenn zwei Mädchen im selben Monat erwachen, werden sie in verschiedene Gruppen eingeteilt. Eine Gruppe besteht aus zwölf Mädchen aus alternativen, aber ähnlichen Realitäten. Es könnte Millionen von Mädchen mit ähnlichen Realitäten geben. Diejenigen, die sich nur geringfügig unterscheiden, werden nicht zusammen platziert.

»Weil du zu uns gekommen bist, hat sich deine Lebensbahn jetzt verändert. Dieses neue Du ist hier bei uns. Das alte Du wird sich weiterhin um alles Sorgen machen und sich mit Prüfungen abmühen. Wenn sie erwacht, wird sie in eine andere Gruppe eingeteilt«, sagte sie.

»Ich verstehe. Ich sollte jetzt wohl aufhören, die Mädchen nach ihren Fähigkeiten zu beurteilen, sondern nach ihrem Monat. Also, die Hilfe, die benötigt wird, ist sie für den Monat März oder für etwas Größeres?«, fragte ich.

»Es geht tatsächlich um beides«, antwortete sie. »Allerdings darf ich dir noch nicht sagen, worum es geht, bis du einige grundlegende

Fähigkeiten gemeistert hast. Du hast bereits die Fähigkeit gemeistert, dich an deine Zeit hier zu erinnern, einen Ort zu wählen und eine Lehrerin oder Führerin zu dir zu rufen. Ich möchte, dass du jetzt deine Gruppenführerin rufst«, sagte sie.

»Ist das die Sängerin?«, fragte ich, und sie kicherte.

»Ja, obwohl du Januar verwenden kannst, um sie zu rufen«, sagte sie mir.

»Jetzt?«, fragte ich zur Sicherheit, und sie nickte wieder. Ich schloss meine Augen und sagte: »Ich möchte Januar sehen.«

Als ich meine Augen öffnete, erwartete ich, dass sie mit uns im Raum sein würde. Stattdessen war ich zu Hause und saß auf der Couch, gemütlich unter meiner Decke, und las das erste Kapitel von *The Giver*. *Moment mal, was? Ich habe es gerade beendet, warum lese ich es noch einmal?* Dann bemerkte ich den Schlafanzug, den ich trug. Der war nicht meiner. Die Hose war rosa Fleece mit Musiknoten darauf, und das Oberteil war weiß und trug die Aufschrift ‚Superstar'. Würg. Das konnte nicht stimmen.

Ich warf die Decke ab, legte das Buch beiseite und rannte in die Küche. Jemand machte Pfannkuchen. Die Küche sah genauso aus, außer dass da ein Mann stand, der Beeren schnitt. Wer war dieser Typ? Moms Freund? Jetzt wusste ich, dass das nicht richtig war.

Er sah mich in der Türöffnung und fragte, ob ich Schlagsahne haben wollte. Automatisch antwortete ich »Ja, bitte«, während ich in die Küche ging.

Er nickte zum Klavier im Esszimmer und sagte: »Spielst du etwas für uns? Das Frühstück ist fast fertig.«

Ich schaute zum Klavier hinüber. Es war ein *echtes* Klavier. Wie hypnotisiert nickte ich und setzte mich auf die Bank. Auf dem Notenständer lagen Noten. Das Stück hieß »Reiter Op. 27« von Dmitri Kabalevsky. Ich hatte keine Ahnung, was das war. Trotzdem legte ich meine Hände auf die Tasten und begann.

Meine Finger flogen über die Tasten. Es war ein fröhliches Stück, das ich in einem stummen Cowboy-Film erwarten würde. Es war in weniger als einer Minute vorbei. Ich war sicher, dass ich es perfekt gespielt hatte, und strahlte, als Mama und der Fotograf – dessen

Namen ich irgendwie kannte – applaudierten. Ich stand auf und verbeugte mich, während sie Teller zum Esstisch brachten. Sobald ich mich zum Essen hinsetzte, war ich wieder im Büro der Lehrerin, immer noch im Sessel.

Ich schüttelte den Kopf. Es war unfassbar, wie nahtlos ich mich von einem Ort zum nächsten oder von einer Realität zur anderen bewegen konnte. Ich hatte mehr Spektakel erwartet, so etwas wie ein Rauschen des Windes oder ein flaues Gefühl im Magen. Aber es war wirklich wie das Umschalten von Kanälen im Fernsehen.

»Das war unglaublich!«, sagte ich und betrachtete meine Hände mit Erstaunen. »Sie ist eine gute Klavierspielerin. Ich wünschte, ich hätte sie singen gehört. Oder Zeit gehabt, diese Pfannkuchen zu essen«, sagte ich und schaute jetzt zur Lehrerin. Sie trug ihren eigenen erstaunten Blick, und ich runzelte die Stirn. »Was?«, fragte ich.

»Als ich dich bat, Januar zu rufen, erwartete ich, dass du sie hierher rufst, nicht dass du dich in ihr Leben teleportierst. Sie sollte dir eigentlich erklären, wie das geht«, rief sie aus.

»Oh, tut mir leid«, antwortete ich.

»Nein, entschuldige dich nicht. Das war sehr gut gemacht! Du brauchst deine Augen nicht zu schließen und es laut zu sagen. Du kannst einfach daran denken. Aber wenn es dir hilft, dich zu konzentrieren, ist das kein Problem«, sagte sie in beruhigendem Ton. »Jetzt bitte Januar, sich uns anzuschließen, diesmal in Gedanken«, sagte sie.

Ich rief sie in meinem Kopf, und sie erschien. »Was gibt's?«, fragte sie und ließ sich auf dem Hocker am Kamin nieder.

»Wo warst du, bevor du hier warst? Bist du plötzlich verschwunden, oder hast du mich gehört und entschieden, ob du kommen willst oder nicht?«, fragte ich fasziniert.

»In meiner Realität schlafe ich genau wie du. Ein Teil von mir träumt, und ein anderer Teil arbeitet mit einer Lehrerin im dritten Stock. Sie gibt mir Gesangsunterricht«, erklärte sie.

Ich zeigte auf sie, wie sie auf dem Hocker saß. »Ist das ein anderer Teil von dir oder ist es derselbe Teil, der im dritten Stock singt?«, fragte ich.

Ich versuchte immer noch, das Konzept einer unendlichen Anzahl von Versionen von mir in verschiedenen Altern zu verstehen, die in einer unendlichen Anzahl von Realitäten leben. Ich habe auch irgendwie verstanden, dass ich zu Hause schlafen und gleichzeitig hier sein konnte. Aber gleichzeitig hier *und* an zwei anderen Orten zu sein, war zu viel für mein Gehirn.

»Entschuldige, mein Fehler. Ich machte gerade Stimmübungen, als ich deinen Ruf hörte. Ich habe mich entschuldigt und bin hergekommen«, sagte sie und erklärte es mir.

»Aber es hat weniger als eine Nanosekunde gedauert, all das zu tun!«, rief ich aus.

»Es passiert sofort. Denk daran, hier gibt es keine Zeit. Alles geschieht zur gleichen Zeit, Vergangenheit, Gegenwart und Zukunft«, antwortete die Lehrerin.

»Was passiert, wenn ich euch rufe, eine von euch, wenn ich wach bin? Was würde dann passieren?«, fragte ich.

»Das ist etwas fortgeschrittener, aber ähnlich wie das, was du erlebt hast, als du January sehen wolltest. Die Gerufene würde deine Erfahrung verkörpern«, sagte die Lehrerin.

»Wie ein Körperdieb?«, fragte ich entsetzt.

Januar brach in Gelächter aus. »Nein, Dummerchen. Wie ein Gast in deinem Kopf. Wenn du mich um Rat zu etwas bittest, würdest du es in deinem Kopf hören. Wenn du zum Beispiel brauchst, dass ich an deiner Stelle singe, dann müsste ich natürlich übernehmen.«

Meine Augen waren so groß wie Untertassen. »Du könntest übernehmen und Sachen für mich machen? Wie zum Beispiel meine Physikprüfung ablegen?«, fragte ich und stellte mir die Möglichkeiten vor.

»Nun, das würdest du nicht wollen, ich bin wahrscheinlich schlechter darin als du. Aber technisch gesehen, ja. Aber wir müssten beide zustimmen. Ich könnte nicht ohne deine Zustimmung übernehmen, und du könntest mich nicht gegen meinen Willen dazu bringen.«

Das war unglaublich. Mein Gehirn lief auf Hochtouren, um die Auswirkungen des Gesagten zu verstehen.

»Deshalb haben die Mädchen in unserer Gruppe verschiedene Fähigkeiten!«, rief ich grinsend aus. Mein Lächeln verschwand, als mir klar wurde, dass ich keine Fähigkeit anzubieten hatte. Was könnten sie nur von mir wollen?

»Ja, und um euch zu zeigen, dass ihr buchstäblich alles tun könnt, was ihr euch vornehmt. Der Himmel ist die Grenze, sozusagen«, fügte die Lehrerin hinzu.

»Ich habe keine Fähigkeiten. Nicht wie Januar. Kann ich dich Januar nennen?«, fragte ich sie verspätet.

»Ja, März«, antwortete sie mit einem Augenzwinkern.

»Natürlich hast du Fähigkeiten«, entgegnete die Lehrerin. »Wir alle haben unsere eigenen einzigartigen Gaben. Du weißt nur noch nicht, welche deine sind, weil du noch von Angst, Zweifel und Sorge geplagt bist. Du bist blind für deine Stärken. Sobald du erwachst, wirst du Klarheit und Selbstvertrauen gewinnen.«

»Ich kann dir aber einen Hinweis geben«, sagte sie lächelnd. »Du bist exzellent in Organisation, Analyse und Strategie. Deshalb findest du so viel, worüber du dir Sorgen machen kannst, weil du immer alle Variablen analysierst, die schiefgehen könnten. Stell dir vor, wenn du deine Gaben positiv nutzen würdest!«

Sie versuchte, ermutigend zu sein, aber ich fühlte trotzdem den Stich ihrer Worte. Meine Unwürdigkeit kam an die Oberfläche, schnürte mir die Kehle zu, und Tränen bildeten sich in meinen Augen.

Januar schaute die Lehrerin alarmiert an und eilte herbei, um mich zu umarmen. »Fühl dich nicht schlecht, die meisten Menschen fühlen sich so, die ganze Zeit. Du hast die Chance, Dinge zu ändern und sie besser zu machen. Das ist alles, was die Lehrerin sagt.«

Die Lehrerin verließ ihren Stuhl, um sich neben meinen Stuhl zu hocken und mein Haar zu streicheln. »Du wirst Großartiges erreichen. Weißt du, woher ich das weiß?«, fragte sie beruhigend. Ich schniefte und schüttelte den Kopf.

»Weil ich eine Version dieses neuen Dus aus der Zukunft bin«, sagte sie mit einem Augenzwinkern.

KAPITEL NEUN

Ich wachte mit dem starken Verlangen auf, mein Leben in der Zukunft zu besuchen, und widerstand dem Drang, die Lehrerin anzurufen. Ich hatte keine Zeit. Es war Prüfungstag. Ich raste durch meine Morgenroutine und ging bei meiner Ankunft in der Schule direkt zum Klassenzimmer, statt meine Freunde an unseren Schließfächern zu treffen.

Ich musste fokussiert bleiben. Die Tür war unverschlossen und der Raum leer. Perfekt! Ich ging zu meinem Platz, ordnete meine Stifte, den Taschenrechner, eine Wasserflasche und Taschentücher ordentlich auf meinem Tisch an und legte den Rest meiner Sachen unter meinen Stuhl.

Normalerweise würde ich in diesen kostbaren letzten Minuten pauken, aber jetzt schloss ich meine Augen und rief die Vision auf, die ich im Büro der Lehrerin hatte. Innerhalb von Minuten wurde ich von Freude überwältigt, als hätte ich Sonnenschein gegessen und einen Regenbogen getrunken. Ich fühlte mich, als würde ich im Garten sonnenbaden. Das Licht war hell hinter meinen Augenlidern und ein Strahl traf mich direkt durchs Herz.

Jemand stupste mich auf dem Weg zu seinem Platz an, und eine Wolke schob sich vor die Sonne. Ich blinzelte zurück in die Realität.

Ich fühlte mich nicht mehr so high wie zuvor, aber ich trug immer noch ein albernes Grinsen. Ich würde diese Prüfung rocken.

Ich drehte mich um, um Sam anzuschauen. Er starrte mich mit einem unlesbaren Gesichtsausdruck an. Ich zeigte ihm einen Daumen nach oben, immer noch grinsend, und seine Antwort war eine hochgezogene Augenbraue und ein amüsiertes Lächeln. Ich drehte mich zurück. Der Lehrer hatte die Prüfung vor mich gelegt. Ich holte tief Luft, nahm meinen Stift und wartete auf das Signal zum Anfangen.

Ich las alle Fragen durch und markierte wichtige Fakten. Ich musste nicht mit den einfacheren Fragen anfangen, sie waren alle einfach! Oder zumindest kamen die Antworten leicht. Ich arbeitete mich durch das Heft, las jede meiner Antworten zweimal durch und legte meinen Stift ab. Nachdem ich überprüft hatte, ob ich meinen Namen und meine Gruppennummer aufgeschrieben hatte, hob ich die Hand, um zu signalisieren, dass ich fertig war. Der Lehrer legte den Kopf schief und schaute auf die Uhr. Ich hatte eine fünfundsiebzigminütige Prüfung in dreißig Minuten abgeschlossen. Wir waren beide schockiert. Normalerweise war ich diejenige, die um zusätzliche Zeit bat.

Er bedeutete mir, mein Heft zu bringen, hielt aber eine Hand hoch, um mich davon abzuhalten, zu meinem Platz zurückzukehren. Er blätterte durch das Heft, um sicherzustellen, dass ich keine Fragen vergessen hatte. Dann zeigte er mit dem Daumen auf die Tafel hinter ihm. Er hatte die Kapitel aufgeschrieben, die wir als Hausaufgabe machen sollten. Ich nickte und ging so leise wie möglich zurück zu meinem Platz. Am liebsten wäre ich gehüpft.

Ich war so vertieft in mein Physik-Notizbuch, dass ich weder sah noch hörte, wie der Lehrer auf mich zukam. Ich erschrak, als ich ihn sah. Er hielt meine Prüfung in der Hand. Meine benotete Prüfung! Sein Gesicht war neutral, ich konnte nicht erkennen, ob es gut oder schlecht war. Er ließ mich nicht lange im Ungewissen. Er legte einen Finger auf seinen Mund, um mich daran zu erinnern, leise zu bleiben, da Schüler noch an ihren eigenen Prüfungen arbeiteten, obwohl viele bereits fertig waren.

Es geschah genau wie in meiner Vision. Sein Arm senkte sich in

Zeitlupe, als er mir die Prüfung überreichte. Ich hatte nicht nur eine gute Note, ich hatte eine perfekte Note. Er hatte mit einem roten Edding ein riesiges »100%« gekritzelt, gefolgt von vier Ausrufezeichen und einem Smiley. Ich schaute auf, Tränen stiegen mir in die Augen. Ich formte stumm die Worte »danke«, während ich den Test an meine Brust drückte. Er lächelte und formte zurück: »Das warst alles du.« Er streckte seine Hand aus, er wollte den Test zurück. Ich schaute ihn noch einmal an, seufzte vor Glück und gab ihn widerwillig zurück.

Als die Glocke läutete, warf Sam sein Heft auf den Schreibtisch des Lehrers und wartete draußen vor dem Klassenzimmer auf mich. Als ich herauskam, zog er mich in eine Umarmung.

»Ich habe deine Note gesehen, das ist unglaublich, Clare. Ich wusste, dass du es drauf hast!«, sagte er, während er mich losließ.

Ich strahlte vor Stolz und antwortete: »Ich bin sicher, du hast auch gut abgeschnitten.«

Er zuckte mit den Schultern und sagte: »Natürlich!« Er nickte in Richtung Flur und sagte: »Komm, ich begleite dich zu deiner nächsten Klasse und du kannst mir erzählen, wie du das gemacht hast.«

IM FRANZÖSISCHUNTERRICHT TEILTE Monsieur Marcel unsere benoteten Antworten aus. Er hatte mir sechsundneunzig Prozent gegeben und »Bravo!« dazugeschrieben. Ich hatte ein paar Grammatikfehler und hatte vergessen, einen Titel hinzuzufügen. Trotzdem war es die beste Französisch-Note, die ich je für eine schriftliche Aufgabe bekommen hatte.

Meine Freude war nur von kurzer Dauer. Wir mussten eine kurze mündliche Präsentation auf Basis unserer schriftlichen Antwort vorbereiten. Ich senkte verzweifelt den Kopf. Ich hellte auf, als ich hörte, dass er unsere Antworten einzeln draußen im Flur anhören würde. Mein Herz machte einen Sprung und ich konnte nicht widerstehen zu klatschen. Ich war sofort beschämt, als sich alle umdrehten und mich anschauten.

Wir hatten fünfzehn Minuten Zeit, paarweise zu üben, und

Monsieur Marcel sagte uns, wir sollten darauf vorbereitet sein, Anschlussfragen zu beantworten.

Ich bildete ein Paar mit Joshua. Er war der am wenigsten urteilende unter den Zweisprachigen. Er wohnte in meiner Straße und wir gingen zusammen zur Grundschule, aber wir waren keine Freunde. Er war im Robotik-Programm und, nun ja, spielte immer noch mit Plastiksteinen. Aber er war ein guter Partner, da wir nichts Persönliches zu besprechen hatten, was uns von der Aufgabe ablenken könnte.

Als ich an der Reihe war, nahm ich mir einen Moment, bevor ich in den Flur ging, um anzuwenden, was ich im Schloss gelernt hatte. *Ich kann das.* Monsieur Marcel begann damit zu sagen, wie erfreut er über meine Fortschritte im Unterricht war. Das stärkte mein Selbstvertrauen und ich begann meine Kommentare zu *Barbe Bleue* mit Begeisterung. Er fragte nach den traditionellen Rollen der Frauen im Haushalt und nach der Geschlechterdynamik in heutigen Beziehungen. Ich nahm mir Zeit, und alle Wörter, die ich brauchte, waren sofort verfügbar. Ich bemerkte, dass mein Akzent nicht so ausgeprägt war, wie ich mir vorgestellt hatte.

Der Lehrer nickte, während ich sprach, und kritzelte wild auf seinem Notizblock. Minuten später zeigte er mir das Raster; es zeigte zweiundneunzig Prozent. Ich war so glücklich, ich schaute mir meine Fehler gar nicht an. Es war mir einfach egal. Außerdem würde er es einscannen und im Elternportal veröffentlichen. »Merci, Monsieur Marcel«, stammelte ich, noch immer überwältigt von meiner Leistung.

Ich hatte Lust, vor Freude zu springen, aber ich hatte heute schon wie eine Verrückte geklatscht. Ich ging zurück in die Klasse und rief den nächsten Schüler auf. Auf dem Weg zurück zu meinem Platz checkte ich die Tafel nach unserer nächsten Aufgabe. Wir mussten aus den Romanen im Bücherregal und der dazugehörigen Studieneinheit wählen.

Und siehe da, eine Übersetzung von *The Giver* war eine der Optionen. Ich schnappte mir schnell ein Exemplar des Buches und holte die Einheit aus dem Schrank. Konnte dieser Tag noch besser werden?

Tatsächlich konnte er das. Nach einem schnellen Mittagessen ging ich zur Sprachkunstklasse für meinen Nachhilfejob. Ich war pünktlich, aber mein Schüler nicht. Ich fragte die Lehrerin, was ich tun sollte, und sie sagte, ich solle noch weitere fünf Minuten warten, und wenn er nicht auftauchen würde, könnte ich gehen.

Er tauchte nie auf. Ich wurde trotzdem bezahlt. Super! Ich überlegte, ob ich meine Freunde suchen oder einen Spaziergang machen sollte. Es war ein wunderschöner Frühlingstag und die meisten Schüler waren in Hemdsärmeln draußen. Spaziergang also. Es war zu schön, um im kleinen Wäldchen hinter der Schule zu laufen, und das Gras war zu matschig zum Laufen. Ich folgte dem Pfad, der zum Pool führte, und fand eine perfekt positionierte Bank, auf der ich mich setzen und etwas Sonne tanken konnte.

Ich saß dort in völliger Glückseligkeit, bis die Glocke läutete, und dann machte ich mich auf den Weg zurück zum Unterricht. Ich fühlte mich wie ein Superstar.

KAPITEL 10
KAPITEL ZEHN

Ich redete wie ein Wasserfall und Mom hörte mit einem nachsichtigen Lächeln zu. Als ich endlich Luft holte, sagte sie: »Ich bin so stolz auf dich, Schätzchen. Du findest endlich zu dir selbst!« Bei dem letzten Teil zuckte ich zusammen. So ein typischer Muttersatz. Ich konzentrierte mich auf ihren Stolz. Es fühlte sich nicht so freudig an wie sonst. Oder besser gesagt, nicht so sehr wie der Stolz, den ich für mich selbst empfand. Ich ließ dieses neue Gefühl in meinem Mund kreisen und schluckte das Göttergetränk hinunter.

Mom hatte Gebäck zum Nachtisch besorgt. Das ist unser Freitag-abend-Luxus. Es gab eine Auswahl an mundgerechten Klassikern. Ich nahm eine Mandeltarte und ein Mille-feuille. Mom hatte einen Eclair und ein Tiramisu. Wir genossen diese mit einer Tasse unseres Lieblingstees aus Rooibos und Vanille, während wir entschieden, welchen Film wir nach dem Abendessen ansehen würden.

Wir einigten uns auf die neue Verfilmung von »Little Women« und planten, uns um halb acht im Wohnzimmer zu treffen. Moms Freundin Michelle kam früher für ihren Spaziergang, also bot ich an, das Geschirr allein zu spülen. Sie küsste mich auf die Stirn und versprach, in einer Stunde zurück zu sein.

Ich startete meine Musikplaylist und schickte sie an unser Smart-

Speaker-System. Es würde mir Gesellschaft leisten, während ich die Küche aufräumte. Ich nutzte die Gelegenheit, dass ich die Wohnung für mich hatte, und zeigte meine Tanzbewegungen und mein mangelndes Gesangstalent.

Ich war gerade mittendrin, einen 80er-Jahre-Klassiker zu schmettern, als ich hörte: »Du bist gar keine schlechte Sängerin!« Ich kam abrupt zum Stillstand, meine Arme zappelten noch ein bisschen herum. Ich schaute zur Haustür, keine Mom. Hintertür, nichts. Ich befahl dem Smart-Speaker, die Klappe zu halten und zu lauschen. Die Fenster waren geschlossen, es kam nicht von draußen.

»Ist jetzt ein guter Zeitpunkt?«, fragte die Stimme. Mir wurde klar, dass sie aus meinem Kopf kam.

»Wer ist da?«, fragte ich laut. Es gab keine Antwort. Ich wiederholte meine Frage in meinem Kopf.

»Hier ist January. Kannst du zum Schloss kommen?«, fragte sie.

Ich überprüfte die Zeit auf der Ofenuhr. Es war erst halb sieben. Mom würde frühestens in einer halben Stunde zurück sein, vielleicht sogar erst in einer Stunde, wenn der Klatsch gut war. »Klar, gib mir eine Minute«, antwortete ich. Ich ging in mein Zimmer, schloss die Tür und legte mich auf mein Bett. Wenn Mom anklopfen und keine Antwort bekommen würde, würde sie denken, ich mache ein Nickerchen.

Ich sprach meine üblichen Absichten aus und landete direkt vor der Tür des gelben Raums. January saß auf dem Sofa mit einem ernst aussehenden Mädchen, das die Art von Kleidung trug, die meine Mutter zur Arbeit anzog: eine marineblaue Bundfaltenhose, ein weißes Hemd und eine weinrote Jacke.

Als ich mich setzte, sah ich, dass auf der Brusttasche der Jacke ein Wappen war. Sie war im Debattierteam. Vielleicht kam sie gerade von einem regionalen Treffen zurück. Ihre Haare waren zu einem strengen Dutt zurückgebunden. Sie trug kein Make-up, ihre unlackierten Nägel waren kurz geschnitten, und der einzige Schmuck, den ich an ihr sah, war die Uhr, die Oma uns letztes Weihnachten geschenkt hatte.

Sie streckte mir ihre Hand entgegen, sehr geschäftsmäßig. »Hallo, ich bin April.« Ich schüttelte sie und sagte ihr, dass ich March sei, aber das wusste sie bereits. January fragte, ob ich Tee oder Kaffee wollte. Ich lehnte ab. Würde ich endlich erfahren, was los ist?

»Gut gemacht bei deinem Physiktest!«, sagte sie. Ich verengte meine Augen zu Schlitzen und wollte gerade fragen, woher sie das wusste, aber sie war April. Sie wusste alles, was im April in allen zwölf unserer Realitäten passierte.

»Danke«, erwiderte ich höflich.

January übernahm das Gespräch. »Gut. Jetzt, wo du die grundlegenden Fähigkeiten beherrschst, ist es Zeit, zur Sache zu kommen. Im Moment weißt du, was im März deiner Realität passiert, aber nicht in den anderen Realitäten. Daran wirst du dieses Wochenende arbeiten. Aber da die Angelegenheit ziemlich dringend ist, wird April mit dir teilen, was in ihrer Realität in den letzten Wochen passiert ist.«

»Wenn du sagst teilen, meinst du, dass wir darüber reden werden, oder meinst du, dass ich ihr Leben besuchen werde, so wie ich deines besucht habe?«, fragte ich. Januarys Leben war erstaunlich, aber ich war mir nicht so sicher, ob ich Aprils Leben sehen wollte. Nach ihrem Aussehen zu urteilen, hatte sie überhaupt keinen Spaß. Ich tadelte mich sofort, als mir klar wurde, dass ich, indem ich ihr Leben beurteilte, mich selbst beurteilte.

»Ich werde dich durch eine Reihe wichtiger Erinnerungen führen. Du wirst nicht *als* ich handeln, sondern nur sozusagen mitfahren«, erklärte April.

Ich zuckte mit den Schultern und sagte: »Los geht's!« Sie nahm meine Hand und ich war sofort wieder in meinem Zimmer und lernte für den Mathetest, den ich vor ein paar Tagen kläglich verhauen hatte. Das Zimmer war anders. Erstens war es viel ordentlicher als meins. Ich überprüfte meinen Planer und sah, dass er voll mit Aktivitäten nach der Schule und Wochenendausflügen war. Wo fand sie nur die Zeit?

Mom rief, um mir zu sagen, dass Sam da sei. Sam? Wir lernten normalerweise online, das war effizienter. Stirnrunzelnd öffnete ich meine Tür und da war er, die Hand schon nach dem Türgriff ausgestreckt. Ich hatte keine Zeit, die Küche zu überprüfen und nach Unterschieden zu suchen, denn Sams Hand schlängelte sich um meine

Taille und zog mich nahe zu sich, als er mich direkt auf die Lippen küsste. Auf. Die. Lippen. *Was?*

»Im Esszimmer, Leute, ihr kennt die Regeln!«, rief Mom aus dem Wohnzimmer. Sam schnappte sich die Bücher von meinem Schreibtisch und brachte sie zum Esstisch, wo er seinen Rucksack abstellte.

Ich holte ein paar Flaschen Mineralwasser aus dem Kühlschrank und setzte mich zu ihm an den Tisch. Ich steuerte diesen Körper nicht, also konnte ich nur beobachten. Allerdings konnte ich fühlen, was April fühlte. Dies war ein regelmäßiges Ereignis. Ihn zu küssen war angenehm und natürlich, nicht aufregend wie ein erster Kuss. *Ich und Sam?* Es war unbegreiflich. Klar, wir waren seit der Grundschule beste Freunde, aber das war's auch.

Die Szene änderte sich. Ich sah mir einen Barbie-Film mit einem etwa neunjährigen Mädchen im Wohnzimmer an. Es war Penny, meine kleine Schwester, und wir kuschelten unter einer Decke. Ich hatte in dieser Realität eine Schwester? Wer ist ihr Vater?

Es gab keine Zeit zu fragen, denn die Szene änderte sich wieder. Wir sind in einer Art Wartezimmer. Alles war institutionell grau, aber es fühlte sich nicht wie ein Krankenhaus an. Andere Leute warteten und unterhielten sich mit leiser Stimme.

Es gab ein lautes Summen, wie wenn man in ein Bürogebäude eingelassen wird, nur lauter. Meine Augen folgten dem Geräusch zu einem Lautsprecher direkt neben der Uhr. Es war zehn Uhr und die große Stahltür öffnete sich automatisch.

Familien strömten durch die Tür hinein. Sam fragte: »Bist du bereit?«, und ich nickte. Wir folgten den anderen in einen großen cafeteriaähnlichen Raum mit runden Metall-Picknicktischen, an denen die Sitze befestigt waren. An jedem Tisch saß ein Mann und wartete auf seine Besucher. *Oh mein Gott!* Wir besuchen jemanden im Gefängnis. Wen? Warum?

Wir erreichten unser Ziel und da war Dad. Moment, *Dad?* Er umarmte mich fest. April umarmte ihn zurück, sie freute sich, ihn zu sehen. Er ließ mich los und schüttelte Sams Hand. »Ich warte im Warteraum, falls du mich brauchst«, sagte er und küsste meine Wange, bevor er ging. Dad deutete mir, mich zu setzen.

Er sah nicht so aus, wie ich ihn aus den Fotos in Erinnerung hatte. Ich hatte ihn nie kennengelernt. Mom hatte gesagt, er sei gestorben, als ich ein Baby war. Er sah älter aus, schlanker und gebräunt. Als würde er viel Zeit im Freien verbringen. Er lächelte mich an, die Hände auf dem Tisch gefaltet.

Ich saugte seinen Anblick noch in mich auf, als wir in den gelben Raum zurückkehrten. Ich hatte eine Menge Fragen. Ich öffnete meinen Mund, aber January hob ihre Hand, um mich zu stoppen. »Du wirst heute Abend alle Details erfahren«, sagte sie. »Wir wollten nur, dass du die Situation verstehst, bevor wir fortfahren.«

»Dad ist Investmentbanker. Er wurde wegen Veruntreuung von Firmengeldern angeklagt«, sagte April.

»Hat er es getan?«, fragte ich.

KAPITEL II

KAPITEL ELF

M ama und ihre Freundin waren zurück und plauderten in der Tür, während sie Pläne machten, nächste Woche Mittag essen zu gehen. Ich war immer noch erschüttert von Aprils Enthüllungen. Hat Mama über Papas Tod gelogen oder ist er in Aprils Realität einfach nicht gestorben? Könnte ich in der Zeit zurückreisen und Dinge ändern, sodass er in meiner Realität am Leben wäre? War Papa ein Gauner? War er damals schon ein Gauner gewesen? War er die ganze Zeit im Gefängnis?

Ich hörte Mama kommen. Ich setzte mich auf und griff nach einem Buch, tat so, als würde ich lesen. »Bereit für den Film?«, fragte sie. »Ich mache Popcorn!«

Ich wollte sie nach Papa fragen. Stattdessen sagte ich mit falscher Fröhlichkeit: »Gleich.« Ich hatte mich noch nie weniger danach gefühlt, einen Film zu schauen. Ich wollte an diesem Schorf kratzen, bis der Eiter herauskam. Ich warf das Buch beiseite, straffte meine Schultern und übte mich in Geduld. Alles würde heute Abend enthüllt werden.

Der Film war gut, aber es war ein Tränendrücker, der uns zum Heulen brachte. Heute Abend hätte ich eine Komödie vorgezogen, um mich abzulenken. Ich sagte mir immer wieder, dass das, was April passierte, nicht mir passierte. Es fühlte sich aber so an.

Als der Film zu Ende war, putzten wir uns die Zähne und sagten Gute Nacht. Ich erinnerte mich selbst daran, dass das Einzige, was ich tun konnte, war, das bestmögliche Ergebnis zu erwarten. Aber wie würde das aussehen? Offensichtlich war im März etwas passiert, von dem April dachte, dass es vermieden oder anders gehandhabt werden könnte.

Ich sprach die Worte, sie waren jetzt Teil meiner nächtlichen Routine. Ich war mir nicht sicher, ob ich sie noch brauchte, aber sie halfen mir, mich zu konzentrieren. Besonders, da mein Verstand so aufgewühlt vor Sorge war. Ich verlangsamte meine Atmung. Fünf Zählzeiten einatmen, fünf Zählzeiten ausatmen.

Als ich den gelben Raum betrat, warteten Januar und April bereits auf mich. Es waren noch andere Mädchen im Raum, die leise am Fenster miteinander sprachen. Als ich mich auf das Sofa setzte, erschien die Lehrerin an der Tür und gesellte sich bald zu uns.

»April, hattest du die Gelegenheit, mit deinem Guide zu sprechen?«, fragte sie. Ich spitzte die Ohren. Das war das erste Mal, dass jemand die Guides erwähnte.

»Ja, sie sagte, dass ich Informationen aus den letzten drei Monaten sammeln muss, um herauszufinden, wo das Problem seinen Ursprung hat. Ich habe bereits mit Januar und Februar gesprochen. Sobald ich Märzs Perspektive habe, kann ich fortfahren«, antwortete April.

»Wie fortfahren?«, fragte ich. Ich wollte wissen, wie das funktionierte. Ob es garantiert funktionieren würde.

»Sobald April alle Fakten hat – nun, aus ihrer Perspektive, da sie nie die Fakten aus der Perspektive von jemand anderem erfahren wird, wie zum Beispiel von deinen Eltern – wird sie einen Antrag stellen, um mit sich selbst in der Zukunft zu sprechen. Sollten die Ereignisse ohne Eingreifen ablaufen, was wäre das Ergebnis? Abhängig von der Schwere der Situation darfst du mit bis zu fünf zukünftigen Versionen von dir selbst sprechen. Wenn du die Ergebnisse nicht akzeptieren kannst, kannst du eine Realitätsanpassung beantragen. Dann erklärst du deiner Gruppe, was du möchtest. Wenn alle zustimmen, wird die Anpassung durchgeführt«, erklärte die Lehrerin.

Ich versuchte, es zu verstehen – verschiedene zukünftige Versionen von mir selbst zu treffen. War eine von ihnen mein Guide? Änderte sich mein Guide jedes Mal, wenn ich eine Entscheidung traf?

»Warum müssen alle zustimmen? Warum würde jemand nicht zustimmen?«, fragte ich.

Januar beantwortete diese Frage. »Technisch gesehen wäre der einzige Grund, warum jemand nicht zustimmen würde, wenn die Änderungen, die du beantragst, dir oder jemand anderem Schaden zufügen würden.«

»Oder wenn die Änderung ein wichtiges Ergebnis beseitigt. Wenn ihr euch trefft, um den Antrag zu besprechen, erhältst du die Perspektiven der Mädchen, die für die Monate nach dem Ereignis verantwortlich sind. Das gibt dir das kurzfristige Ergebnis des unveränderten Ereignisses«, warf die Lehrerin ein.

»Kannst du mir ein Beispiel geben?«, sagte ich. Ich war verwirrt.

»Angenommen, du möchtest eine Trennung zwischen dir und deinem Freund verhindern. Aber Juni erzählt dir, dass du einen noch besseren Typen kennengelernt hast. Sie würde deinem Antrag nicht zustimmen«, erklärte April.

»Oh, das macht Sinn. Aber was, wenn ich wirklich meinen Fall vorbringen würde?«, fragte ich.

»Wenn du dir selbst oder anderen keinen Schaden zufügst, könnte diejenige, die Einwände hatte, deinem Wunsch nachgeben. Du würdest offensichtlich versuchen, durch die Erfahrung etwas zu lernen«, antwortete Januar.

Ich fand diese Antwort zufriedenstellend. Solange ich keine bösen Absichten hatte, würde mein Antrag wahrscheinlich genehmigt werden. Böse. »Es muss böse oder ungezogene Versionen von mir geben, oder? Um das Gleichgewicht zu halten?«, fragte ich.

»Ja, aber sie sind nicht hier. Dies ist Klarheitsschloss, die Heimat derer, die nach Klarheit suchen«, antwortete die Lehrerin.

»Haben sie ihren eigenen Ort, so wie, Unklarheitsschloss?«, schnaubte ich. Alle lachten darüber.

»Nein, Liebes. Und es gibt auch nichts dazwischen, falls du das fragen wolltest. Es gibt keine Dunkelheit, nur die Abwesenheit von Licht. Daher sind die Versionen, die nicht hier im Schloss sind, entweder auf dem Weg hierher oder folgen nicht ihrem Pfad zur Klarheit«, erklärte sie.

»Aber was, wenn ich etwas sehr Ungezogenes täte, wie eine Bank ausrauben?«, fragte ich.

»Erinnerst du dich an die Szene im Film *Natürlich blond*, wo Elle darauf besteht, dass Brooke unschuldig ist, indem sie sagt: *,Sport produziert Endorphine. Endorphine machen glücklich. Glückliche Menschen erschießen ihre Ehemänner nicht?'*«, sagte Januar in einer perfekten Nachahmung von Reese Whiterspoons Charakter. Ich grinste. Wir alle taten es. Es ist einer unserer Lieblingsfilme.

»Willst du damit sagen, dass ich keine Bank ausrauben würde, wenn ich glücklich wäre?«, fragte ich.

»Genau! Glück ist nicht nur ein Gefühl, es ist auch eine Frequenz. Je höher die Frequenz, desto besser fühlst du dich. Bei höheren Frequenzen hast du Zugang zu anderen Gedanken und Erfahrungen. Wenn du ein Problem hättest, könntest du jeden von uns bitten, dir zu helfen, es leicht zu lösen«, fügte April hinzu.

»Was meinst du mit Frequenzen? Wie im Radio?«, fragte ich.

»Ja, genau wie im Radio. Wenn du auf den glücklichen Kanal eingestellt bist, kannst du nur glückliche Musik hören. Wenn du auf den mürrischen Kanal eingestellt bist, kannst du dir vorstellen, was du hören wirst«, sagte sie.

Ich dachte darüber nach. Der Kanal, auf den ich am meisten eingestellt war, war der Sorgenkanal. Das würde bedeuten, dass ich besorgniserregende Musik hörte, oder eher Gedanken und Erfahrungen. Das war wahrscheinlich der Grund, warum ich dort stecken blieb.

»Aber wie wechselt man den Kanal?«, fragte ich.

»Indem du dich ablenkst. Es geht darum, aufzuhören, jeden Gedanken zu denken, auf den du gerade eingestellt bist. Es ist am Anfang sehr schwer, deine Gedanken zu ändern. Am besten ist es, sich einfach ganz woanders zu konzentrieren. Die besten Möglichkeiten sind ein Nickerchen, Meditation, ein Spaziergang, etwas Musik hören, mit deinem Haustier spielen oder irgendetwas zu tun, was dir Freude bereitet. Du wirst schnell den Kanal wechseln. Im Falle eines Nickerchens oder einer Meditation würdest du das Radio ganz ausschalten«, erklärte Januar.

Ich nickte, verstehend. »Als ich das erste Mal hierherkam, lief ich eine schlechte Laune ab. Du sagst, dass ich den Kanal gewechselt habe, sobald ich aufgehört habe, über meine schlechte Note enttäuscht zu sein. Hat das Schloss seinen eigenen Kanal?«, fragte ich.

»Nicht ganz«, antwortete die Lehrerin. »Stell dir ein Thermometer vor, bei dem null Grad eine neutrale Temperatur oder in unserem Fall eine Frequenz ist. Wenn die Frequenz steigt, sind die Gefühle positiv. Wenn sie sinkt, sind die Gefühle negativ. Die Gefühle knapp über Null sind Zufriedenheit, Optimismus und Begeisterung, die bis zur Freude ansteigen. Knapp darunter findest du Langeweile, Sorge und Wut, die bis zur Angst absinken.

»Es gibt viele Gefühle dazwischen. Um alle zu sehen, schau einfach die emotionale Skala online nach, wenn du zurück in deiner Welt bist. Jedenfalls, sobald du über Null steigst, kannst du auf das Schloss und uns alle zugreifen«, erklärte die Lehrerin.

Es klang einfach genug. »Ist es möglich, die ganze Zeit über Null zu bleiben?«, fragte ich.

»Nur, wenn du hier bleibst. Das Leben auf der Erde soll nicht perfekt sein. Es soll echt und einzigartig sein. Du darfst wählen, was passiert, Moment für Moment. Die meisten Menschen wählen unbewusst, durch Gedankengewohnheiten. Es scheint, als würde ihnen das Leben passieren, als wären sie machtlos. Wenn sie auf den machtlosen Sender eingestellt sind...«, sagte die Lehrerin.

»Bekommen sie nur machtlose Gedanken und Erfahrungen«, rief ich aus, als die Tragweite der Implikation mir bewusst wurde.

Das war riesig. Es erklärte Januars scheinbar verzaubertes Leben. Sie war immer fröhlich und leidenschaftlich. Ich betrachtete sie genau, dann April. Januars Haut war makellos, ihr Haar glänzend, ihre Augen strahlend. Ich konnte die Freude spüren, die aus ihr sickerte. Es fühlte sich warm an, einladend. April hingegen sah aus, als hätte jemand einen matten Filter auf sie angewendet. Sie war nicht langweilig, aber selbst wenn sie lächelte, schien die Wattzahl gedämpfter. Ich fühlte mich nicht zu ihr hingezogen, aber ich fühlte mich auch nicht von ihr abgestoßen. Ich fühlte mich wohl in ihrer Gegenwart. Mir wurde klar, dass meine eigene Frequenz wahrscheinlich mit ihrer übereinstimmte. Ich lächelte sie an, eine Welle des Mitgefühls überkam mich. Sie lächelte zurück.

Die Lehrerin strahlte uns an. »Beider Frequenzen sind gerade gestiegen!« Wir strahlten alle zurück.

»Es ist fast Zeit zu gehen. Hast du noch weitere Fragen zu Frequenzen?«, fragte Januar.

»Nein, ich verstehe es. Es ist ziemlich unkompliziert. Was ich wirklich wissen möchte, ist, wie ich auf Informationen über andere Realitäten zugreifen werde. Du hast gesagt, ich bin verantwortlich für den Monat März. Ich weiß, was in meinem Leben passiert, und ich habe ein paar Hinweise auf Aprils jüngste Ereignisse. Wie bekomme ich den Rest davon?«, fragte ich.

»Das ist der lustige Teil! Du wirst einen Monat in jeder Realität verbringen – als Besucher natürlich«, warf Januar ein.

»Einen Monat! Du meinst, ich werde den ganzen Monat März als jedes der anderen elf Mädchen erleben, die in unserer Gruppe sind? Wird das nicht ewig dauern?«, rief ich aus.

»Du vergisst, dass wir außerhalb von Zeit und Raum sind. Du könntest buchstäblich ein Jahr hier verbringen und morgen früh, wenn du aufwachst, zu deinem Leben zurückkehren«, antwortete April.

Das war intensiv. Es bedeutete auch, dass ich jede beliebige Anzahl von Leben besuchen oder ausprobieren könnte.

»Wenn wir unsere anderen Realitäten besuchen können, warum müssen wir dann zurückgehen und etwas ändern? Wäre es nicht einfacher, das hier im Voraus zu betrachten?«, fragte ich.

»Ja, das wäre es. Im Moment stellst du dir vor, dass du jede Nacht hierher kommst und alle möglichen Szenarien überprüfst und die besten auswählst. Irgendwann wirst du dich jedoch auf etwas anderes konzentrieren und es wird keine Priorität mehr sein. Oder deine

Frequenz wird für eine Weile sinken. Später könntest du sogar den Wert des Kampfes kennenlernen«, sagte die Lehrerin.

»Den Wert des Kampfes?«, fragte ich.

»Ja. Probleme zu lösen, Hindernisse zu überwinden oder Ziele zu erreichen ist befriedigend. Es fühlt sich gut an. Wenn nie etwas passiert, was das Boot zum Schaukeln bringt, ist es leicht, in Langeweile zu verfallen. Essen schmeckt immer besser, wenn du hungrig bist«, erklärte Januar.

Es ergab alles Sinn. Es war wie ein Spiel. Manchmal gewann man, manchmal verlor man. Aber man spielte weiter, strebte nach dem Sieg.

»Was passiert, wenn mir eine andere Realität besser gefällt als meine?«, fragte ich, als mir der Gedanke kam.

»Vorerst müssen wir dich bitten, alle elf Realitäten zu betrachten. Solltest du wirklich eine der anderen Realitäten bevorzugen, könntest du einfach in sie hineinspringen und von dort weitermachen«, antwortete die Lehrerin.

»Aber was würde mit meiner passieren? Was ist mit dem anderen Mädchen, das bereits darin lebt?«, fragte ich.

»Deine Realität würde als März weitergehen. Dein Bewusstsein würde mit dem des anderen Mädchens verschmelzen. Sagen wir, es wäre meins. Du und ich würden uns als Januar identifizieren, aber es gäbe nur eine von uns«, erklärte Januar.

Es gab mir Kopfschmerzen, aber ich verstand es.

»Bedenke, dass es höchst unwahrscheinlich ist, dass du eine andere Realität bevorzugen wirst. Du wirst wahrscheinlich verschiedene Dinge an jeder Realität mögen und wünschen, sie in deine eigene zu integrieren«, fügte April hinzu. Ich nickte. Wir alle nickten.

»Bist du bereit?«, fragte Januar und streckte mir eine Hand entgegen.

Ich zögerte einen Moment, dann ergriff ich ihre Hand. Es war Januar, ich war sicher, dass ich eine großartige Zeit haben würde.

KAPITEL ZWÖLF

»Denk daran, Clare. Wenn es Probleme gibt, rufst du mich an, und ich hole dich ab«, sagte Mom und umarmte mich ganz fest. Sie hatte Tränen in den Augen, während sie mir durchs Haar strich und ihre Hände an meine Wangen legte. Sie tat so, als würde sie mich nie wiedersehen.

»Es ist doch nur für eine Woche, Mom«, antwortete ich mit den Händen auf ihren Schultern. »Mir wird's gut gehen.« Ich blickte zu Gary, um Hilfe zu bekommen.

»Komm schon, Liebling. Wir bringen sie in Verlegenheit. Siehst du nicht, dass all ihre Musikerfreunde darauf warten, dass sie ihre Eltern loswird?« Er umarmte mich kurz und zog Mom zum Auto. »Bis nächsten Sonntag um vier.«

Ich winkte ihnen zu und ging auf meine Freunde zu – oder besser gesagt, auf Januarys Freunde. Sie würde die Märzferien im Bandcamp verbringen. Ich zuckte innerlich zusammen bei dem Gedanken an eine Woche voller organisierter Gruppenaktivitäten, und noch dazu alles musikalisch. January war begeistert. Genau wie die kichernden Mädchen, die mich begrüßten. Ich kannte ihre Namen. Marisol spielte Klavier, Allegra spielte Cello, und Daphne war Sopranistin wie ich, äh, wie January.

Nachdem die Umarmungen und Freudenschreie erledigt waren, gingen wir zu unserem Schlafsaal und belegten die Etagenbetten. Ich bekam ein oberes Bett, ja! Ich packte die Sachen aus, die ich für heute Abend brauchen würde, und schloss mein Handy an. Das war nicht mein erstes Mal im Camp.

Während des Schuljahres war ich im Musik-Studienprogramm eingeschrieben. Dreimal pro Woche erhielt ich Privatunterricht hier an der Musikakademie in Orford. Ich verbrachte eine Woche hier in den Märzferien und vier Wochen im Sommer.

Sobald ich die Highschool abgeschlossen hätte, könnte ich für Auftritte oder Talentwettbewerbe vorsingen. Mein Coach hatte Mom seit Jahren damit genervt, aber sie wollte, dass ich mich auf meine Schulbildung konzentriere. Sie hatte nicht unrecht. Wenn ich einen Platz in einer Show oder einer Band bekäme, würde ich alles andere fallen lassen.

Es erstaunte mich, dass January trotz der vielen Zeit, die sie mit Singen und Klavierüben verbrachte, und trotz der gedrängten Schulzeit so gute Noten hatte. Ich war auch überrascht, wie gesprächig ich war.

Wir befanden uns in einem gemischten Gemeinschaftsraum mit einem Haufen anderer Jugendlicher. Einige erkannte ich aus der Schule. Es war wie eine Party. Ich schaute mich im Raum um und sah, dass zwei Erwachsene auf Barhockern in einer provisorischen Küche saßen. Vermutlich Kursleiter. Auch sie unterhielten sich lebhaft und ignorierten ihre Schützlinge.

Ich verstand, warum alle so aufgeregt waren. Wir würden eine Woche zusammen verbringen, ohne Eltern und nur locker beaufsichtigt. Einige Jugendliche begannen, Kartenspiele und Brettspiele zu spielen, andere jammten und sangen a cappella. Ich schaltete eine Weile ab.

Dies waren Januarys Freunde und ihre Welt. Für mich fühlte es sich völlig fremd an, aber ich konnte mir vorstellen, dieses Leben zu führen. Ich erinnerte mich daran, dass ich als Kind immer sang. Eine Freundin von Mom hatte uns ihr Klavier geschenkt, weil es nicht in ihre neue Wohnung passte. Ich nahm eine Weile Unterricht, aber ich konnte mich nicht zum Üben aufraffen. Mom verkaufte das Klavier schließlich.

Um zehn Uhr schickten uns unsere Betreuer ins Bett. Der Unterricht begann um acht, Frühstück gab es um sieben. So viel zu einer freien Woche.

Die Woche verging tatsächlich wie im Flug, und ich muss zugeben, dass es mir gefallen hat. Mein Lieblingsteil waren die täglichen Duettproben mit Etienne. Er war ein sechzehnjähriger Hottie, der eine der französischen Privatschulen besuchte. Er ist kein französischsprachiger Schüler, er ist tatsächlich Franzose. Er sprach mit einem bezaubernden Pariser Akzent, aber er sang in perfektem Englisch. Es war erstaunlich.

January mochte seine rauchgrauen Augen und sein tiefschwarzes Haar. Die waren toll. Was mich beeindruckte, war seine kerzengerade Haltung und die Tatsache, dass sein Atem immer minzfrisch war. Wir mussten in einer ziemlich kleinen Kabine ins gleiche Mikrofon singen. Es gab nur Platz für einen einzigen Notenständer. Jeden Tag standen wir dreißig Minuten lang Schulter an Schulter, teilten die gleiche Luft und sangen italienische Arien aus der Oper *Don Giovanni*.

Am Sonntag gab es ein Konzert und wir haben es total gerockt. Unsere Interpretation von *Là ci darem la mano* brachte uns Standing Ovations ein. Ich war so stolz, dass ich platzen könnte. Auf der Bühne zu stehen, während Etienne meine Hand fest drückte, fühlte sich an, als würde die ganze Welt mich lieben.

Wir verbeugten uns und gingen nach links von der Bühne ab. So überwältigt von Emotionen ich auch war, es gab während der Show eine Reihe von ebenso beeindruckenden Darbietungen.

Hinter der Bühne umarmten Etienne und ich uns kurz, und er redete auf Französisch wie ein Wasserfall. Ich verstand, dass er glücklich war, dass wir es geschafft hatten. Der Gesangscoach schickte uns einen italienischen »Bellissimo«-Kuss, während er das nächste Duett hinausbegleitete.

Die Schlussnummer ließ das gesamte Ensemble *September* von Earth, Wind and Fire singen. Es ist ein großartiger Song, alle Eltern klatschten. Als die Show vorbei war, tranken die Eltern Cocktails und unterhielten sich mit den Lehrkräften, während die Kinder aufräumten. Um fünf waren alle unter Tränen in ihr Alltagsleben zurückgekehrt.

Gary lud Mom und mich zum Abendessen ein, um zu feiern. Wir sprachen über unsere Woche, und January teilte mit, dass sie vielleicht Italienisch lernen wolle. Ich verdrehte die Augen. Wie würde sie das noch unterbringen? Mom fand es eine fantastische Idee, besonders weil ich im Duett so gut war. Für Mom wäre es viel besser, wenn ich Opern sänge als in einer Popband zu sein. Gary zwinkerte mir nur zu.

Gary ist so entspannt. Nichts bringt ihn aus der Ruhe. Ich fühlte mich schuldig, als ich mir eingestand, dass ich ihn in dieser Realität mehr mochte als Mom. Wo Mom »los, los, los« sagte, meinte er »nimm einen Tag nach dem anderen«. Es ist eine schöne Balance.

In der folgenden Woche erlebte ich Januarys Alltag. Jeden Tag stand sie um sechs auf. Sie trank ein riesiges Glas Wasser, nahm ein Probiotikum und ging dann zwanzig Minuten joggen. Dabei hörte sie klassische Musik.

Zurück zu Hause machte sie eine schnelle Yoga- und Dehnungsroutine und setzte sich dann vor die Terrassentür, während sie eine Tasse heißes Wasser mit Zitrone und Honig nippte. Es ist beruhigend, das Getränk und das Starren.

Als Nächstes kam eine Dusche, das Anziehen für die Schule und das Frühstück mit den Eltern. Ich durchsuchte ihre Erinnerungen, um herauszufinden, wie lange Gary schon dabei war. Fünf Jahre. Ich war da noch in der Grundschule gewesen. Sie hatten sich bei einem Sommercamp-Konzert kennengelernt. Er war dort gewesen, um Fotos für ein Magazinporträt über die Musikakademie zu machen. Er arbeitete als Fotograf für ein Unternehmen, das ein Dutzend oder mehr Fachzeitschriften herausgab. Da er auch Klavier spielte, war er maßgeblich an Januarys künstlerischer Entwicklung beteiligt gewesen.

Nach dem Frühstück machte ich zehn Minuten Stimmübungen vor dem Spiegel in meinem Zimmer, packte meine Schultasche und stieg in den Bus. Montag-, Mittwoch- und Freitagmorgen hatte ich Englisch und Mathematik, immer mit derselben Gruppe.

Es gab zwei Gruppen für das Musik-Studienprogramm. Die erste war für diejenigen an der schuleigenen Musikakademie. Es war ein Blasorchester, und jeder konnte mitmachen, keine musikalischen Fähigkeiten erforderlich. Die andere Gruppe war für diejenigen von uns mit musikalischem Talent, die anderswo Unterricht erhielten. In den ersten drei Jahren der Highschool gingen die meisten von uns zur regionalen Musikakademie. In den letzten zwei Jahren besuchten die vielversprechenderen Schüler Kurse an der Universität in Montreal, wenn sie sich das Schulgeld leisten konnten. Ansonsten blieben sie an der regionalen Schule.

Sobald die Glocke läutete, schnappten wir unsere Lunchpakete und gingen zum Bus, der uns zu unserem Nachmittagsmusikunterricht bringen würde. Es war eine dreißigminütige Fahrt und die einzige Mittagspause, die wir hatten. Es war angenehm genug. Ich saß neben Marisol und wir plauderten über das Übliche: Prüfungen, Musik und Jungs.

Als wir an der Schule ankamen, mussten wir einen zwanzigminütigen stillen Spaziergang auf dem Pfad machen, der um den Campus führte. Mir wurde klar, dass dies unser Äquivalent zu den zwei wöchentlichen Sportunterrichtsstunden war. Damit konnte ich mich anfreunden.

Nach unserer Rückkehr teilten wir uns nach Instrument und Niveau auf. Daphne und ich wurden von drei anderen Mädchen zur Soprangruppe dazugesellt. Wir verbrachten den Nachmittag zusammen mit unserer Lehrerin, aber jede verbrachte dreißig Minuten allein, der Reihe nach, mit dem Stimmcoach.

Um halb vier brachte uns der Bus zurück zur Schule. Wir kamen genau rechtzeitig, um in den Bus nach Hause zu steigen. Ich verbrachte die fünfzehnminütige Fahrt damit, Musik zu hören und aus dem Fenster zu starren. Obwohl January daran gewöhnt war und ich spüren konnte, dass es ihr nichts ausmachte, war ich geistig erschöpft.

Sie stürzte sich direkt in die Mathe- und Englischhausaufgaben. Wir aßen mit den Eltern zu Abend, dann ging ich zurück in mein Zimmer zum Lernen. Für den nächsten Tag stand ein Naturwissenschaftstest an. Die Schlafenszeit für January ähnelte meiner, außer dass sie anstatt vor dem Einschlafen online zu scrollen, las. Zum Vergnügen.

Dienstags und donnerstags hatte sie morgens Naturwissenschaften und Französisch (als Zweitsprache, Glückspilz!) und nachmittags Mathe und Englisch. Sozialkunde war in den Englischunterricht integriert worden. Anstatt ihre volle Mittagspause mit Freunden zu genießen, verbrachte January sie im Klassenzimmer ihrer Mathe- und Naturwissenschaftslehrerin, um Nachhilfe zu bekommen oder mit den Hausaufgaben voranzukommen.

Die nächsten drei Wochen waren mehr vom Gleichen. An Wochenenden war ihre Morgenroutine dieselbe. Nach dem Frühstück lernte sie. Samstagnachmittags hing sie normalerweise mit ihren Freunden ab. Die Hälfte der Zeit lernten sie.

Sonntagnachmittags unternahmen sie und ihre Eltern Aktivitäten im Freien wie Wandern oder Radfahren. Danach aßen sie mit Nana und ihrem neuen Freund zu Abend.

Freitagabends kuschelte sie sich unter eine Decke und holte die Fernsehsendungen nach, die sie aufgenommen hatte, während Mom und Gary beim Date-Abend waren. Samstagabends gingen sie zum Abendessen und ins Kino oder holten Essen zum Mitnehmen und sahen zu Hause einen Film an.

Es ist ein gut organisiertes Leben und nicht ohne Spaß. Aber es ist keines, in das ich einsteigen und übernehmen möchte. Ich würde Gary allerdings vermissen. Ich fragte mich, ob er in einer anderen Realität auftauchen würde. In der Zwischenzeit dachte ich, ich würde dieses Midi-Keyboard abstauben und an meinen Computer anschließen. Man weiß nie!

KAPITEL DREIZEHN

I ch war zurück im gelben Zimmer mit einem Rausch im Kopf. Jetzt waren mehr Mädchen im Wohnzimmer. Ich fragte mich, ob ich die ganze Zeit hier gewesen war oder ob ich ausgeblendet wurde, während ich in Januarys Erinnerungen war und erst jetzt wieder auftauchte. Ich war gerade dabei zu fragen, ob ich mit February Händchen halten müsste, als die Turnerin sich neben mich setzte.

»Wie ist es gelaufen? Bist du bereit für die nächste?«, fragte die Lehrerin. Im Grunde hatte ich gerade dreißig Tage in Januarys Leben verbracht, oder besser gesagt in ihren Erinnerungen. Der Prozess war immer noch etwas verschwommen. Aber ich hatte das Gefühl, dass kaum fünf Minuten vergangen waren.

»Es war großartig«, antwortete ich. Dann sagte ich zu January: »Gary ist der Beste!« und sie nickte begeistert.

February streckte ihre Hände aus, eine Frage in ihren Augen. Ich holte tief Luft und ergriff sie.

～

ICH WURDE SOFORT zum Sonntag vor den Märzferien transportiert. Diesmal war ich mit Mom und ihrer Freundin im Auto unterwegs zu

einem Turnverein in Montreal. Es war der Elite Canada Seniors' Wettbewerb und es war das erste Mal, dass February als Senior antrat. Die
Veranstaltung war der erste von drei jährlichen Wettkämpfen. Der
zweite war später im März und der letzte im April.

Sollte sie sich qualifizieren, würde sie zu den Kanadischen Meisterschaften im Mai gehen. Wenn alles gut liefe, könnte sie sich für die
Nationalmannschaft bewerben. Obwohl sie bezweifelte, dass sie es bei
ihrem ersten Versuch so weit schaffen würde, wäre der nächste Schritt
die Weltmeisterschaften im Kunstturnen im Oktober.

February war am besten am Barren, aber sie musste in allen vier
Disziplinen antreten: Sprung, Barren, Schwebebalken und Boden.
Sowohl sie als auch ihre Trainerin, die sich als Moms Freundin heraus-
stellte, waren mit ihrer Leistung zufrieden.

Ich war erstaunt über die Kraft und Beweglichkeit dieses Körpers.
Auf der Matte suchte ich ständig nach einem Trampolin, das die Höhe
dieser Sprünge und Saltos rechtfertigen würde, aber da war keines. Sie
hat Sprungfedern in den Beinen. Und sie ist so konzentriert. Es ist laut
und hektisch in der Turnhalle während des Wettkampfs, mit zwei
Geräten, die gleichzeitig laufen, und vielen anfeuernden Eltern und
Teammitgliedern. February blendete das alles aus. Ich hörte nur ihr
Atmen. Alles, was ich spürte, war ruhige Entschlossenheit.

Um nicht jeden Tag hin und her zu fahren, würden wir in einem
nahe gelegenen Hotel übernachten. So erfuhr ich, dass Mom und die
Trainerin ein Paar waren. Als ich die Tatsache verdaute, dass Mom in
dieser Realität lesbisch war, kam mir der Gedanke, dass sie es auch in
meiner sein könnte. Ich hatte nie gefragt und ich kann mich nicht
erinnern, dass sie in letzter Zeit mit jemandem ausgegangen ist, und
sie sah ihre Freundin Michelle ziemlich oft.

Jedenfalls war sie offensichtlich glücklich mit Shelley, und das war
alles, was zählte. Ich mochte Shelley, sowohl als Trainerin als auch als
Stiefmutter. Es hätte seltsam sein können, aber das war es nicht.
Obwohl sie seit meiner Oberstufenzeit zusammen waren, lebte Shelley
nicht bei uns.

Als der Wettkampf vorbei war, verbrachten wir das Wochenende in
der Stadt, um das Hotel zu genießen, einkaufen zu gehen und uns

feines Essen zu gönnen. February war so auf den Wettkampf fokussiert gewesen, dass ich sie die ganze Woche kaum mit jemandem sprechen sah. Sie fand es schwer, gegen ihre Freundinnen anzutreten, also blendete sie sie aus.

Ich vermutete, dass sie alle das taten, denn sie traf sich mit ihren Freundinnen, während sie in der Stadt war. Sie verbrachten den Tag in der Mall, tratschten über die anderen Teams und stopften sich mit Junkfood voll. Das war ein seltener Genuss. Sie waren auf einer strengen Diät und hatten die ganze Woche über fast gehungert.

Nach dem Brunch am Sonntag fuhren wir nach Hause, und ich verbrachte den Rest des Tages und Abends damit, TV-Serien zu schauen. Mom ließ mich sogar das Abendessen auf einem Tablett im Wohnzimmer essen. Ich war immer noch satt vom Mittagessen, aber es gab nur gebackenes Hühnchen, gedämpftes Gemüse und Naturjoghurt. *Muss mein Protein kriegen!*

Als der Wecker am nächsten Tag um sechs klingelte, war ich bestürzt zu erfahren, dass Februarys Routine fast identisch mit der von January war, nur dass die Stimmübungen durch eine Runde Ballett-Plié an der in ihrem Zimmer installierten Stange ersetzt wurden. Oh, und das Frühstück war ein grüner Protein-Smoothie. *Igitt!*

Ich überprüfte meinen Planer, während ich auf den Bus wartete, und stellte fest, dass January und February genau den gleichen Stundenplan mit verschiedenen Lehrern hatten. Als die Mittagsglocke läutete, sprang ich in den Bus, der uns zu unserem Turnverein brachte. Wieder war es eine dreißigminütige Fahrt, und ich aß im Bus. Das Mittagessen war fade, aber nahrhaft.

Ich plauderte mit denselben Freundinnen vom Wochenende, Trish und Noemie. Als wir ankamen, teilten wir uns in Leistungsstufen auf und begannen mit dem Aufwärmen. Vorbereitung, Seilspringen, Kopf- und Handgelenkrollen, Zehenspitzengang, Dehnen und Spagat. Dann arbeiteten wir eine Weile an jeder der vier Fertigkeiten.

Als ich zur Schule zurückkam, war Mom da, um mich abzuholen. Super! Sie reichte mir ein Sportgetränk und fragte nach meinem Tag. Wir plauderten auf der zehnminütigen Fahrt nach Hause, und sie erzählte mir, dass mein Abendessen im Ofen sei. Sie musste heute Abend arbeiten und würde um neun zu Hause sein.

Ich ging direkt zum Whirlpool. *Wir haben einen Whirlpool!* Das warme Wasser und die Blubberblasen lösten die Verspannungen des Tages. Als meine fünfzehn Minuten um waren, hüpfte ich unter die Dusche und zog meinen Pyjama an.

Ich aß allein in der Küche zu Abend und las dabei eine Kurzgeschichte für den Englischunterricht. Nach dem Abendessen erledigte ich meine Hausaufgaben, putzte mir die Zähne und lag um neun im Bett. Ich war erledigt.

Am nächsten Morgen fragte Mom, ob es mir etwas ausmachen würde, nach der Schule zum Ballettunterricht zu laufen, da sie arbeiten musste. Ich sagte ihr, dass es okay sei. Es ist nur ein zehnminütiger Spaziergang von zu Hause aus und die frische Luft würde mir gut tun.

In der Mittagspause war ich froh zu erfahren, dass February ihre Hausaufgaben nicht machte. Stattdessen war sie für einen halbstündigen Yogakurs angemeldet, der gleich nach der Mittagsglocke begann. Trish und Noemie nahmen auch daran teil. Wir aßen nach dem Kurs auf einer Bank draußen zu Mittag. Wir waren sehr entspannt und hatten nicht viel zu sagen.

Der Ballettunterricht war interessant. Es ist eine altersgemischte Gruppe, und es ist kein Wettkampfkurs. Soweit ich verstanden habe, ging es darum, an der Flexibilität und Anmut zu arbeiten, um die Bodenübungen zu verbessern. Der Zumba-Kurs am Donnerstag nach der Schule diente der Verbesserung von Rhythmus und Koordination.

Die Woche verging wie im Flug. Am Freitagabend schauten Mom und ich zusammen einen Film, aber um neun lagen wir beide erschöpft im Bett. Ich glaube, Mom arbeitete in dieser Realität viel mehr. Ich nahm an, dass es daran lag, dass Turnen ein teurer Sport war. Sie beschwerte sich nie, und ich war dankbar für alles, was sie für mich tat.

Den Samstagmorgen verbrachte ich im Verein. Wir hatten eine einstündige Einheit namens Mental Toughness Training. Wir arbeiteten an Visualisierung, im Hier und Jetzt bleiben, Verwendung eines

Mantras, Loslassen vergangener Misserfolge und die Kunst der Konzentration. War gar nicht schlecht.

Dann kam der harte Teil. Wir hatten jeweils eine Krafttrainingsstunde zu absolvieren. Ein paar Personal Trainer waren zur Stelle, um sicherzustellen, dass wir die Übungen richtig ausführten, um Verletzungen zu vermeiden. Sie waren auch sehr bestimmt in ihren Motivationsreden. Jetzt wusste ich, warum wir einen Whirlpool hatten.

Nach einem wohlverdienten Bad und einem riesigen Mittagessen machte ich ein Nickerchen. Jetzt war ich bereit für die Hausaufgaben, die ich ohne Unterbrechung machte, bis Mom mich zum Abendessen rief.

Zu meiner Überraschung war Nana hier und hatte das Abendessen mitgebracht! Ich aß oft samstags bei ihr, weil es mein Tag mit vielen Kohlenhydraten war. Heute Abend gab es Spaghetti mit Hackbällchen, Knoblauchbrot und Apfelkuchen mit Eis. Shelley war auch hier, um Mom für den Dateabend abzuholen.

Diese Nana plante auch eine Reise nach Marokko. Wir verbrachten den Abend damit, Bilder von ihrer Reise nach Amsterdam anzuschauen und unsere Zehennägel zu lackieren. Sie übernachtete, da Mom bei Shelley blieb.

Am Sonntagmorgen schliefen wir aus, na ja, bis acht, und es fühlte sich wie ein Luxus an. Nana und ich frühstückten, und dann ging sie in die Kirche. Sie bereitete mir ein von Mom genehmigtes Mittagessen im Kühlschrank vor und sagte mir, dass Mom zum Abendessen zurück sein würde.

Ich verbrachte den ganzen Tag mit Hausaufgaben und unterbrach nur für das Mittagessen und einen Spaziergang am Mittag. Mom und Shelley kamen gegen vier zurück, entspannten im Whirlpool und machten Abendessen. Wir aßen zusammen zu Abend, und Shelley ging, nachdem das Geschirr erledigt war.

Die nächsten zweieinhalb Wochen waren mehr vom Gleichen. Am sechsundzwanzigsten März stiegen sechs Juniorinnen und sechs Seniorinnen aus dem Turnverein zusammen mit Shelley und zwei freiwilligen Müttern in einen Bus und fuhren zum ersten technischen Elite-Wettkampf in Ottawa. Wir würden zwei Tage dort sein und in

Hotelzimmern übernachten, vier Mädchen pro Zimmer. Ich übernachtete mit Trish, Noemie und Sarah, Noemies jüngerer Schwester.

Die Stimmung war viel intensiver als bei dem Wettkampf in Montreal. Dies war eine viel größere Veranstaltung und der Einsatz war höher. Ich wäre ein Nervenbündel gewesen, aber February war ruhig, cool und gefasst. Vielleicht sollte ich mir diese Mental Toughness-Kurse ansehen. Sie schienen sich auszuzahlen.

Zweiunddreißig Athletinnen durften an den Kanadischen Meisterschaften teilnehmen. Acht für jedes Gerät. Es gab zwei technische Ausscheidungen. Sie behielten die beste Punktzahl der Athletin für jedes Gerät. Wenn sie in mindestens einem Gerät unter den ersten acht waren und ihre Gesamtpunktzahl mindestens 18,6 von 24 betrug, waren sie dabei. Also war es wichtig, in allen vier Disziplinen gut abzuschneiden.

Meine Leistung am Barren war hervorragend, und ich war nicht nur unter den ersten acht, sondern sogar unter den ersten drei. Ich konnte nicht glauben, dass ich den letzten Platz am Balken ergatterte. Diese Ballettstunden waren eine gute Idee. Meine Gesamtpunktzahl war 18,8, und ich war zufrieden. Ich hatte einen Monat Zeit, um weiter daran zu arbeiten, vor der zweiten Ausscheidung.

Die Busfahrt nach Hause war sehr ruhig. Wir waren mit Adrenalin gelaufen und das Team war erschöpft. Wenn Januarys Leben mich wie einen Faulpelz fühlen ließ, dann ließ mich February geradezu faul erscheinen, dachte ich, bevor ich einschlief.

KAPITEL VIERZEHN

A ls ich meine Augen öffnete, saß April neben mir. Ich streckte mich und rechnete damit, von den letzten zwei Wettkampftagen Muskelkater zu haben, aber ich fühlte mich, als hätte ich gerade ein luxuriöses Nickerchen gemacht. Ich drehte mich um in der Hoffnung, ein paar Worte mit February zu wechseln, aber sie war weg. Genau wie die Lehrerin und all die anderen Mädchen.

Es waren nur January, April und ich auf dem Sofa. Ich schaute zu January. Machte sie das jeden Abend? Hatte sie nichts Besseres, wovon sie träumen konnte, als mich durch Zeit und Raum schwimmen zu sehen?

»Was genau beinhaltet es, Teamleiterin zu sein?«, fragte ich sie. Sie schien zu verstehen, dass ich diese kleine Abwechslung brauchte, bevor ich in Aprils Leben eintauchte.

»Eine Teamleiterin ist natürlich für die Gruppe verantwortlich und fungiert als ihre Vertreterin bei größeren Zusammenkünften«, sagte sie. Als sie die Verwirrung in meinem Gesicht sah, fuhr sie fort: »Es gibt monatliche Treffen für jede Altersgruppe mit einem der Manager. Sie behalten im Auge, was in unserem Leben passiert, und ersetzen bei Bedarf Mädchen.«

»Du meinst, wenn sich die Zeitlinie eines Mädchens drastisch ändert, wechselt sie in eine andere Gruppe, richtig?«

»Ja. Und mit jedem Geburtstag werden die Gruppen basierend auf Realitätsähnlichkeiten neu bewertet. Unter sechzehn Jahren gibt es viel Bewegung aufgrund der Entscheidungen der Eltern. Je älter wir werden, desto stabiler werden unsere Gruppen tendenziell. Mädchen müssen auch ersetzt werden, wenn sie sterben«, antwortete sie.

Ich formte mit dem Mund ein »O« und nickte. Richtig, wir alle sterben. Aber der Zeitpunkt unseres Todes war je nach Realität, in der wir uns befanden, unterschiedlich. Bevor ich anfing, darüber nachzudenken, wie ich sterben könnte, schob ich den Gedanken beiseite und fragte: »Ist das alles? Irgendwelche besonderen Privilegien?«

January lächelte. »Als Teamleiterin darf ich January sein. Das bedeutet, ich habe Zugang zu allen Erinnerungen des letzten Jahres und nicht nur zu denen des letzten Monats. Das erspart uns, mit zu vielen Mädchen interagieren zu müssen, wenn wir etwas ändern wollen. Die Position ist auch eine Voraussetzung, um Lehrerin zu werden, was mein Ziel ist«, sagte January.

»Oh, cool«, sagte ich, und ich spürte, wie April neben mir ungeduldig wurde. Der Zugang zur Zeitlinie war alles, was zwischen ihr und dem stand, was sie tun wollte. Obwohl ich noch Mai bis Dezember besuchen musste, wäre sie startklar. Na ja, sie brauchte immer noch unsere Zustimmung. Die wir ihr, wie ich annehme, in einer Art Gruppenversammlung geben würden.

Ich lächelte sie an und streckte meine Hände aus. Obwohl ich nicht besonders scharf darauf war, ihr Leben zu besuchen, konnte ich es kaum erwarten, Papa wiederzusehen.

ICH WAPPNETE mich für eine Art Debattierclub-Camp, aber als ich meine Augen öffnete, sah ich, dass ich auf Pennys Schulter sabberte. Sie schlief auch, ihr Kopf ruhte am Flugzeugfenster. Ein Blick nach draußen offenbarte türkisblaues Meer, soweit das Auge reichte. Eine Welle der Aufregung überkam mich. Ich drehte mich um, um Mama darauf aufmerksam zu machen, aber ich stand Angesicht zu Angesicht mit Papa. Er schaute mich amüsiert an.

»Man kann die Aussicht nicht übertreffen, oder?«, sagte er und drehte sich um, um Mama anzustoßen. Als sie nicht aufwachte, gab er auf und wandte sich wieder mir zu. »Bob hat mir erzählt, dass sie jeden Tag kostenlose Schnorchelausflüge anbieten. Kannst du dir vorstellen, in diesem Wasser tropische Fische anzuschauen?«, fragte er.

»Ich kann es kaum erwarten! Wann landen wir?«, fragte ich.

Papa schaute auf den Wandmonitor und sagte mir, dass wir in etwa dreißig Minuten landen würden. Wie auf Kommando meldete sich der Kapitän und teilte uns mit, dass wir in Kürze landen würden und dass die Flugbegleiterin die Gänge entlanggehen würde, um den Müll einzusammeln.

Papa küsste meine Stirn und stand auf, um zu seinem Platz neben Mama zurückzukehren. Penny wachte auf und jubelte, als sie aus dem Fenster schaute. Ich wollte so tun, als wäre es keine große Sache, aber April war eine gute Schwester und sie kreischten gemeinsam. *Cozumel, wir kommen!*

Nachdem wir gelandet, den Zoll passiert und unser Gepäck abgeholt hatten, gingen wir zur Reihe von Bussen, die die Gäste zu den All-Inclusive-Resorts bringen sollten. Ich hielt Ausschau nach dem Royal Cozumel Resort und entdeckte es, vier Busse vom letzten entfernt.

Penny und ich konnten uns nicht mehr zurückhalten und rannten den ganzen Weg zum Bus. Es war zu schön, um in den Bus zu steigen, also warteten wir, bis Mama und Papa aufholten. Außerdem hatte Mama unsere Reisepapiere.

Es war eine kurze Busfahrt zum Hotel, und die Aussicht war die ganze Zeit über fantastisch. Wir wurden mit alkoholfreien Cocktails und lauter Fiestamusik begrüßt. Das würde richtig Spaß machen. Ich war buchstäblich so aufgeregt wie April. Es ist der erste Familienurlaub, für den wir ein Flugzeug nehmen mussten.

Normalerweise verbrachten wir die Märzferien zu Hause, da meine Eltern arbeiten mussten. Unsere jährliche Reise fand im Juli statt. Die Freundin meiner Oma hatte ein Ferienhaus auf Prince Edward Island, das sie uns jedes Jahr für zwei Wochen vermietete. Es war toll, aber das hier würde *episch* werden.

Zum einen wäre das Wasser klar und warm. Selbst im späten Juli überstieg das Wasser in PEI nie zwanzig Grad Celsius. In Cozumel lag der Tagesdurchschnitt bei sechsundzwanzig Grad. Außerdem war der Sand hier fein und weiß, während er dort vom Wind verweht und körnig war. Oh, und habe ich erwähnt, dass sie sechs Pools, einen Club nur für Teenager und einen Wasserpark am Meer hatten?

Auf der Fahrt im Aufzug nach oben betrachteten wir unsere Armbänder. Sie sind lila und erlauben uns, jederzeit, überall und alles im Resort zu essen und zu trinken. Natürlich nur alkoholfrei. Die Armbänder von Mama und Papa waren blau.

Im elften Stock führte uns der Hotelpage den Weg und öffnete die Tür zu unserer Suite. Eine Suite! Während Papa ihm Trinkgeld gab, hatte ich bereits mein Handy draußen, machte tausend Bilder, und Penny und ich stürzten auf die Terrasse direkt vom Wohnzimmer aus.

Strand und Meer. Kilometerweit. Ich holte tief Luft und atmete die salzige Luft ein. Ich grinste von einem Ohr zum anderen, als ich Papas Hand auf meinen Schultern spürte. In einem Anfall von Liebe drehte ich mich um und umarmte ihn ganz fest. »Danke, danke, danke!«, sagte ich, meine Stimme gedämpft in seinem Hemd.

»Gern geschehen, Seesternchen. Ich hoffe, ihr Mädchen habt Spaß. Habt ihr euer Zimmer schon gesehen?«, fragte er und zeigte nach rechts. Mir wurde in diesem Moment bewusst, dass es tatsächlich drei Balkone gab. Der rechte hatte eine Trennwand.

Penny und ich sahen einander an und stürzten zurück ins Wohnzimmer. Die Tür zu unserem Schlafzimmer stand offen, und Papa hatte unser Gepäck auf den Kofferständern am Fußende der Betten abgestellt. Er kannte uns gut. Penny hatte das Bett an der Wand. Ich hatte das Bett am Fenster.

Ich war hin und her gerissen zwischen dem Öffnen der Terrassentüren, auf dem Bett herumspringen wie Penny es tat, oder Fotos zu schießen, bevor sie das ganze Zimmer durcheinanderbrachte.

Ich entschied mich für das Fotografieren. Wir hatten unsere eigene Außentür und ein eigenes Badezimmer. Wir hatten sogar einen Kühlschrank, eine Kaffeemaschine und ein paar Snacks. Das Bett war bequem, und die Aussicht auf der Terrasse war dieselbe wie auf der anderen Terrasse.

Ich postete die Bilder auf meinem Account und schickte eine schnelle Nachricht an Sam und Julie. Zurück im Wohnzimmer folgte ich Mamas und Papas Stimmen in ihr Zimmer. Es war ähnlich wie unseres eingerichtet, aber viel größer. Sie hatten ein eigenes Badezimmer, aber keine Tür, die aus dem Zimmer führte. Sie hatten einen kleinen Sitzbereich vor den Terrassentüren, und ihre Terrasse hatte zusätzlich zu den normalen Stühlen und dem Tisch noch Liegestühle.

»Zieht eure Badeanzüge an und lasst uns in zehn Minuten in der Küche treffen«, sagte er, und wir sausten wie die Wilden davon.

Zurück in der Küche breitete Papa die Karte des Resorts aus. Er sagte uns, dass es auch eine interaktive App gäbe, die wir herunterladen könnten. Er zeigte auf den Bereich, in dem die Strandkabine lag, die er und Mama für die Woche gemietet hatten. Er wollte, dass wir uns dort zweimal am Tag treffen, um sicherzustellen, dass es allen gut ging. Er erwartete von uns, dass wir jeden Abend um acht Uhr gemeinsam zu Abend essen würden. Ansonsten hatten Penny und ich freie Hand.

Mama sagte, ich dürfte Penny nur dann allein lassen, wenn sie im Kinderclub unter Aufsicht von Erwachsenen war, und ich sollte mein Handy immer bei mir haben, mit eingeschaltetem Ortungsdienst. Papa hatte uns diese wasserdichten Hüllen für unsere Handys gegeben, und in unseren Armbändern war ein Chip, sodass wir keine Türschlüssel brauchten.

»Sollten wir zum Mittagessen nach unten gehen?«, fragte ich vorsichtig.

»Deine Mama und ich wollen erst auspacken und hier auf der Terrasse einen Drink nehmen. Wisst ihr, um anzukommen. Aber ihr könnt schon mal vorgehen. Wir sollten gegen zwei am Nachmittag bei der Kabine sein. Und wir haben auch unsere Handys dabei«, antwortete er. Penny zog an meinem Arm in Richtung Tür.

»Los, geht und erkundet die Gegend«, sagte Mama, und ich gab Penny nach.

Ich schlug vor, dass wir zu Mittag essen und eine schnelle Erkundungsmission machen, um dann zurückzukommen und unsere Sachen für den Strand zu holen. Penny nickte, aber ich konnte sehen, dass sie nicht zuhörte. Ich lachte, und wir winkten Mama und Papa zum Abschied.

Auf dem Weg nach unten installierte ich die App auf meinem Handy. Ich sah auf die Uhr und sagte Penny, dass wir drei Optionen für das Mittagessen hätten. Ihre Augen wurden groß, als ich das Restaurant *Burger und Pommes den ganzen Tag* erwähnte. Okay, auf zum *The Grill*.

Es erwies sich als eine großartige Wahl. *The Grill* lag direkt am Meer, erforderte kein Oberteil – nur Schuhe – und hatte auch Tacos, Chips und eine Selbstbedienungs-Eismaschine mit jeder Menge Toppingauswahl. Penny war im Himmel, und ich muss zugeben, das war das süße Leben. Wir schnappten uns einen Tisch mit Blick auf den Ozean, und der Kellner brachte uns ein paar Eistees.

Nach dem Mittagessen gingen wir zum Strand, um die Wassertemperatur zu prüfen. Es war himmlisch, und ich musste Penny zurückhalten, um sie davon abzuhalten, hineinzugehen. Ich sagte ihr, wir müssten das Mittagessen erst ein bisschen sacken lassen, bevor wir schwimmen gingen.

Als Erstes auf unserer Tour war der Kinderclub. Es gab eigentlich drei Clubs. Den Babyclub, der im Grunde eine Kinderbetreuung war. Dann den Kinderclub, der für Kinder von sechs bis zwölf Jahren gedacht war. Es war wie ein Tageslager. Einige Kinder waren für die Woche angemeldet. Sie meldeten sich jeden Morgen nach dem Frühstück und die Eltern holten sie um vier wieder ab. Penny konnte kommen und gehen, wie sie wollte. Es war ein Familienurlaub, und unsere Eltern wollten Zeit mit uns verbringen.

Als Nächstes kam der Teenclub, für Kinder von dreizehn bis achtzehn Jahren. Das gesetzliche Trinkalter in Cozumel war das gleiche wie in Kanada, achtzehn. Der Club war eigentlich die Teeniebar. Die meisten Aktivitäten waren am Brett angeschlagen. Sie begannen nicht vor Mittag und liefen bis zehn Uhr abends.

Wir gingen los, um die Pools zu begutachten und holten dabei gleich unsere kostenlosen Strandtücher ab. Mama und Papa würden ihre eigenen holen müssen, denn es gab ein Handtuch pro Armband und Tag.

Als wir ins Zimmer zurückkamen, waren meine Eltern gerade bereit, sich auf den Weg zu machen. Sie warteten, bis Penny und ich unsere Sachen zusammengepackt hatten, und wir gingen alle gemeinsam nach unten.

Die Woche war unglaublich. Es war eine Weile her, dass April so viel Spaß mit ihrer Familie hatte. Ich hingegen hatte noch nie dieses angeborene Gefühl der Zugehörigkeit gespürt. Ich war gebräunt, glücklich und konnte es kaum erwarten, Sam zu sehen, als wir im Flugzeug auf dem Rückweg waren.

KAPITEL FÜNFZEHN

Unser perfekter Familienurlaub war komplett ruiniert, nur wenige Minuten bevor wir den Aufzug zum Parkhaus erreichten. Als Papa unsere Zollerklärung und Pässe am letzten Kontrollpunkt abgab, wurde er schnell durch eine Tür mit der schlichten Aufschrift »Nur autorisiertes Personal« geführt. Es passierte so schnell, dass er verschwunden war, bevor wir überhaupt begriffen, was los war.

Währenddessen wurden Mama, Penny und ich in einen nahe gelegenen Raum gebracht. Mama versuchte, Informationen von der Zollbeamtin zu bekommen, aber alles, was sie uns sagte, war, dass wir hierbleiben und auf weitere Anweisungen warten sollten.

Ich hatte genug Filme gesehen, um zu erkennen, dass es sich um einen Verhörraum handelte. Ich versuchte, die Tür zu öffnen, und als ich feststellte, dass sie abgeschlossen war, geriet ich in Panik. »Mama, sie haben uns eingesperrt!«, kreischte ich.

»Sei nicht albern«, erwiderte Mama, während sie selbst die Klinke probierte. Die Farbe wich aus ihrem Gesicht, und sie klopfte an die Tür. »Entschuldigung? Kann jemand die Tür öffnen? Wir sind eingesperrt«, sagte sie mit angespannter Stimme. Es kam keine Antwort von der anderen Seite.

Ich tat dasselbe, aber an dem, was ich für einen doppelseitigen Spiegel an der Wand hielt. Nichts.

Penny schaute von ihrem Tablet auf und fragte: »Wo ist Papa? Ist er losgegangen, um das Auto zu holen?«

Ich sah zu Mama. Sie blickte mich an, dann Penny. »Ja, Schatz. Er kommt gleich wieder.« Penny setzte ihre Kopfhörer wieder auf und widmete sich erneut ihrem Spiel. Mama kam näher zu mir und sagte mit leiser Stimme: »Ich weiß nicht, was hier los ist, aber wir sollten vermeiden, hier zu reden, bis wir wissen, was Sache ist.«

Ich führte Penny zu einigen Stühlen. Ich nahm mein Handy und prüfte meine Nachrichten.

Mama tätigte einen Anruf. »Riley, ich bin's. Ich brauche deine Hilfe. Ich weiß, das ist nicht dein Fachgebiet, aber wir werden von den Behörden am Flughafen Montreal festgehalten. Ich bin allein mit den Kindern in einem Raum, und sie haben Parker woanders hingebracht«, sagte sie.

Mama beantwortete einige von Onkel Rileys Fragen. Ich vermutete, dass er auch in dieser Realität ein Anwalt war. Nach ein oder zwei Minuten dankte sie ihm und legte auf. Sie sah auf ihre Uhr und runzelte die Stirn. Sie schien mit sich selbst zu debattieren.

Sie tätigte einen weiteren Anruf. »Hi, Mama. Ich will nicht, dass du dir Sorgen machst. Wir sind noch am Flughafen und warten auf verlegtes Gepäck. Wir holen uns wahrscheinlich auf dem Heimweg noch etwas zu essen und kommen später als geplant nach Hause. Ist es okay, wenn ich dich morgen anrufe?«, fragte sie. Nana hatte anscheinend zugestimmt, denn Mama beendete das Gespräch mit einem fröhlichen »Danke, hab dich lieb!«

Jetzt wusste ich, dass Mama besorgt war. Sie log Nana nie an. Sie kam zu uns herüber und fragte: »Habt ihr Kinder Hunger? Ich habe ein paar Proteinriegel in meiner Handtasche.« Ich schüttelte den Kopf und scrollte weiter. Mama wedelte mit einem Erdnussbutterriegel vor Pennys Gesicht. Sie schnappte ihn sich und begann zu essen.

Mama spähte auf mein Handy und sagte: »Es ist wohl besser, wenn wir das vorerst für uns behalten.«

»Das habe ich mir schon gedacht. Ich habe Sam die gleiche

Geschichte erzählt, die du Nana erzählt hast, und gesagt, dass ich ihn morgen sehe. Es ist sowieso ein unterrichtsfreier Tag«, antwortete ich, wobei ich viel ruhiger wirkte, als ich mich fühlte.

April hatte eindeutig bessere Kontrolle über ihre Emotionen als ich. Ich würde immer noch an die Tür klopfen, um rausgelassen zu werden. Nachdem sie Sam und Julie geschrieben hatte, begann sie im Internet nach Gründen zu suchen, warum Menschen am Flughafen festgehalten werden könnten.

Mamas Handy klingelte, und wir zuckten beide zusammen. »Riley? Was ist los?«, fragte sie mit etwas schriller Stimme. Sie stand auf und entfernte sich von mir, vermutlich damit ich nicht hören konnte, was sie zu sagen hatte.

Ihre Hand flog zu ihrem Mund, und sie rief: »*Was?*« Das war schlecht. Ich hoffte immer noch, dass dies eine zufällige Kontrolle war. Laut Internet kam so etwas vor. Mama schüttelte ungläubig den Kopf und dankte Riley für seine Hilfe.

Es blieb keine Zeit, sie zu fragen, was los war, denn die Tür öffnete sich, und zwei uniformierte Beamte kamen herein, einer davon war der Beamte, der uns hierher gebracht hatte, zusammen mit einer Dame im Businesskostüm.

Sie ging direkt auf Mama zu und streckte ihre Hand aus. »Hallo, Frau Knox. Ich bin Isabelle Lariviere. Ich bin Anwältin bei Tremblay und Smith. Mein Kollege, Michel Beaumont, ist derzeit bei Ihrem Mann.« Mama schüttelte der Frau verwirrt die Hand und blickte zu den Beamten, die an der Tür warteten. Eine von ihnen trug eine leicht andere Uniform und sah aus wie eine reguläre Polizistin.

»Die kanadische Grenzbehörde hat Ihre Familie im Auftrag der Sureté du Québec festgesetzt. Ihr Mann und sein Anwalt wurden zur Befragung zum Polizeirevier in der Innenstadt gebracht. Sie und die Kinder können gehen«, sagte sie.

Als Mama antworten wollte, schüttelte sie nur leicht den Kopf und fügte hinzu: »Ihr Mann hat mir die Schlüssel zu Ihrem Auto und den Parkschein gegeben.« Sie legte die Gegenstände in Mamas Hand. »Sind Sie in der Lage zu fahren?«, fragte sie. »Wenn nicht, kann ich Sie nach Hause fahren, und diese uniformierte Beamtin wird uns folgen und mich zurückfahren.«

Mama wurde plötzlich aufmerksam. »Nein, mir geht's gut. Ich bin nur überrascht und verwirrt«, sagte sie und steckte die Schlüssel und den Parkschein ein. »Clare, hol deine Schwester, wir fahren nach Hause.«

Nachdem wir unser Gepäck zusammengesammelt hatten, öffnete der Beamte die Tür und ließ uns aus dem Raum. Wir folgten der Anwältin zur Parkhausebene. Es war kalt, und wir zogen alle unsere Winterjacken an, bevor wir zum Auto gingen. Niemand sagte ein Wort, während wir zum Auto gingen, die Taschen in den Kofferraum luden und einstiegen.

Sie reichte Mama ihre Visitenkarte und sagte: »Rufen Sie mich an, wenn Sie zu Hause sind.«

KAPITEL SECHZEHN

Als Mom aus der Garage fuhr, schaute Penny von ihrem Spiel auf und rief: »Hey, warten wir nicht auf Papa?«

»Tut mir leid, Krabbelchen«, sagte ich und wuschelte ihr durch die Haare. »Papa musste arbeiten. Er trifft uns später zu Hause.« Sie verengte ihre Augen zu Schlitzen. So ahnungslos sie bis jetzt auch gewesen war, konnte sie trotzdem erkennen, dass das kompletter Quatsch war.

»Die Polizei hatte Fragen an Papa. Ich weiß nicht, was sie wissen wollen oder wie lange er dort sein wird«, sagte Mom resigniert. Sie hielt am ersten Drive-through, den sie sah und wir bestellten etwas zu essen. Das sollte uns während der einstündigen Fahrt nach Hause beschäftigen.

Mom machte das Radio an und konzentrierte sich auf die Straße. Als Penny sie etwas fragen wollte, legte ich meine Hand auf ihren Mund und sagte ihr, dass Mom sich auf die Straße konzentrieren müsse. Sie wühlte in ihrem Rucksack und fand die Süßigkeiten, die wir am Flughafen gekauft hatten.

Glücklich knabberte sie daran und schaute einen Film auf ihrem Tablet. Ihrem Beispiel folgend holte ich mir einige der Serien, die ich für die Reise heruntergeladen und nie geschafft hatte anzusehen.

Als wir zu Hause ankamen, bat Mom uns auszupacken, unsere schmutzige Wäsche in den Wäschekorb zu legen und unsere Koffer wegzuräumen. Sie schloss sich in ihrem Zimmer ein, vermutlich um den Anwalt anzurufen. Sie kam über eine Stunde lang nicht heraus.

Als sie es tat, konnte ich sehen, dass sie geweint hatte. Sie sagte uns, es sei Zeit fürs Bett. Es war halb neun, was Pennys Schlafenszeit war, aber nicht meine, doch ich diskutierte nicht. Als wir Penny gute Nacht sagten, nahm Mom ihr Handy heraus und wählte Papas Nummer. Sie hielt es Penny hin.

Ich wusste nicht, was er ihr sagte, aber Penny lächelte, wünschte Papa eine gute Nacht und gab mir das Telefon, während sie sich zum Schlafen einkuschelte. Mom küsste ihre Stirn und wir verließen ihr Zimmer.

»Papa? Was ist los?«, fragte ich, während mir Tränen die Sicht nahmen, als ich in mein Zimmer ging. Mom folgte mir nicht.

»Hey, Clare. Es tut mir leid wegen all dem. Es ist nur ein Missverständnis. Anscheinend fehlt Geld in einigen unserer Konten und sie versuchen, alles zu klären. Ich musste ein paar Fragen beantworten«, sagte er beiläufig.

»Aber mussten sie dich am Flughafen abholen? Warum haben sie dich nicht einfach gebeten, morgen vorbeizukommen, wenn du wieder zur Arbeit gehst?«, fragte ich ihn, weil ich Lunte roch.

»Es ist wirklich kompliziert. Sie haben das Büro geschlossen und wollten mich erwischen, bevor ich hingehe oder die Chance habe, mit den anderen Bankern zu sprechen. Weil wir diese Woche weg waren, warteten sie auf meinen Input. Süße, mach dir keine Sorgen. Es wird alles gut. Die Beamten haben nur ihre Arbeit gemacht. Ich bin nicht im Gefängnis oder so. Tatsächlich bin ich in der Stadtwohnung. Ich bin zu müde, um nach Hause zu kommen. Ich nehme mir einen Uber und sehe euch morgen«, versprach er.

Es klang vernünftig, und wenn ich heute Nacht überhaupt Schlaf bekommen wollte, musste ich ihm glauben. »Ok, Papa. Pass auf dich auf. Ich liebe dich«, sagte ich mit erstickter Stimme.

»Schlaf gut, Clarabelle«, sagte er, bevor er auflegte. Er hatte mich schon lange nicht mehr so genannt. Normalerweise würde ich die

Augen verdrehen, aber heute fand ich es seltsam tröstlich. Ich kam aus meinem Zimmer und umarmte Mom. Sie stand direkt vor der Tür.

Ich konnte sehen, dass sie nicht darüber reden wollte. Ich verstand es, wir brauchten beide unseren Schönheitsschlaf. Ich gab ihr das Handy und sagte gute Nacht.

～

PAPA KAM am nächsten Tag nach dem Mittagessen nach Hause. Er und Mom dachten, sie wären clever gewesen, Penny und mich im Dunkeln zu lassen, aber heute früh scrollte ich durch die Nachrichten. Ich fand einige Schlagzeilen von letzter Woche über die Betrugsvorwürfe bei Papas Bank.

Sie hatten jeden vom CEO bis zum Nachtwächter festgehalten und befragt. Vier Firmenbanker wurden am Freitag verhaftet. Heute Morgen nahmen sie einen fünften fest und veröffentlichten ihre Namen in der Presse. Parker Knox war unter ihnen.

Ich wartete, bis er ausgepackt, geduscht und sich in Jeans und T-Shirt umgezogen hatte. Als er uns schließlich im Esszimmer zu einer Familienversammlung zusammenrief, konnte ich nicht anders, als wütend zu sein. Ich wünschte, ich hätte eine richtige Zeitung, um sie ihm vor die Nase zu knallen. Das wäre dramatischer gewesen.

Stattdessen schob ich ihm mein Handy unter die Nase und legte den Kopf schief. »Erklär das.« Mom runzelte die Stirn und war kurz davor, mir zu sagen, ich solle auf meinen Ton achten und meine Älteren respektieren oder so einen Mist. Ich kannte diesen Blick.

Aber Papa seufzte nur und ließ den Kopf hängen. *Oh Gott!* dachte ich. *Er ist schuldig.* Ich zog das Handy zurück und steckte es in meine Tasche. Mom fing an zu weinen und Penny hatte diesen Blick, den sie immer bekam, wenn sie sich fragte, wofür sie Ärger bekommen würde. Sie begann unruhig zu werden.

Es klopfte an der Tür, und Nanas Kopf erschien, als sie sich selbst hereinließ. Papa warf Mom einen anklagenden Blick zu. Mom ignorierte ihn und eilte zu ihrer eigenen Mutter. Nana hielt Mom eine Weile, streichelte ihr Haar und ihren Rücken. Ich konnte hören, wie sie sagte: »Es wird alles gut.« Sie gab Mom ein Stück Taschentuch, das sie aus ihrer Tasche zog.

Sie schlüpfte aus ihren Stiefeln, warf ihren Mantel auf die Rückenlehne eines der Esszimmerstühle. Sie küsste meine Schläfe und setzte sich zu Penny, die eigentlich zu alt war, um auf ihrem Schoß zu sitzen, aber niemand erwähnte es.

»Guten Morgen, Parker. Ich höre, du hattest eine harte Nacht und der Morgen war auch nicht viel besser«, sagte sie zu ihm.

Mom setzte sich neben ihn und er nahm ihre Hand zur Unterstützung. Mom war eindeutig sauer auf ihn, aber sie ließ es zu. Er nickte zu Nanas Aussage und holte tief Luft.

»Leute, ich hab's vermasselt«, begann er. »Gewaltig. Hier ist die Wahrheit. Einer unserer Kunden bot einigen von uns die Chance, in ein neues Unternehmen zu investieren. Dieser Typ hatte ein goldenes Händchen, alles, was er anfasste, wurde zu Gold. Es war eine großartige Gelegenheit. Aber keiner von uns hatte genug Kapital, also beschlossen wir, es von einigen Kunden zu leihen, mit der vollen Absicht, es mit Zinsen zurückzuzahlen, sobald das Unternehmen in Betrieb war.«

»Diese Kunden, von denen ihr geliehen habt, haben sie euch ihre Zustimmung gegeben?«, fragte Nana. Ihr Gesicht war neutral, sie sammelte Informationen, bevor sie voreilige Urteile fällte. Ich beschloss, es ihr gleichzutun.

»Nicht in so vielen Worten. Allerdings sind wir rechtlich befugt, Gelder kurzfristig zwischen Konten zu verschieben«, wich er aus.

»Ja, natürlich. Allerdings gehört dein persönliches Konto nicht zu denen, auf die du überweisen kannst«, sagte Nana scharfsinnig. Da hatte sie einen Punkt.

»Das stimmt. Aber wir haben ein Treuhandkonto für uns alle eingerichtet. Das Geld hat die Bank nie verlassen und ist auch nie auf unseren persönlichen Konten gelandet. Die Konten, von denen wir abgehoben haben, hätten stark von der Investition profitiert, wenn wir Zeit gehabt hätten, sie umzusetzen«, sagte er schließlich.

»Ok, also war es nicht illegal, aber es war nicht richtig. Und ihr wurdet erwischt, bevor ihr das Geld zurücklegen konntet, was es dann illegal machte«, sagte ich und prüfte, ob ich das richtig verstanden hatte.

»Ja, das ist im Grunde, was passiert ist«, gab er zu.

»Also, was passiert jetzt?«, fragte ich.

»Ich wurde gestern Abend verhaftet und verbrachte die Nacht im Gefängnis. Heute Morgen wurde ich dem Richter vorgeführt und bis zum Prozess freigelassen. Keine Panik, es wird keinen Prozess geben. Nicht für mich jedenfalls. Der Anwalt schlug vor, dass ich dem vom Staatsanwalt entworfenen Vergleich zustimme«, erklärte er.

»Und wie sind die Bedingungen des Vergleichs?«, fragte Nana. Mom fing wieder an zu weinen. Sie wusste es bereits.

»Ich bekenne mich gegen eine reduzierte Strafe schuldig«, sagte er.

»Du kommst ins Gefängnis?«, schrie ich und stand abrupt auf. Nana rieb meinen Rücken und drängte mich, mich wieder zu setzen.

»Ich würde für neun Monate in die Minimum-Security-Einheit in Sorel geschickt. Wenn ich vor Gericht ginge und schuldig gesprochen würde, bekäme ich mindestens zwei Jahre bis maximal vierzehn Jahre, weil die Gesamtsumme über eine Million Dollar betrug. Aber da wir das Geld nie wirklich aus der Bank genommen haben, wurde uns eine bedingte Strafe angeboten«, sagte er.

»Was ist mit deinem Job?«, fragte ich. »Und warum kannst du nicht ins Gefängnis in Cowansville gehen?«

»Ich könnte nie wieder in einer Bank arbeiten. Und wahrscheinlich auch nicht für eine staatliche Behörde, weil ich wegen einer Straftat verurteilt worden sein werde«, antwortete er und rieb sich mit den Händen übers Gesicht. »Was das Gefängnis betrifft, nur diejenigen mit einer Strafe von über zwei Jahren kommen in ein Bundesgefängnis. Und außerdem ist das Cowansville-Gefängnis eine Einrichtung mit mittlerer Sicherheitsstufe.«

Penny hatte aufmerksam zugehört. »Also hat Papa im Grunde etwas Böses getan und jetzt wird er bestraft«, sagte sie sachlich.

»Das trifft es ziemlich gut, Kleine«, antwortete er.

Sie hüpfte von Nanas Schoß und ging zu ihm. Ernsthaft legte sie ihre Hände auf beide Seiten seines Gesichts und fragte: »Versprichst du, es nie wieder zu tun?«

Papa nickte, Tränen in den Augen. »Ich verspreche es«, sagte er mit rauer Stimme.

Penny küsste seine Stirn und fragte: »Können wir dich im Gefängnis besuchen?«

Papa ließ den Kopf hängen und antwortete: »Es gibt jeden Tag Besuchszeiten, Schatz. Mom wird entscheiden, wann der beste Zeitpunkt für einen Besuch ist.«

Sie dachte eine Minute darüber nach und sagte schließlich: »Also ist es wie ein Lager. Wann gehst du? Wann würdest du nach Hause kommen?«

»Wenn ich den Vergleich annehme, hätte ich später in dieser Woche eine weitere Anhörung und müsste wahrscheinlich an diesem Wochenende im Gefängnis erscheinen. Ich wäre wahrscheinlich zu Weihnachten wieder zu Hause«, sagte er.

Penny sagte schnell »ok« und verließ den Raum, um Zeichentrickfilme im Fernsehen zu schauen.

»Aber du nimmst den Deal an, oder?«, fragte ich.

»Ich sehe keine bessere Option«, antwortete er.

KAPITEL SIEBZEHN

Am nächsten Tag gingen Penny und ich wieder zur Schule. Ich hatte bei meinen Eltern dafür plädiert, diese Woche mit Papa zu Hause bleiben zu dürfen, da er für lange Zeit weggehen würde, aber sie stimmten nicht zu. Dann versuchte ich es erneut mit der Begründung, dass alle in der Schule von Papas Verhaftung wissen würden und es peinlich und demütigend wäre.

Mama rief jedoch den Schulleiter an, der ihr versicherte, dass es kein Mobbing oder unangenehme Situationen geben würde. Sie hätten ein Team, das mit solchen Situationen umgehen könne. Sollte es doch Probleme geben, würde der Schulleiter mich nach Hause schicken.

Gestern Abend schrieb ich Sam und Julie eine Nachricht, und sie begleiteten mich zu meiner ersten Unterrichtsstunde. Als ich dort ankam, wartete bereits eine Beraterin vor der Tür auf mich. Sam gab mir einen Kuss und sagte, er würde nach seinem Matheunterricht zurückkommen, und Julie drückte mir den Arm und ging ins Klassenzimmer, um ihren Platz einzunehmen.

Während ich mich im Büro der Beraterin unterhielt, sprach ein Mitglied des Schulpersonals mit dem Rest der Gruppe, gab minimale Informationen und Wege, wie sie mich in dieser schwierigen Zeit unterstützen könnten. Julie erzählte mir später, dass es eine nette Rede gewesen sei und die meisten Schüler mit Mitgefühl auf meine Situation reagiert hätten.

Bis zur Mittagspause hatte sich die Nachricht herumgesprochen, und obwohl ich etwas mehr angestarrt wurde als sonst, waren die meisten Blicke von verständnisvollen Lächeln begleitet. Es war noch zu kalt, um draußen zu essen, also baten wir um Erlaubnis, im Raum des Debattierclubs essen zu dürfen. Frau Newman, unsere Debattier-Trainerin, war zwar da, blieb aber in ihrem winzigen Büro und korrigierte Arbeiten.

»Wie fühlst du dich?«, fragte Julie und tätschelte meine Hand.

»Ich bin wütend auf meinen Vater, dass er das getan hat. Es bestärkt mich nur noch mehr darin, Anwältin werden zu wollen. Es ist einfach zu leicht, mit Wirtschaftskriminalität davonzukommen«, antwortete ich. Bisher war ich so in Aprils Leben vertieft gewesen, dass ich keine Chance hatte, zu verarbeiten, wie *ich* mich in dieser Situation fühlen würde. Ich hätte nicht gedacht, dass ich wütend wäre. Ich wäre von meinem Vater enttäuscht, hätte Angst davor, dass er ins Gefängnis muss, und würde mir Sorgen um die Auswirkungen auf unsere Familie machen. Es ist schwer zu wissen, wie ich mich fühlen würde, wenn ich meinen Vater all die Jahre um mich gehabt hätte. Vielleicht würde ich ihn als selbstverständlich ansehen.

Nach dem Mittagessen gingen wir in unsere jeweiligen Klassen und trafen uns nach der Schule wieder. Der Tag verlief reibungslos, ebenso wie der Rest der Woche.

In der Zwischenzeit regelte Papa seine Angelegenheiten, und am Freitagabend fuhren wir ihn zum Gefängnis. Er zeigte uns Bilder von der Website, und es sah gar nicht so schlimm aus. Es wirkte tatsächlich schöner als unsere Highschool. Ich erkannte die Besucher-Warte- und Besuchsräume aus der Vision wieder, die April mit mir aus der Zukunft geteilt hatte.

Man sagte uns, dass Häftlinge alle zwei Monate bei guter Führung ihre Familie für bis zu drei Tage einladen könnten. Auf dem Gelände gab es kleine „Häuschen" mit zwei Schlafzimmern, einer Küche, einem Wohnzimmer und einem privaten Badezimmer. Es gab auch einen

Spielplatz und einen Basketballplatz für sogenannte *Private Familienbesuche* (PFB).

Der Beamte teilte uns mit, dass wir eine Liste mit Anweisungen erhalten würden, wenn und falls der Zeitpunkt gekommen wäre. Großeltern waren ebenfalls willkommen, aber Papas Eltern waren schon vor langer Zeit gestorben, und ich konnte mir nicht vorstellen, dass Nana an so etwas interessiert wäre.

Für einen PFB war ein Erwachsener erforderlich, aber nicht für die wöchentlichen Besuche. Deshalb konnte ich mit Sam zu Besuch kommen. Er hatte in der Grundschule ein Jahr wiederholt, sodass er bereits seinen Führerschein hatte.

Zusätzlich zu den wöchentlichen persönlichen Besuchen konnte Papa Videogespräche beantragen. Er konnte seine Internetprivilegien nutzen, um Videokonferenzen mit Mitgliedern seiner unmittelbaren Familie zu führen. Sie mussten achtundvierzig Stunden im Voraus eingerichtet werden und durften nicht länger als fünfzig Minuten dauern.

Wir einigten uns auf einen Zeitplan, den Papa zur Genehmigung einreichen konnte. Es war besser als ich erwartet hatte. Wir würden immer noch regelmäßig Zugang zu Papa haben.

Als wir die Haftanstalt betraten, wurde alles nur allzu real. Das Gebäude war neu, alles war makellos sauber, aber absichtlich matt gehalten. Abgesehen vom verstärkten Glas gab es keine reflektierenden Oberflächen. Als ob alles Glänzende einen Aufstand auslösen könnte. Oder vielleicht war es eine zusätzliche Methode, die gesetzeswidrige Identität der Insassen auszulöschen.

Der Warteraum war leer. Der Wächter hinter dem Glas und wahrscheinlich diejenigen, die die Kameraaufnahmen beobachteten, waren die einzigen Zeugen unseres Familiendramas.

»Okay, Leute. Hier endet die Reise«, sagte Papa und öffnete seine Arme, um einen von uns zu umarmen. Penny stürmt auf ihn zu, ganz fröhlich. Für sie ist das ein Abenteuer. Eines, das sie nächste Woche in der Schule wahrscheinlich voll auskosten wird.

»Viel Spaß, Papa. Ich hoffe, du findest neue Freunde, während du hier bist«, sagt sie, und wir können nicht anders, als zu lachen. Es löst etwas von der Anspannung, aber nicht die Kälte, die bis in meine Knochen gedrungen ist.

Es ist, als ob eine Gruppe von Dementoren den Ort kurz vor unserer Ankunft heimgesucht hätte und immer noch lauerte, begierig darauf, dem Raum die Freude für den nächsten Ankömmling zu entziehen.

Mama ging als Nächstes. Sie hatten die ganze Woche über gestritten. Mama war wütend, dass er sie in die Lage gebracht hatte, sich allein um uns, das Haus und die Rechnungen kümmern zu müssen. Es sah so aus, als hätten sie sich in den letzten vierundzwanzig Stunden versöhnt. Oder vielleicht hatte sie erkannt, dass sie ihre Wut loslassen und etwas mehr Mitgefühl für das zeigen sollte, was Papa durchmachte. Wie auch immer, sie umarmten sich herzlich und küssten sich, als würden sie sich vielleicht nie wiedersehen. Wenn sie nicht meine Eltern gewesen wären, wäre es romantisch gewesen. So war es einfach nur unangenehm.

Ich war an der Reihe. Mama nahm Penny mit in den Wartebereich und gab Papa und mir etwas Privatsphäre. Obwohl ich sehr enttäuscht von ihm war, war ich immer noch Papas kleines Mädchen. Der Blick in Papas Augen ließ mich denken, dass er glaubte, er hätte sie verloren.

Ich ließ ihn seine Arme um mich schlingen und genoss die besonders feste Umarmung, die April ihm gab. Es war einer dieser Momente, in denen die Zeit stillzustehen scheint. Ich nahm das Gefühl seines Hemdes auf meiner Haut und die Liebe, die aus ihm herausströmte und mich bis ins Innerste wärmte, intensiv wahr.

Papa hatte sich rasiert, und der Geruch seines Aftershaves würde mich noch lange begleiten, nachdem ich in meine eigene Realität zurückgekehrt war. Genauso wie der federleichte Kuss, den er auf meinen Kopf drückte.

»Ich verspreche, ich werde es besser machen«, sagte er mit vor Emotionen brechender Stimme. Ich umarmte ihn noch fester und antwortete: »Ich weiß, dass du das wirst.«

Auf der Heimfahrt waren alle still. Die Realität, Papa im Gefängnis zu sehen, wenn auch nicht hinter Gittern, hatte uns zu stillen Überlegungen veranlasst. Sogar Penny starrte aus dem Fenster, ihr Tablet vergessen auf ihrem Schoß.

Am Wochenende kam Nana vorbei und belebte die Stimmung. Es war noch zu früh, um Papa zu besuchen, er musste sich erst eingewöhnen, die anderen Häftlinge kennenlernen, einen Job finden und seinen Berater treffen. Nana versuchte, mich dazu zu bringen, mit meinen Freunden auszugehen, aber alles, was ich wollte, war, mich zusammenzurollen und zu warten, bis Papa nach Hause kommt.

Am Montag bestand Mama darauf, dass ich zur Schule gehe. Ich fühlte mich besser, sobald ich dort war, und das Leben begann wieder Sinn zu ergeben. Die nächsten zwei Wochen zogen sich dahin, und ich freute mich darauf, aus dieser Realität herauszukommen.

Mittwochs hatte ich ein einigermaßen privates Gespräch mit Papa für zwanzig Minuten. Mama musste im Bild zu sehen sein, also saß sie lesend mit der Zeitung am Esstisch, und ich stellte meinen Laptop so auf, dass mein Rücken zu ihr zeigte und sie durch meine Schlafzimmertür gesehen werden konnte.

Penny hatte ihre zwanzig Minuten, wenn ich fertig war, während Mama neben ihr saß und so tat, als würde sie nicht aufpassen. Es funktionierte. Es war, als wäre Papa auf einer Geschäftsreise.

Samstags fuhren wir zu ihm und verbrachten ein paar Stunden dort. Wenn das Wetter wärmer war, konnten wir die Besuche in einem speziellen Innenhof abhalten. Aber vorerst fanden sie im Besucherraum statt.

Als endlich der letzte Tag des März kam, war ich mehr als bereit, in den gelben Raum zurückzukehren. Vor dem Schlafengehen umarmte ich Penny und prägte mir ihre Gesichtszüge ein. Die Zeit mit ihr und Papa zu verbringen, war etwas Besonderes gewesen, und ich verstand, warum April zurück in die Vergangenheit reisen und versuchen wollte, die Dinge zu ändern. Wenn sie Papa überzeugen könnte, es nicht zu tun, würde ihr Leben großartig werden.

KAPITEL 18
KAPITEL ACHTZEHN

As ich meine Augen öffnete und April neben mir sitzen sah, schlang ich meine Arme um sie und sagte: »Es tut mir so leid, dass dir das passiert ist!«

Sie nickte traurig und stand auf, um zu gehen. »Ich lasse dich mit deinen Besuchen weitermachen. Wir reden bald«, sagte sie und verblasste.

»Hey, ich bin May«, sagte ein Mädchen hinter mir. Ich drehte mich zu ihr um, aber sie hatte bereits Aprils Platz eingenommen.

»Hi, ich bin March«, antwortete ich lahm. Sie lächelte. Sie und ich trugen das gleiche Outfit; blaue Fleece-Pyjamahosen und ein schwarzes Oberteil mit dem Wort ‚Fabulous' in Regenbogenbuchstaben.

»Brauchst du eine Pause?«, fragte sie.

»Das hängt davon ab, worauf ich mich gleich einlasse«, sagte ich vorsichtig. Ich war eigentlich gar nicht müde. Ich fragte mich, ob diese ganze Aktivität meinen Schlafrhythmus durcheinanderbringen würde. *Habe ich überhaupt Zeit für normale Träume, wenn ich hier bin?*, fragte ich mich.

Sie hatte dieses geheimnisvolle Lächeln, das ich immer aufsetzte, wenn ich versuchte, nichts zu verraten. »Sagen wir einfach, du wirst dich in meinem Leben wie zu Hause fühlen«, antwortete sie rätselhaft.

Ich drehte meine Handflächen nach oben und sie klatschte sie ab, als würden wir Patschehändchen spielen.

ZUERST DACHTE ICH, es wäre ein Fehler passiert und ich wäre zu Hause in *meiner* Realität aufgewacht. Gleicher Pyjama, gleiches Zimmer, gleiches Haus. Mama war in der Küche und machte Kaffee. Sie war auch im Pyjama.

Bei den letzten drei Besuchen war ich am Sonntagabend vor Beginn der Märzferien angekommen. Ich war verwirrt. May gab Mama eine Umarmung und nahm einen Schluck von ihrem Kaffee.

»Mach dir deinen eigenen!«, rief sie aus.

»Ich brauche nur einen Schluck. Wenn ich mehr nehme, werde ich süchtig. Wie du«, antwortete ich süßlich.

Mama schüttelte den Kopf und fragte, was ich für den Tag geplant hatte.

»Ich treffe Mel, Julie und Sam am See nach dem Mittagessen«, sagte ich und legte Brot in den Toaster.

»Achte darauf, dass ihr Abstand haltet«, antwortete sie von ihrem Schreibtisch aus.

May erwiderte: »Keine Sorge, Mama. Wir werden vorsichtig sein.« Mama setzte ihre Kopfhörer auf und begann zu arbeiten. Arbeitete sie an einem Sonntag?

May goss Orangensaft in ein Glas und nahm einen Schluck, während sie darauf wartete, dass die Toasts herausspringen, und ich fragte mich, was Mama mit dem Abstand gemeint hatte. Machte sie sich Sorgen, dass ich durch das Eis fallen könnte? Der See war seit über einem Monat komplett zugefroren. Wir überprüften immer die Website der Stadt, bevor wir losgingen. Ich schüttelte den Kopf. *Mütter sind seltsam.*

Nach dem Frühstück machte es sich May auf dem Sofa bequem, um *Der Geber* zu lesen. Bis ich alle meine anderen Realitäten besucht haben würde, bestand die Chance, dass es nicht mehr eines meiner Lieblingsbücher sein würde. Vorerst las ich mit.

Kurz vor dem Mittagessen sagte mir Mama, dass sie spazieren gehen würde, und fragte, ob ich mitkommen wolle. Ich lehnte ab und meinte, ich würde genug frische Luft und Bewegung bekommen, wenn ich Schlittschuh laufen ginge. Es war ein kurzer Spaziergang und als sie zurückkam, hatte ich Chili für uns aufgewärmt.

Mama konnte mich nicht fahren, sie musste arbeiten. Es stellte sich heraus, dass Montag war. Ich lief die zweieinhalb Kilometer zum See und nahm eine Abkürzung durch den Wald. Was für einen Unterschied sechs Wochen machten, dachte ich. Als ich vor ein paar Tagen diesen Weg ging, war es Mitte April und Vollfrühling. Jetzt war der Weg vereist, es war unter dem Gefrierpunkt, und ich war froh, dass ich meine langen Unterhosen unter meine Jeans gezogen hatte.

Ich kam als Letzte am See an. Die anderen saßen auf Bänken im Freien und zogen ihre Schlittschuhe an. Es war so seltsam, sie saßen wirklich weit auseinander. Ich fragte mich sogar, warum sie nicht drinnen waren, wo es warm war.

May ging zu einer leeren Bank und begann, ihre Schlittschuhe anzuziehen. Ich kam an einem älteren Paar vorbei und sah, dass sie chirurgische Masken trugen. Ich runzelte die Stirn, aber May ging einfach weiter. Nachdem wir alle unsere Schlittschuhe angezogen hatten, gingen wir abwechselnd die Rampe zum See hinunter, um nicht miteinander zusammenzustoßen. Warum sollte das wichtig sein? War das nicht halb der Spaß, zusammenzustoßen und auf den Hintern zu fallen?

Auf dem See trugen alle Erwachsenen Masken wie die älteren Leute. Nur Kinder und Jugendliche hatten keine. Das war sehr seltsam – für mich jedenfalls. Niemand sonst schien sich daran zu stören, und meine Freunde kommentierten es nicht.

Wir liefen in einer quadratischen Formation, zwei Meter voneinander entfernt. Die beiden vorne fuhren rückwärts, damit wir reden konnten, und nach einer Weile wechselten wir die Plätze. Jetzt wusste ich, dass etwas nicht stimmte. Es war, als wären wir alle in diesem Film, *Zwei Meter voneinander entfernt*.

Ich versuchte, es zu verstehen. Einige Leute waren nah beeinander, hielten sogar Händchen, während andere wie wir Abstand hielten. Ich vermute, das sind Paare. Die Familien waren auch nah beeinander. Das war so seltsam.

Nach etwa einer Stunde waren wir alle durchgefroren und beschlossen, zurückzugehen, um unsere eisigen Stiefel anzuziehen. Ich sehnte mich nach einer heißen Schokolade vom Verkäufer drinnen, aber an der Tür hing ein Schild, dass sie wegen COVID-19 geschlossen hatten. Was zum Teufel war das? Gab es einen Ausbruch irgendeiner Art? War das der Grund, warum viele Leute Masken trugen?

Es ist so frustrierend, ein Passagier in diesem Leben zu sein! Ich wollte Antworten, und ich konnte nicht online gehen und nachschauen. Ich müsste einfach abwarten, und das war nicht meine Stärke!

Es gab keine Umarmungen zum Abschied, nur Luftküsse und das Versprechen, sich später online zu treffen, um ein Spiel namens ‚Among Us' zu spielen. Ich machte mich auf den Heimweg, sprang unter die Dusche, um mich aufzuwärmen, und machte mir dann eine heiße Schokolade.

Wenn ich jetzt darüber nachdachte, warum arbeitete Mama in ihrem Pyjama? Obwohl sie meist von zu Hause aus arbeitete, zog sie immer noch ihre Arbeitskleidung und Ohrringe an, jeden Tag. Hatte wahrscheinlich etwas mit dieser COVID-19-Sache zu tun.

Ich schnappte mir meinen Laptop und ging ins Wohnzimmer, falls unser Spiel zu laut werden und Mama stören würde. Wir hatten eine tolle Zeit, und viel zu bald sagte mir Mama, ich solle kommen und beim Abendessen helfen.

Abgesehen davon, dass man im Kino Masken tragen und getrennt sitzen musste, waren die Märzferien ziemlich genauso wie die, die ich hatte. Als die Schule wieder anfing, zeigten sich die größten Unterschiede.

Erstens arbeitete Mama jetzt hundertprozentig von zu Hause aus. Alle Interviews, die sie führen musste, machte sie per Videokonferenz.

Das wäre kein Problem gewesen, außer dass die Schule auch online war.

Mama und ich mussten unsere Zeitpläne koordinieren, damit wir frei reden konnten, ohne den anderen zu stören. Wir richteten einen beweglichen Arbeitsplatz ein, den jeder von uns in einen anderen Raum schieben konnte, für mehr Privatsphäre.

Ich genoss den Fernunterricht wirklich, aber May vermisste es, ihre Freunde jeden Tag zu sehen. Mir fiel auf, dass wir Nana nicht so oft sahen, und wenn, dann nur außerhalb unserer jeweiligen Häuser. Da Nana die Kälte hasste, kam sie meistens nur kurz vorbei und blieb in ihrem Auto, während Mama und ich froren und durch das Fenster sprachen.

Ich erfuhr, dass das schon seit etwa einem Jahr so ging und die Leute optimistisch waren. Sie hatten gerade einen Impfstoff eingeführt, und das Leben würde wahrscheinlich innerhalb des Jahres wieder halbwegs normal werden.

Ich machte jeden Tag zwei Spaziergänge, um bei Verstand zu bleiben und den Mangel an Sportunterricht und das ganztägige Sitzen auszugleichen. Mama tat dasselbe, aber wir gingen nicht zur gleichen Zeit. Wir verbrachten ohnehin genug Zeit miteinander, und dies war die einzige Zeit, die wir für uns hatten.

Die meisten meiner Freunde beklagten sich darüber, so viel Zeit mit ihren Familien zu verbringen. Die Nachrichten berichteten von einer Rekordzahl an häuslicher Gewalt sowie psychischen Problemen, zusätzlich zur täglichen Sterblichkeitsrate durch das Virus.

Aber zu Hause lief es großartig. Mama und ich waren tatsächlich enger zusammengewachsen, weil wir so viel Zeit miteinander verbrachten. Sie prüfte, ob es mir gut ging, besorgt, dass ich mich isoliert fühlen könnte.

Sie verließ kaum das Haus, außer zum Sport. Sie ließ unsere Lebensmittel liefern, kaufte online ein und sah ihre Freunde nicht. Ich machte mir langsam Sorgen um *sie*. Aber sie sagte, sie mochte es so besser, und dass ihre Freunde das verstanden.

Ich hingegen sah meine Freunde so oft, wie das Wetter es zuließ. Je wärmer es wurde, desto glücklicher waren wir. Wir gingen meistens

Rodeln oder Schlittschuhlaufen, aber bald würden wir spazieren gehen, wenn das Eis geschmolzen wäre. Und wir spielten Spiele oder chatteten online, was wir sowieso früher schon getan hatten.

Man sagt, wir Menschen könnten uns an alles anpassen, und das musste wahr sein. Warum sonst würde May durchhalten, wenn sie nicht müsste? Technisch gesehen könnte sie direkt in mein Leben springen und diese ganze Pandemie hinter sich lassen.

Jetzt fragte ich mich, ob die anderen Mädchen überhaupt von meinem Leben wussten. May hatte angedeutet, dass sie wusste, dass es ihrem sehr ähnlich sah. Wurde mein ganzes Jahr in ihre Erinnerungen geladen, als ich anfing, nach Clarity Castle zu kommen? Ich müsste den Lehrer oder January fragen.

Vielleicht musste ich erst alle März-Erinnerungen durchgehen, damit jeder von uns bedeutende Veränderungen vornehmen konnte, nicht nur April.

Am Ende des Monats war ich ein bisschen traurig zu gehen. Ich fühlte mich sehr wohl in Mays Leben und überlegte, ob es sich lohnen würde, einen Wechsel in Betracht zu ziehen. Ich weiß, es klang verrückt, aber es war ein gemütliches Leben. Warum würde jemand freiwillig in eine Zeitlinie springen, in der es einen Ausbruch eines tödlichen Virus gab?

KAPITEL NEUNZEHN

Ich wachte in meinem eigenen Bett auf. Hatte ich mich mit den Terminen vertan? Als ich auf mein Handy schaute, sah ich, dass es tatsächlich der 17. April war. Warum war ich nicht zum Schloss zurückgekehrt? Vielleicht hatten sie nicht gewollt, dass ich alle Realitäten auf einmal besuche.

Ich war erleichtert. Es fühlte sich an, als wäre ich monatelang weg gewesen, dabei hatte ich nur zehn Stunden geschlafen. Es war unfassbar.

Ich stand auf und sah Mom an ihrem Computer, ohne Kopfhörer. Sie war auf Facebook. Als sie mich hörte, stand sie auf, um mich zu umarmen. Ich hielt sie ein bisschen länger fest als sonst.

»Fühlst du dich okay?«, fragte sie und prüfte meine Stirn.

Ich küsste ihre Wangen und antwortete: »Ich hatte letzte Nacht einen Albtraum. Jetzt, wo ich sehe, dass es nur ein Traum war, fühle ich mich fantastisch!«

Was, wie ich feststellte, stimmte. Ich schalt mich selbst dafür, überhaupt den Gedanken gehegt zu haben, Mays Realität zu wählen. Okay, ich war nicht begeistert von meinem bevorstehenden Sportunterricht. Die Französischstunden waren allerdings online tatsächlich schlimmer. Man musste so viel mehr reden!

Und wenn ich wollte, dass Mom und ich uns näherstehen, könnte ich das einfach beabsichtigen, so wie ich eine bessere Note in meiner Prüfung beabsichtigt hatte. Überhaupt könnte ich meine Einstellung zum Sportunterricht komplett ändern. Wenn der Februar ein Hinweis war, hatte ich irgendwo ein paar knallharte Gene in mir. Ich könnte sie aktivieren und meine körperliche Leistung verbessern. Oder mir ein Beispiel an Januarys Spielbuch nehmen und mein allgemeines Selbstvertrauen steigern. *Ja, das würde ich tun.*

Nach dem Frühstück ging ich in mein Zimmer, um meine Hausaufgaben zu machen. Gegen zehn bekam ich eine Nachricht von Sam.

»Brauchst du Hilfe beim Durchgehen der Mathekonzepte vor dem Test?«, schrieb er.

Ich log und antwortete: *»Nein, ich bin gut klar. Danke für das Angebot!«* und fügte zur Bekräftigung ein »Umarmungs«-Emoji hinzu.

Seine Antwort kam schnell: *»Klar doch. BisD!«*

Die Wahrheit war, dass mir die Erinnerungen an ihn als meinen Freund immer noch unheimlich waren. Wie sollte ich ihm je wieder in die Augen schauen? Ich versuchte, mir Sam als etwas anderes als meinen besten Freund vorzustellen, und ich konnte es nicht. Es gab mir Gänsehaut.

Meine Konzentration war dahin und ich schaute auf die Uhr. Es war noch etwas zu früh fürs Mittagessen, also beschloss ich, spazieren zu gehen. Das Wetter war herrlich und ich war froh, rausgegangen zu sein. Ich lief zum Wald und ging zum Steinbruch. Kein Schloss.

Ich ging zum See, aber ich setzte mich nicht hin, um in der Sonne zu liegen. Ich hatte Angst, direkt zurück zum Schloss zu springen, und ich wollte lieber *diesen* Moment genießen. Das Wetter war für die Jahreszeit ungewöhnlich warm, und viele Leute waren unterwegs, um die Wege zu genießen. Ich wollte nicht riskieren, dass ich wegdöste und die Leute dachten, mit mir stimme etwas nicht. Hoffentlich war es nur ein vorübergehender Fehler, dass ich in letzter Zeit jedes Mal im Schloss erschien, wenn ich mich entspannte. Sonst würde ich nie wieder entspannt sein!

Jetzt, wo ich wusste, dass ich jederzeit hingehen konnte und sicher jede Nacht hingehen konnte, nahm ich an, dass es wirklich keinen Grund gab, jede Gelegenheit zu ergreifen.

Als ich nach Hause kam, hatte Mom Burger auf dem Grill gemacht. Sie hatte auch Frühlingsgefühle!

»Willst du draußen essen?«, fragte sie.

Normalerweise würde ich wegen Killerhornissen und ähnlichem ablehnen. Aber da sie wahrscheinlich noch nicht mitbekommen hatten, dass der Frühling früher gekommen war, dachte ich, wären wir sicher.

»Klar«, sagte ich und fragte mich, wie wir das ohne Tisch und Stühle schaffen würden. Als hätte sie meine Gedanken gelesen, sagte Mom: »Ich brauche deine Hilfe, um die Terrassenmöbel aus der Garage zu holen. Vorerst können wir unsere Teller auf dem Schoß balancieren und auf den Stühlen um die Feuerstelle herumsitzen.«

Wir aßen zu Mittag und unterhielten uns darüber, wann wir den Pool für den Sommer öffnen würden. Mom machte das gerne früh in der Saison, weil sie sagte, dass das Wasser nicht so viele Chemikalien brauchte und mit der Solarabdeckung wäre das Wasser bereit, wenn wir es wären.

Ich erledigte noch ein paar Stunden Hausaufgaben, bevor Mom mich an die Terrassenmöbel erinnerte. Es dauerte nicht länger als fünfzehn Minuten, aber jetzt, wo ich draußen war, wollte ich nicht wieder reingehen. Ich schrieb Mel und fragte, ob sie Lust auf eine Fahrradtour hätte. Sie antwortete mit drei »vor Lachen tot umfall«-Emojis.

Ich antwortete mit einem Fahrrad-Emoji und betenden Händen.

»Wir sind ewig nicht mehr Fahrrad gefahren. Warum nicht? Lass mich nur sicherstellen, dass ich überhaupt noch ein Fahrrad habe und dann melde ich mich zurück«, textete sie zurück.

Mir wurde klar, dass ich das auch überprüfen musste. Ich ging zurück in die Garage und pumpte meine Reifen auf. Ich brachte das Fahrrad nach vorne zum Haus. Mom verstaute gerade die Schaufeln.

»Bist du sicher, dass es dir gut geht?«, sagte sie, als sie das Fahrrad sah.

Genau in dem Moment schrieb Mel zurück und sagte, sie würde mich in fünf Minuten am See treffen. *Ja!*

»Was denn? Es ist Frühling und wir waren den ganzen Winter drinnen eingesperrt«, sagte ich zu meiner Verteidigung.

Mom zuckte mit den Schultern, erinnerte mich aber daran, dass ich einen Helm tragen musste. *Uff.* Ich fuhr zurück zur Garage, wischte die Spinnweben von meinem Helm und setzte ihn auf. Während ich zum See radelte, fragte ich mich, warum ich aufgehört hatte, mit dem Fahrrad zu fahren. Das machte so viel Spaß und war viel schneller als zu Fuß. Okay, der Helm fühlte sich albern an, aber ich bemerkte, dass ich nicht die Einzige war, die einen trug. Sogar Mel hatte einen auf, als ich am See ankam.

Wir fuhren durch die Stadt, bis es Zeit war, zum Abendessen nach Hause zu gehen. Jetzt, wo ich gute Noten beabsichtigen konnte, schien ich mehr Zeit für Spaß und Freunde zu haben. Wir vereinbarten, es morgen zu wiederholen und auch Julie und Sam einzuladen. Ich müsste nur die Erinnerungen an Sam und mich als Paar in den hintersten Winkel meines Gehirns verbannen.

Auf dem Heimweg fantasierte ich, dass Nana da sein würde mit Lasagne, Knoblauchbrot und Apfelkuchen, bis ich mich erinnerte, dass sie zu ihrer Reise nach Marokko aufgebrochen war. Als ich nach Hause kam, hatte Mom jedoch unsere Lieblings-Hawaii-Pizza bestellt und Brownies zum Nachtisch gemacht!

Nachdem ich mir die Hände gewaschen hatte, fragte ich, ob ich den Salat zubereiten sollte, und sie antwortete: »Lassen wir ihn heute weg.« Sie sah mein erstauntes Gesicht und fügte hinzu: »Und wie wäre es, wenn wir vor dem Fernseher essen, während wir unseren Film schauen?«

Mir klappte der Kiefer runter. Kein Gemüse und Essen vor dem Fernseher mussten zu den verbotenen Aktivitäten in jedem Elternhandbuch gehören. Da es nicht mein Geburtstag war, konnte ich mir nicht vorstellen, was in sie gefahren war. Bevor ich überhaupt wusste, wie ich reagieren sollte, sagte ich: »Ich liebe dich, Mom«, und stürzte in ihre Arme.

Sie lachte und zog mich näher an sich heran. »Wenn ich gewusst hätte, dass das alles ist, was es braucht, hätte ich dein Wachstum gehemmt und das schon vor Jahren gemacht«, scherzte sie.

Da ich wusste, dass diese Zuneigungsbekundung nicht allein auf das Essen zurückzuführen war, fiel es mir schwer auszudrücken, wie sehr ich die Mutter schätzte, die ich in dieser Realität hatte, und ich konnte mir nur vorstellen, wie das ankommen würde, wenn ich es laut aussprechen würde. Stattdessen sagte ich: »Das ist es nicht. Ich sage es dir nur nicht oft genug. Und ich weiß wirklich alles zu schätzen, was du tust, um mir das Leben leichter zu machen.«

Mom bekam feuchte Augen und wedelte mit ihren Händen vor ihrem Gesicht. »Ich liebe dich auch, mein kleines Mädchen. Du bist Gottes Geschenk an eine alleinerziehende Mutter«, antwortete sie und zog mich für eine weitere Umarmung zu sich heran.

»Okay, wir sollten loslegen, bevor die Pizza kalt wird«, sagte sie schließlich. »Welchen Film möchtest du sehen?«, fragte sie, als wir unsere Teller ins Wohnzimmer trugen und sie auf den Tabletts abstellten, die wir nie benutzten.

»Können wir noch einmal *Crazy Rich Asians* sehen?«, fragte ich. Mom und ich hatten ihn im Kino gesehen und wir hatten ihn absolut geliebt. Wir hatten ihn noch einmal angeschaut, als er im Streaming-Dienst herauskam. Wir schauten uns unsere Lieblingsfilme regelmäßig wieder an, und ich hoffte, dass seit unserem letzten Anschauen genug Zeit vergangen war, damit sie zustimmte.

»Warum nicht? Richte alles ein, während ich mir ein Glas Wein hole«, sagte sie und ging in die Küche.

Der Film war beim dritten Mal genauso fantastisch wie beim ersten. Er ist so romantisch. Ich bin sicher, das war der Grund, warum Mom mit niemandem ausging und warum ich kein Interesse an den Jungs in der Schule hatte. Wir waren durch die perfekten romantischen männlichen Hauptrollen in den Filmen, die wir sahen, verwöhnt worden. Ich hatte es nicht eilig, und Mom sollte sich nicht mit weniger zufriedengeben müssen!

Nach dem Film spülten wir gemeinsam ab und Mom fragte, ob ich Lust auf einen kurzen Spaziergang hätte, um all die Leckereien zu verdauen, die wir gegessen hatten. Ich war überrascht von dieser neuen Wendung in unserer Routine und begann mich zu fragen, ob dies das Ergebnis meiner Absicht war, eine engere Beziehung zu meiner Mutter zu haben. Ich stimmte zu und wir machten uns auf zu einem schnellen Spaziergang um den Block. Die Sterne waren draußen und die Luft war frisch und duftete nach neuem Leben, während die Natur erwachte.

Ich ging erfrischt ins Bett und war gespannt darauf, meine übrigen alternativen Ichs zu besuchen. Nun, zumindest die aus meiner Gruppe. Ich schlief ein und fragte mich, wann ich Ichs aus anderen Gruppen und anderen Zeiten besuchen würde.

KAPITEL ZWANZIG

Als ich im Schloss ankam, warteten Juni, Juli und August auf mich. Sie trugen identische lavendelfarbene Seidenpyjamas und alle drei hatten ihre Haare zu einem lockeren Zopf geflochten, der über ihren Rücken fiel. Sie waren nicht zu unterscheiden, und ich nahm an, dass das bedeutete, dass ihre Leben ziemlich ähnlich waren.

Eine von ihnen streckte ihre Hände aus. Das musste Juni sein. Ich lächelte und ergriff sie.

Sie war die Geigenspielerin. Ihr Leben ähnelte dem von Januar sehr, und ich freute mich, Gary wiederzusehen.

Juni ging während der März-Ferien ins selbe Musikcamp und hatte den gleichen Schulplan. Sie und ihre Freunde bildeten ein Streichquartett. Ruby spielte ebenfalls Geige, Mark spielte Cello und Maggie spielte Bratsche. Mark und Maggie waren ein sehr süßes Paar.

Sie waren erschreckend gut. Sie übten jeden Tag nach der Schule und wurden oft für verschiedene Wochenendveranstaltungen engagiert. Alle würden im Herbst Kurse auf Universitätsniveau besuchen.

In einem Wimpernschlag war ich zurück auf dem Sofa und nahm Julis Hände. Sie war die Klavierspielerin. Ich wollte sie gerade nach dem Whiskey-Trinken fragen, aber ich war bereits in ihre Realität projiziert worden.

Der einzige Unterschied, den ich in diesem Leben sah, war das Instrument und die Tatsache, dass Juli ein bisschen eine Einzelgängerin war. Ich schätze, das gehörte dazu; man sah selten zwei Klavierspieler in einem Orchester. Ihr Leben war nahezu identisch mit dem von Januar und Juni.

Es ließ mich die volle Stunde zum Mittagessen schätzen. Obwohl ich sie oft mit Nachhilfe oder Förderunterricht verbrachte, nahm ich mir zumindest die Zeit zum Kauen und Beine vertreten. Die ganze Sache mit dem Essen im Bus würde wirklich schnell langweilig werden.

Auf der positiven Seite hatte sie Gary als Stiefvater, und ich hatte gesehen, wie dieser Hottie Etienne im Bandcamp mit ihr flirtete. Ich konnte mir richtig vorstellen, wie sie eine herzzerreißende Coverversion von *Shallow* von Lady Gaga und Bradley Cooper spielen würden. Ich notierte mir, es vorzuschlagen, wenn ich Juli das nächste Mal sehen würde.

Zurück im Schloss war August allein. Ich nahm an, die anderen beiden hatten Termine. Ich nahm ihre Hände und landete in einem Leben, das dem von Februar ähnlich war.

August war auf strenger Diät und trainierte täglich. Sie war Teil einer Balletttruppe und verbrachte die März-Ferien in Toronto, wo sie für einen Platz an der Nationalen Ballettschule Kanadas vorsprach. Das Vorsprechen lief sehr gut und ihr Coach war begeistert. Wenn sie angenommen würde, würde sie an deren Sommerprogramm teilnehmen und entscheiden, ob sie bereit wäre, dauerhaft nach Toronto zu ziehen. Die Schule bot nicht nur Tanzunterricht, sondern auch eine umfassende Grund-, Sekundar- und Hochschulbildung.

Mama musste arbeiten und begleitete August nicht zum Vorsprechen. Ihre Gruppe übernachtete mit ihrem Coach und dem Assistenzcoach auf dem Campus. Es war das erste Jahr, in dem Mama mich an dem Wettbewerb teilnehmen ließ. Sie hatte gesagt, ich sei zu jung, um vor dem Alter von sechzehn Jahren für eine Ballettkarriere von zu Hause wegzugehen.

Sie hatte sich erst kürzlich von Simon getrennt, einem Typen, mit dem sie die letzten drei Jahre zusammen war. Wir diskutierten auch über einen möglichen Umzug nach Toronto. Nana sagte, sie würde mitkommen, da es mehr internationale Flüge von Toronto gäbe als von Montreal.

Wenn ich aufgenommen würde, würden sie eine Erkundungsmission unternehmen, wenn sie mich zum Camp fuhren, und wir würden sehen, wie es läuft. Wenn Nana bei uns einziehen würde, oder besser gesagt, wenn Nana das Haus oder die Wohnung kaufen würde, könnte Mama sich Zeit lassen, einen Job zu finden und sich einzuleben. Es würde die Dinge erleichtern und sie hätte jemanden bei sich, während ich die ganze Woche in der Schule wäre. Ich könnte an den Wochenenden nach Hause kommen und bei ihnen sein.

Ich hoffte wirklich, dass es für August klappen würde. Es schien eine erstaunliche Gelegenheit zu sein, und sie würde wahrscheinlich mit mindestens einem oder zwei ihrer Freunde dorthin gehen. Es gab fünfundzwanzig Tänzer in der Truppe, aber nur zehn waren zum Vorsprechen gegangen. August stand fünf von ihnen sehr nahe: Constance, Marie, Lulu, Jason und Emily.

Zusätzlich zu ihren Tanzstunden während der Schulzeit nahmen sie zweimal pro Woche nach der Schule an Zumba-Kursen teil und an den anderen drei Tagen machten sie Yoga und Pilates. Samstags trainierten sie im Fitnessstudio.

Als der Monat vorbei war, fühlte ich mich nicht wie ein Faulpelz, sondern war stolz auf meine Ichs. Sie verfolgten, was sie wollten, und sie rockten es richtig. Das war sehr inspirierend. Sobald ich herausgefunden hätte, was ich wollte, hätte ich großartige Vorbilder, die mir helfen würden, meine Ziele zu erreichen.

KAPITEL EINUNDZWANZIG

September, Oktober und November waren da, als ich meine Augen öffnete. Bevor ich es vergaß, fragte ich, an niemanden im Besonderen gerichtet: »Wisst ihr, was mit mir in euren Monaten passiert?« Sie nickten alle. »Wie funktioniert das? Wusstet ihr es, bevor ich hier ankam?«

Einer von ihnen, der Wissenschaftsfreak, antwortete: »Wenn jemand Neues zur Gruppe stößt, bekommen wir einen sofortigen Download ihres Monats, sobald sie ihr Erwachen erlebt.«

»Das passiert natürlich nachts, während wir schlafen«, fügte die Malerin hinzu.

»Woher wisst ihr, dass ein Erwachen stattgefunden hat?«, fragte ich.

»Sobald du in der Lage bist, nach Belieben ins Schloss zu kommen oder mit einem von uns zu sprechen, giltst du als Erwacht.«

Ich dachte darüber nach. Handarbeit saß einfach da, mit einem freundlichen Lächeln im Gesicht, und stickte vor sich hin. Ich gebe zu, ich war extrem neugierig auf ihr Leben. Sie wirkte so gelassen und friedlich.

»Wer ist zuerst dran?«, fragte ich, bereit, durch weitere drei Monate zu flitzen. Die Erlebnisse fühlten sich jetzt an, als würden sie viel schneller ablaufen, wie in doppelter Geschwindigkeit.

September stellte sich als die Malerin heraus. Als ich die Leben meiner anderen Ichs kennenlernte, war ich verblüfft über die Anzahl der Elitecamps in meiner Gegend. Ich hatte wirklich keine Ahnung, dass es so viele Kunst- oder Sportprogramme an meiner Schule gab.

Ich war daher überhaupt nicht überrascht, September in einem Kunstcamp in Sutton während der Märzferien zu begleiten. Es war ein Tagescamp, was bedeutete, dass ich nachts nach Hause ging. Nana war für den Taxidienst zuständig. Sie holte mich nach dem Frühstück ab und setzte mich kurz vor dem Abendessen wieder ab.

Als die Schule wieder anfing, war Septembers Stundenplan wie der der anderen, obwohl sie keine Aktivitäten nach der Schule hatte. Wenn sie nach Hause kam, ging sie in die Nische im Esszimmer, die Mom in meiner Zeitlinie als Heimfitnessstudio nutzte. Sie hatte das natürlichste Licht im Haus.

Mom war in dieser Realität alleinstehend, aber manchmal ging sie samstags abends auf Dates. Nana kam dann vorbei, und wir hatten einen Mädelsabend wie die, die sie mit Februar hatte. Ich sollte wirklich versuchen, diese in meiner Realität zu initiieren. Vielleicht würde das Mom inspirieren, öfter auszugehen.

In Septembers Zukunft gab es keine berühmten Kunstschulprojekte. Jeden Sommer ging sie ins Kunstcamp an derselben Kunstschule, wo sie ihren wöchentlichen Unterricht hatte. Im Herbst hatten sie eine Ausstellung für lokale Künstler. Letztes Jahr hatte September eines ihrer Gemälde verkauft.

Das Gemälde war ein Porträt eines Kindes gewesen, das ein frisch geschorenes Lamm umarmte. Die Brome-Fair hatte es gekauft und würde es im Werbeposter des nächsten Jahres verwenden. Es war eine große Ehre und würde viel Sichtbarkeit für ihre Kunst bringen.

September hatte ein paar künstlerische Freunde, aber sie stand Max, einem Holzbildhauer, am nächsten. Sie hatten eindeutig Gefühle füreinander, aber soweit ich sehen konnte, war ihre Beziehung platonisch – beste Freunde eben. Zumindest vorerst.

Sie verbrachten den ganzen Tag zusammen in der Schule, trennten sich aber für ihren Kunstunterricht. Da er in Sutton wohnte, sahen sie sich nach der Schule nicht. Sie hatten manchmal Videochats, aber meistens nur zum Lernen oder für Hausaufgaben.

September schien es zu mögen, in ihrer eigenen Welt zu sein. Wenn sie malte, war es, als wäre sie im Gemälde. Sie malte hauptsächlich Landschaften, aber es gab auch einige Porträts von Mom, Nana und Max.

Mein Lieblingsbild war ein Gemälde von Clarity Castle. Es hatte eine ätherische Qualität, die den anderen fehlte. Das lag höchstwahrscheinlich daran, dass es kein echter Ort war. Nein, das stimmte nicht ganz. Das Schloss war real, ebenso wie diejenigen, die dorthin strömten, um zu lernen, zu wachsen und sich zu entwickeln.

Ich war keine Künstlerin, daher fiel es mir schwer, die richtigen Worte zu finden. Das Nächstliegende, was mir einfiel, war, dass das Gemälde, wie das Schloss und das umliegende Gelände, in einer zusätzlichen Schicht Sonnenlicht gebadet war. Es schimmerte auf eine Weise, die dich die glückselige Vibration spüren ließ, die davon ausging. Jeder, der es betrachtete, würde sofort hineinspringen wollen, wie bei einem von Burts Aquarellen in Mary Poppins.

AM LETZTEN SAMSTAG im September verbrachte ich den Tag bei Max. Er lebte auf einer Schaffarm, und seine Mutter hatte einen kleinen Laden, in dem sie Wolle und gestrickte Artikel verkauften. Das erklärte wohl, woher ich die Szene mit dem geschorenen Lamm kannte. Mom kam kurz zum Hallo sagen vorbei und sagte, sie würde mich um vier Uhr abholen.

Max hatte ein Atelier im ersten Stock der Scheune. Es war so breit wie die Scheune, mit großen nach Süden ausgerichteten Fenstern. Ich war wohl ein häufiger Gast, denn eines meiner Gemälde stand auf einer Staffelei am Fenster. Ich ließ meine Tasche auf dem Tisch fallen und ging hinüber, um mir Max' Werk in Arbeit anzusehen.

Ich war überrascht. Seine Stücke waren normalerweise klein und filigran. Wie der winzige Vogel, den er mir zu Weihnachten geschnitzt hatte. Aber dieses war riesig. Der Baumstamm vor ihm war mindestens zwei Meter lang und hatte einen Durchmesser von gut achtzig Zentimetern. Ich hatte keine Ahnung, was es werden sollte, und wusste, dass es besser war, nicht zu fragen.

Es sah aus, als hätte er eine Säge benutzt, um das überschüssige Holz rund um den Kreis zu entfernen, den er auf den Boden des Stammes gezeichnet hatte. Er musste direkt nach dem Camp damit angefangen haben.

Er warf mir eine Schürze zu und fragte, ob ich eine Cola wollte. Max hatte das typische Künstlertemperament. Er hielt seltsame Stunden ein und trank morgens um neun Cola. Er trug jeden Tag genau das gleiche Outfit: blaue Jeans und ein graues T-Shirt, zu dem er ein kariertes Flanellhemd hinzufügte, wenn es draußen kalt war, wie heute. Er musste einen endlosen Vorrat haben.

Ich lehnte die Cola ab, band mir die Schürze um die Taille und machte mich an die Arbeit. Die nächsten drei Stunden wurde kein Wort gesprochen. Wir arbeiteten in geselliger Stille, bis Max' Mutter mit einem Teller Sandwiches, Rohkost und ihren berühmten Chocolate-Chip-Cookies auftauchte.

»Danke, Frau T. Ich komme um vor Hunger!«, sagte ich, als sie den Teller auf den unordentlichen Tisch stellte.

Max hatte seine Mutter nicht hereinkommen hören und drehte sich erst um, als er mich sprechen hörte. Er wischte seine Hände an seiner Jeans ab, kam herüber und küsste ihre Wange. »Du bist die Beste, Mama.«

Sie wuschelte ihm durchs Haar und löste dabei eine Menge Holzpartikel. »Sagt Bescheid, wenn ihr noch etwas braucht. Und macht vielleicht ein Fenster auf, bevor ihr an den Farbdämpfen sterbt«, sagte sie beim Hinausgehen.

Max ging zum Fenster und riss es weit auf. Er ließ es offen, während wir aßen. Ich schaute auf seinen Arbeitsbereich. Er hatte den Stamm in vier gleiche Teile geteilt und V-förmige Rillen geschnitzt, um sie zu trennen. Es sah verdächtig nach einem Totempfahl aus. Trotzdem sagte ich nichts dazu.

Er schaute auf mein Gemälde. Im Gegensatz zu ihm hatte ich

nichts gegen Kommentare zu meinen Werken in Arbeit. »Was meinst du?«, fragte ich. Er ging näher heran, um es genauer zu betrachten, schaute nach draußen und dann wieder auf das Gemälde.

»Das Blau von Morrissons Haus ist nicht ganz richtig. Falls du versucht hast, es zu treffen«, sagte er.

Ich seufzte. »Ich weiß. Ich habe versucht, es zu treffen. Verdammt«, antwortete ich. Er hatte ein gutes Auge. »Ich bringe nächstes Mal mehr Farben von zu Hause mit und versuche es noch mal«, sagte ich.

»Mach dich nicht fertig. Du weißt, dass es gut ist, sonst hätte ich es dir gesagt«, erwiderte er, während er sich das letzte Stück seines Brownies in den Mund stopfte und dann sein Glas Milch hinunterstürzte.

Ja, das hätte er mir gesagt. Das war das Großartige, aber manchmal auch nicht so Großartige an Max. Er sagte immer die Wahrheit und versuchte nie, jemandes Gefühle zu schonen. Er ging jedoch nicht aus dem Weg, um jemanden zu verletzen. Es war einfach seine Art. Bei Max wusste ich immer, woran ich war.

Wir verbrachten den Nachmittag Seite an Seite im Atelier, bis Mom kam, um mich abzuholen. Ich hatte noch nie so viele Stunden mit einem Freund verbracht, ohne zu reden. Aber als ich ging, fühlte ich mich, als hätte ich alles gesagt, was ich sagen musste. Für manche Menschen ist das Malen, oder jede Kunst wirklich, eine Möglichkeit, sich auf eine wahrere Weise auszudrücken, als es Worte je könnten. Es sei denn, du bist Schriftsteller, denke ich. Dann sind Worte deine Kunst.

KAPITEL 22

KAPITEL
ZWEIUNDZWANZIG

ls ich meine Augen öffnete, war das Mädchen mit dem Laborkittel da. Ich lächelte, ich musste auf diese hier achten, wenn ich nächstes Jahr in die fortgeschrittenen Naturwissenschaftskurse kommen wollte. Sie stellte sich als October vor, und schon ging es los.

Es war überhaupt nicht das, was ich erwartet hatte. Ja, es war ein Nerd-Wissenschaftscamp. Aber es ging nicht um Biologie oder Chemie. Es ging um Physik. Um genau zu sein, war dies ein Robotik- und Luftfahrttechnik-Camp. Und kein Laborkittel in Sicht.

Vor ein paar Jahren hatte die Universität von Sherbrooke, wo das erste Turnier stattfand, begonnen, ein einwöchiges Camp anzubieten, das zum ersten Robotik-Turnier des Jahres hinführte.

Das zweite Turnier wurde in Montreal während der Osterferien abgehalten. Dies waren die regionalen Wettbewerbe, organisiert von *FIRST Quebec Robotics*, Teil eines internationalen Robotik-Events. Erfolgreiche Teams wurden dann zum FIRST LEGO® League World Festival eingeladen.

Die meisten, aber nicht alle der Schüler in der Challenge-Kategorie für Jugendliche von vierzehn bis achtzehn Jahren waren in schulischen Robotik-Programmen eingeschrieben. October auch, sie war eines von nur drei Mädchen, die in der Gruppe des dritten Jahrgangs mit fünfundzwanzig Schülern registriert waren.

Anfangs, als ich Tara und Maelyn kennenlernte, dachte ich, wir würden beste Freundinnen werden und den Jungs in den Hintern treten. Allerdings stellten wir bald fest, dass wir sowohl für die Teamarbeit als auch für Freundschaft ungeeignet waren.

Octobers Freunde und Teamkollegen waren Alphonso und Joshua. Beide waren mit ihr im Camp, sowie andere Mitglieder ihrer Klasse. Ich erkannte Joshua aus meinem Französischkurs und war froh, dass wir in dieser Realität einen gemeinsamen Nenner gefunden hatten. Er war wirklich ein Goldschatz.

Die Klasse war in zwei Teams aufgeteilt, jedes Team hatte seine eigenen T-Shirts und brauchte zwei Mentoren. Für unser Team hatten wir einen Lehrer als Mentor und der andere war ein ehemaliger Teilnehmer, der jetzt aufs College ging.

Unser Team schaffte es in die Playoff-Matches, gewann aber nicht. Obwohl im ersten Testlauf alles reibungslos verlief, lief eines der Radlager nicht glatt, und unser Fahrzeug kam ein bisschen vom Kurs ab. Das reichte, um dem letzten Rundenzeit einige Sekunden hinzuzufügen. Es war leicht zu beheben, und wir würden nächsten Monat beim Montrealer Event eine weitere Chance bekommen.

Zurück in der Schule verbrachte October zwei Nachmittage pro Woche damit, naturwissenschaftliche, technische und technologische Fähigkeiten zu erlernen. Abgesehen von der Teilnahme an Turnieren sollte das Programm die Schüler nach der High School zu MINT-Bildungsprogrammen führen.

Octobers Leben war ansonsten ziemlich ähnlich wie meins. Sie verbrachte den Großteil ihrer Abende zu Hause mit Mom, machte Hausaufgaben und lernte für Prüfungen.

Unnötig zu sagen, dass sie in den Fächern Mathematik, Naturwissenschaften und Technologie brillierte. In ihre Französisch- und Englischkurse steckte sie weniger Mühe, und ihre Ergebnisse waren das absolute Minimum, um im Programm zu bleiben, was ein Durchschnitt von fünfundsiebzig Prozent war.

Ihr Haupthobby war das Zusammenbauen der berühmten skandinavischen Bausteine. In dem Raum, den wir in meiner eigenen Zeitlinie als Lagerraum nutzten, hatte sie eine riesige Sammlung. Zwei Klapptische waren aufgestellt. Einer war mit einer beeindruckenden Stadt bedeckt, komplett mit einem Roboterzug und einem ferngesteuerten Hubschrauber, während der andere für Projekte und verschiedene Sortiertabletts benutzt wurde. Unter dem zweiten Tisch standen vier Rollwagen, jeder mit drei Schubladen, in denen die Teile nicht nach Farbe, sondern nach Kategorie sortiert waren: Personenteile, normale Steine, bewegliche Teile und andere, die ich nicht beschreiben könnte.

Sie, Alphonso und Karl verbrachten jeden Samstagnachmittag in diesem Raum ohne Fenster eingesperrt. Wenn Mom runterkam, um nach uns zu sehen, würde sie uns bitten, den Ventilator anzumachen, weil es drinnen etwas muffig wurde.

Sie arbeiteten hier nie an Wettbewerbssachen. Sie erschufen einfach Dinge zum Spaß. Alphonso und Karl hatten zu Hause ihre eigenen Aufbauten, aber keiner war so umfangreich wie meiner.

Es fasziniert mich, dass meine anderen Ichs so unterschiedliche Stärken und Interessen haben könnten und trotzdem ich sein könnten. Ich meine, sie sind offensichtlich ihre eigenen Personen. Aber so überraschend jede neue Realität zunächst schien, konnte ich mich völlig darin wiederfinden, selbst wenn sie nicht wählen würde.

Das war zu erwarten. Die Entscheidungen, die sie trafen, basierten auf winzigen Unterschieden in ihrer Reaktion auf Möglichkeiten oder Ereignisse, meist in der Kindheit. Und vieles davon drehte sich darum, was Mom tat oder nicht tat, oder ob mein Vater oder eine andere Bezugsperson anwesend war.

Ich dachte nie, dass Moms Liebesleben etwas mit mir zu tun hätte, aber offensichtlich hatte ihre Beziehung mit Gary zu einem Haufen musikalischer Realitäten geführt. Und bisher hatte sich Dad's Anwesenheit nicht als besonders toll herausgestellt, so traurig das auch sein mag.

KAPITEL 23

KAPITEL DREIUNDZWANZIG

November stand in einem schwarzen Kimono am Kamin. Ich konnte mich nicht daran erinnern, bei meinem ersten oder zweiten Besuch eine Kampfkunst-Enthusiastin gesehen zu haben. Dann sah ich den Pony. Emo-Girl!

Sie blickte finster zu mir herüber, sichtlich unwohl mit meinem Starren. Sie stapfte zu mir herüber und umfasste meinen rechten Arm wie Krieger, ihre Hand griff meinen Oberarm. Ich hatte keine Zeit für einen bissigen Kommentar, bevor ich in ihrer Welt landete.

Ich hatte erwartet, dass sie in ihrem Zimmer hocken, Gedichte schreiben und traurige Musik hören würde. Ich erinnerte mich daran, etwas verwirrt gewesen zu sein, als ich sie das erste Mal sah. Wie kam ein Emo-Mädchen ins Clarity Castle? Würden all die negativen Emotionen sie nicht davon abhalten, auf ihr »Wissen« zuzugreifen, wie es die Lehrerin nannte?

Soweit ich wusste, gab es so etwas wie ein Emo-Camp nicht. Hätte ich Emo-Girl und Writer-Girl nicht im selben Raum gesehen, hätte ich darauf gewettet, dass sie ein und dieselbe Person wären.

Ich lag falsch. Am Sonntagabend setzte Nana sie vor einem industriell aussehenden Gebäude in Drummondville ab. Sie ging hinein, unterschrieb einige Formulare, küsste November zum Abschied und sagte, sie würde am Samstag zurückkommen, um sie abzuholen. Die Beraterin versicherte ihr, dass ich in guten Händen sei und dass die Woche in Einzel- und Gruppentherapie mir sehr gut tun würde.

Wo zum Teufel war Mom? Warum unterschrieb Nana Formulare? Ich hatte plötzlich große Angst. November auch, und es wischte den finsteren Blick von ihrem Gesicht.

Nachdem Nana gegangen war, bekam ich einen Stapel Dinge: Bettwäsche, ein Handtuch und zwei Ninja-Anzüge. Wenn es orangefarbene Overalls gewesen wären, hätte es mich nicht überrascht. Der Ort schrie förmlich Jugendstrafanstalt, obwohl das Schild draußen »You 2.0 – Ein Zentrum für problematische Jugendliche« lautete.

Sie durchsuchten meinen Rucksack und entfernten unerlaubte Gegenstände, nämlich mein Handy, Tablet und einige Snacks, die Nana eingepackt hatte. Diese wurden in eine Tasche gelegt, die ich am Ende der Woche zurückbekommen würde. Eine stämmige Matrone in einem schwarzen Overall forderte mich dann auf, allen Schmuck und alle Accessoires abzulegen, und reichte mir zwei Gesichtstücher, um mein Make-up zu entfernen. Eins hätte nicht ausgereicht.

Ein Mädchen in meinem Alter wartete auf mich. Die Beraterin stellte sie als Kim vor und sagte, sie würde mir das Zimmer zeigen, das sie und ich teilen würden. Auf dem Weg erklärte Kim, dass neue Rekruten immer mit einem etablierten gepaart würden. *Rekruten?* Das klag immer mehr nach Bootcamp. Ich konnte mir nicht vorstellen, dass dieses Emo-Mädchen sich so schlecht benommen hatte, dass sie in eine Besserungsanstalt geschickt wurde.

»Mach dein Bett, zieh deine Uniform an und verstaue deine Sachen in der Kommode«, sagte sie, angenehm genug. Als ich einfach nur dastand, schien sie zu verstehen, dass ich auf etwas Privatsphäre hoffte, um mich umzuziehen. Das Zimmer hatte kein eigenes Bad.

Sie ging auf den Flur und sagte: »Ich warte hier auf dich. Du hast fünf Minuten«, bevor sie die Tür schloss. Ich war erleichtert zu sehen, dass es keine Schlösser oder Gitter an der Tür gab. Allerdings gab es auch kein Fenster im Zimmer.

Ich machte schnell mein Bett, zog mich um und räumte meine Sachen weg. Ich überlegte, was ich mit den Schuhen machen sollte.

Dann erinnerte ich mich, dass Kim barfuß gewesen war, und folgte ihrem Beispiel. Als ich die Tür öffnete, nickte sie und sagte: »Komm mit.«

Wir gingen einen Flur entlang mit identischen Türen auf beiden Seiten, dann durch Doppeltüren zu einem anderen Flur, der sich in drei Richtungen verzweigte. Wir bogen rechts ab. Es sah sehr nach einem Krankenhaus aus. Ich war besorgt. November auch.

Wir wurden besonders besorgt, als wir vor einer Tür mit der Aufschrift »Dr. Eva Rivers« anhielten. Kim klopfte an die Tür, wartete einen Moment und öffnete sie dann.

»Hallo, Dr. Rivers«, sagte sie mit einem Lächeln. Sie stand mit hinter dem Rücken verschränkten Händen, die Füße hüftbreit auseinander. *Rührt euch, Soldat*, dachte ich bei mir.

»Hallo, Kim. Wen hast du hier mitgebracht?«, fragte die Ärztin, während sie von ihrem Schreibtisch aufstand und uns auf der anderen Seite entgegenkam.

»Das ist Clare Knox, meine Zimmergenossin für die Woche«, antwortete Kim.

»Danke, Kim. Ich übernehme ab hier«, erwiderte Dr. Rivers.

Entlassen, machte Kim eine halbe Verbeugung vor ihnen beiden und verließ den Raum.

»Hallo, Clare. Ich bin Dr. Eva Rivers«, sagte sie zu mir, die Hand ausgestreckt und lächelnd.

Ich konnte nicht lächeln, so ängstlich wie ich war, aber ich schaffte es, ihre Hand zu schütteln und ein schwaches »Hallo Doktor« anzubieten.

»Schauen Sie nicht so besorgt. Hier, setzen Sie sich und wir fangen an«, forderte sie mich auf und deutete auf einen der Stühle vor ihrem Schreibtisch.

Ich setzte mich gesittet auf den Stuhl, während sie durchsah, was vermutlich meine Akte war. Schließlich sagte sie: »Ich sehe, dass Sie bei Ihrer Großmutter leben, seit Ihre Eltern im Januar gestorben sind.« Sie sah zu mir, um eine Bestätigung zu erhalten. *Was?* Auf einmal kann ich Novembers Schmerz und Traurigkeit spüren. Es stimmt. Ich nickte. *Was ist passiert?*

»Ihre Großmutter hat uns Ihr letztes Zeugnis gegeben und die Beurteilung des Schulpsychologen. Es scheint, dass, obwohl Ihre Schularbeiten nicht gelitten haben, Sie sich von Ihrem sozialen Kreis zurückgezogen haben und die meiste Zeit allein verbringen. Ihr Vormund berichtet, dass sie Sie oft in Ihrem Zimmer weinen hört, aber Sie weigern sich, mit ihr darüber zu sprechen.«

»Sie haben auch wöchentliche Sitzungen mit einem Therapeuten abgelehnt. Als Ihre Großmutter besorgt wurde, schlug der Schulberater eine Aktivität nach der Schule vor, die Ihnen helfen könnte, einige Ihrer Emotionen zu kanalisieren. Dies haben Sie nicht abgelehnt und haben nie eine Karatestunde verpasst. Ihr Ausbilder sagt, Sie haben eine natürliche Begabung und haben sich in beeindruckendem Tempo verbessert«, erklärte sie.

Bei diesen Worten sträubte sich November. *Sie haben sogar mit meinem Karatelehrer gesprochen. Ist nichts heilig?*, fragte sie sich. Ich stimmte zu, das wurde unheimlich. Sie wussten viel zu viel über mich.

»Was wäre, wenn ich Ihnen sagen würde, dass ich Ihre Melancholie mit einem Schlag heilen könnte?«, fragte sie, schloss die Akte und sah mich eindringlich an.

Ihr Blick war wie das Fernlicht eines Autos auf ein Reh, blendend und dennoch unmöglich, wegzuschauen. Mein erster Gedanke waren Drogen oder Elektroschocktherapie. Gab es das noch? War das legal?

Ich muss entsetzt ausgesehen haben, denn Dr. Rivers fuhr sofort fort und sagte: »Nein, nichts Unheimliches wie das, was Sie sich vorzustellen scheinen«, lachte sie.

»Ihre Eltern waren Agenten für eine geheime Nachrichtendiensteinheit der Streitkräfte, das Canadian Special Operations Forces Command. Sie starben bei einem verdeckten Einsatz, der schiefging«, sagte sie und wartete darauf, dass ich das verarbeitete.

»Was?«, sagte ich, aber was ich meinte, war *Was. Zum. Teufel?*

Diese Ungläubigkeit erwartend, zeigte sie zwei glänzende Zwanzigmal-fünfundzwanzig-Zentimeter-Bilder von Mom und Dad, die Standard-Armeeuniform trugen. Ich nahm zuerst das von Mom. Ihr Haar war zu einem strengen Pferdeschwanz zurückgebunden, und ihr ernster Gesichtsausdruck sah aus wie der einer Fremden. Tränen stiegen mir in die Augen, als ich Dads Bild aufnahm. Er sah ziemlich so aus, wie er im Gefängnis aussah. Gebräunt, schlank und ein bisschen gemein.

Etwas in mir brach, und ich ließ die Bilder zurück auf ihren Schreibtisch fallen.

»Sie meinen, sie sind nicht bei einem Autounfall auf dem Rückweg von einer Show in Montreal gestorben?«, fragte ich fordernd, wobei die Verleugnung der Wut wich.

»Nein. Sie wurden in der Gasse hinter dem Theater überfallen, während sie sensible Informationen abholten. Während sie sich mit ihrem Informanten trafen, wurde ein Brandsatz an ihrem Auto angebracht«, sagte sie.

Eine Sekunde verging. Zwei. Drei.

»Sie starben durch eine Autobombe?«, schrie ich mit weit aufgerissenen Augen.

Sie nickte. »Technisch gesehen waren sie nicht im Auto. Sie wurden etwa vier Meter durch die Explosion geschleudert, als sie den Türgriff berührten. Sie starben an den daraus resultierenden Verletzungen«, präzisierte sie. »Möchten Sie den Bericht sehen? Damit Sie wissen, dass ich die Wahrheit sage?«, fragte sie und hielt einen weiteren Ordner hin.

Ich wollte nein sagen. Das würde es real machen. Aber sie waren sowieso tot, also konnte ich genauso gut die Wahrheit wissen. Ich streckte die Hand aus und sie gab mir den Ordner. Ich wappnete mich für grausame Bilder, aber es gab nur ein Bild des Tatorts, nachdem die Leichen weggebracht worden waren. Als ich über Verbrennungen dritten Grades, gebrochene Rippen und ein zertrümmertes Becken las, wurde mir übel.

Als ob sie meine Gedanken lesen würde, oder vielleicht die Farbe meines Gesichts, reichte Dr. Rivers mir einen Mülleimer. Ich nahm ihn und ließ sofort mein Abendessen und meine Emotionen heraus. Ich begann unkontrolliert zu schluchzen, dann hysterisch zu lachen. Als ich fertig war, nahm sie den Eimer, reichte mir ein Taschentuch und sagte mir, ich könnte mich in ihrem privaten Badezimmer frisch machen, während sie den Eimer entsorgte.

Ich ging durch die Tür, die sie mir zeigte, und spritzte mir etwas Wasser ins Gesicht, wusch mir die Hände und gurgelte mit Wasser. Als ich herauskam, war der Eimer verschwunden, und Dr. Rivers reichte mir eine Flasche Wasser.

»Wie fühlen Sie sich?«, fragte sie neugierig.

»Wütend«, antwortete ich und stellte fest, dass ich kochte. Wie konnten Mom und Dad das vor mir geheim halten? Wie konnten sie es wagen, zu sterben und mich allein mit nichts als Fragen zurückzulassen.

Dr. Rivers lächelte zufrieden und sagte: »Sehen Sie, ich habe Ihnen gesagt, dass ich Ihre Melancholie heilen könnte!«

KAPITEL VIERUNDZWANZIG

E s klopfte an der Tür und nach einer Pause kam Kim wieder herein. Dr. Rivers bat Kim zu erklären, was sie hier machten.

»Neue Rekruten werden bei ihrer Ankunft beurteilt. Wenn sie als geeignete Kandidaten für das Programm eingestuft werden, beginnen sie mit dem Training. Wenn sie keine geeigneten Kandidaten sind, nehmen sie an Workshops und Therapiesitzungen teil, die für ihre Situation relevant sind, und kehren am Ende der Woche nach Hause zurück«, antwortete Kim und stand in dieser quasi-militärischen Haltung.

»Um welche Art von Beurteilung und welche Art von Training geht es?«, fragte ich, mehr aus Neugier als aus echtem Interesse. Die ganze Sache war irre. Ich würde an den vorgeschriebenen Workshops und der Therapie teilnehmen und nach Hause fahren, um ein interessantes Gespräch mit Nana zu führen.

»Die Beurteilung hat bereits begonnen. Der Inhalt deiner Akte ist der erste Teil des Screenings. Deine Reaktion auf die Existenz der geheimen Taskforce und die Beteiligung deiner Eltern wird ebenfalls analysiert«, erwiderte Dr. Rivers.

»Und dann?«, fragte ich, mir bewusst, dass meine Frage noch nicht beantwortet worden war.

»Es wird eine Reihe von körperlichen Tests geben, Sprachkennt-nisse, Leistung unter Stress, diese Art von Dingen«, sagte Kim.

»Kann ich mich weigern, getestet zu werden?«, fragte ich. Ich weiß nicht, wie viel November und ich gemeinsam hatten, aber ich würde wahrscheinlich bei den meisten körperlichen Tests durchfallen.

»Ich fürchte nicht. Es ist obligatorisch für alle Campteilnehmer. Einige der Ergebnisse gehen in den Bericht ein, der für die Eltern oder Erziehungsberechtigten erstellt wird. Alle Ergebnisse werden an die Zentrale geschickt, besonders für Legacy-Rekruten«, sagte Dr. Rivers.

»Legacy?«, fragte ich.

»Kinder von Operativen werden automatisch getestet«, erklärte Kim.

»Erzähl mir vom Training«, sagte ich und richtete meine Frage an Kim in der Hoffnung, diesmal eine Antwort zu bekommen.

»Du musst doch CIA-, MI6- und FBI-Filme oder Serien gesehen haben, oder?«, sagte sie. Ich verdrehte die Augen. »Es ist im Grunde genau wie dort, nur für Teenager. Ich meine, diese Einrichtung trainiert nur Teenager. Erwachsene Kandidaten werden in anderen Einrichtungen beurteilt und ausgebildet«, sagte Kim.

»Moment, das ist also im Grunde eine Schule für Spionagekin-der?«, fragte ich mit einem Kichern.

»Teenager sind extrem belastbar, sie passen sich schneller an Veränderungen an als die meisten Erwachsenen. Sie haben auch weniger Widerstand, neue Dinge oder neue Arbeitsweisen zu lernen«, sagte Dr. Rivers.

Das war unwirklich. Aber es gab eindeutig keinen Weg hier raus für die nächsten sieben Tage. Wie es so schön heißt: Der einzige Weg hinaus führt hindurch.

»Wie lange dauert das Training?«, fragte ich und fragte mich, was mich erwarten würde, wenn sie mich als geeignet einstufen würden.

»Das hängt davon ab, wann du beginnst und wie viel Zeit du dafür aufwendest. In deinem Alter, wenn du nur an Wochenenden und in den Schulferien herkommen würdest, würde die Grundausbildung wahrscheinlich etwa fünf Jahre dauern. Wenn du jedoch Vollzeit hier zur Schule gehst, würdest du deine Ausbildung gleichzeitig mit der High School abschließen«, erklärte Kim.

»Und dann?«, fragte ich.

»Die meisten Schüler gehen zur nächsten Trainingsphase über, die auch einen Universitätsabschluss beinhaltet. Wir folgen dem kanadischen Lehrplan, es gäbe kein CEGEP. Einige Schüler entscheiden sich jedoch dafür, kleinere Einsätze zu übernehmen, während sie ihre Ausbildung auf normalem Wege fortsetzen«, sagte Kim.

»Du meinst so wie die Armeereserve?«, fragte ich. Ich erinnere mich, in der Schule einen Flyer darüber als Karriereweg gesehen zu haben.

»Ja, genau!«, sagte Kim.

»Also ist das im Grunde wie zur Armee zu gehen«, sagte ich.

»Mit einem zusätzlichen Twist«, sagte Kim.

»Denkst du, dass du genug Informationen für jetzt hast? Es ist fast Zeit fürs Lichtausmachen«, sagte Dr. Rivers.

Ich schaute auf die Uhr an der Wand. Es war viertel vor neun. Mein Gehirn konnte sowieso nicht mehr davon aufnehmen, also sagte ich, dass es für mich erst einmal in Ordnung sei.

»In Ordnung, Kim wird dir morgen den Zeitplan erklären und mit dir durchgehen. Gute Nacht, Kim. Gute Nacht, Clare. Und willkommen bei *You zwei Punkt null!*«, sagte sie in einer Stimme, die viel zu fröhlich klang, um beruhigend zu sein.

Ich würde wahrscheinlich mit einer Lobotomie von hier weggehen.

Zurück in unserem Zimmer legte Kim den Tagesplan fest. Aufwachen um fünf Uhr, Aufwärmen und Trainingseinheit, Duschen, Frühstück, Workshops, Mittagessen, Aktivitäten im Freien, Therapiesitzungen, Tagebuchschreiben (oder andere individuelle Aktivität), Abendessen, Freizeit, Licht aus um neun Uhr abends.

Ich stieß einen Seufzer aus. Ich war schon erschöpft, nur vom Zuhören.

»Nimm dein Handtuch und deine Toilettenartikel mit, ich zeige dir, wo das Badezimmer ist«, sagte Kim.

Auf dem Weg erklärte sie, dass die Flurbeleuchtung gedimmt wurde, aber nachts eingeschaltet blieb, falls ich mitten in der Nacht zur Toilette musste. Sie sagte auch, dass es Flur-Kameras gab und dass die Doppeltüren an beiden Enden des Flurs zu unserer Sicherheit abgeschlossen waren. Niemand durfte jemals einen Raum betreten, der nicht der eigene war. Wenn wir Zeit mit jemandem verbringen wollten, dann in den Gemeinschaftsräumen während der Freizeit.

Ich war erleichtert, einzelne Toiletten- und Duschkabinen zu sehen. Als Mom mich einmal zum Fitnessstudio mitgenommen hatte, duschten alle im selben Raum. Damit kam ich nicht klar. Und ich hatte genug Filme gesehen, um mir Sorgen um meine Privatsphäre zu machen.

Wir putzten uns die Zähne, wuschen uns und zogen unsere Pyjamas an. Es waren andere Mädchen im Bad und Kim stellte mich vor, obwohl ich zu nervös war, um mich an die Namen zu erinnern. Auf dem Flur auf dem Rückweg lächelten alle und sagten Gute Nacht, als wäre dies eine Schwesternschaft. Vielleicht war es das.

»Sind hier auch Jungen?«, fragte ich, als wir ins Bett gingen.

»Ich habe mich schon gefragt, wann du das fragen würdest!«, sagte Kim mit einem Lachen. Ich wartete und sagte nichts. »Ja, aber nicht in diesem Flur. Jungen sind in einem anderen Flur. Die meisten Aktivitäten sind gemischt, ebenso wie die Ausbilder«, sagte sie und bewegte sich in ihrem Bett, bis sie bequem lag.

»Sag ehrlich, werde ich hier sterben?«, fragte ich, mit vorgetäuschtem Humor, aber wirklich interessiert an der Antwort.

Sie brach in Gelächter aus und antwortete: »Natürlich nicht, Dummerchen. Es ist genau wie im Camp, ein sehr aktives Camp.«

»Also wird es nicht wie das Training für die Ferox sein?«, fragte ich, meine Stimme kaum mehr als ein Flüstern. Das Licht war ausgegangen.

»Nur ein bisschen«, flüsterte sie zurück.

Scheiße.

DIE WOCHE WAR ZERMÜRBEND auf eine Weise, die ich nicht beschreiben kann. Ich verließ das ‚Camp' mit dem Angebot, an ihrem

Trainingsprogramm teilzunehmen, entweder Teilzeit oder Vollzeit. Sie gaben Nana einen Haufen gefälschter Flyer über die Schule und sagten ihr, ich hätte so viel Potenzial gezeigt, dass ich ein Vollstipendium erhalten würde.

Bevor ich ging, sagte Dr. Rivers, ich könnte an bis zu drei Wochen-end-Trainingseinheiten teilnehmen, bevor ich mich entscheiden müsste. Das würde mir genug Zeit geben, um es mit Nana zu besprechen, zu entscheiden, ob das das Richtige für mich wäre, und Vorkehrungen zu treffen, falls ich mich entscheiden würde, mitten im Jahr zu wechseln.

Nana war sehr beeindruckt, sowohl vom Stipendium als auch von dem Bericht, den sie erhalten hatte. Ich hatte eine komplette Kehrtwende gemacht und war jetzt ein glücklicher, gut angepasster Teenager, bereit, mein volles Potenzial zu entfalten.

Auf der Fahrt nach Hause fragte Nana, was ich von all dem hielte. Ich sagte ihr ehrlich, dass ich in Erwägung zog, vollständig dorthin zu wechseln, aber dass ich erst darüber schlafen wollte.

»Das ist eine sehr reife Entscheidung, junge Dame. Ich bin so stolz auf dich«, sagte sie. »Und ich bin mir sicher, deine Eltern sind auch sehr stolz auf dich, wo auch immer sie sind«, fügte sie hinzu.

Darauf konnte ich wetten.

KAPITEL 25
KAPITEL FÜNFUNDZWANZIG

Ich öffnete meine Augen, mein Herz pochte noch immer wegen der überraschenden Nachtübung, und ich sank erleichtert in das Sofa. Ich wollte ganz sicher nicht mit November tauschen. Ich tastete mich ab, prüfte auf schmerzende Muskeln und neue blaue Flecken, aber sie waren verschwunden. Leider war auch mein schlanker, durchtrainierter Körper weg. Ich war wieder mein übliches matschiges Selbst.

Erst dann bemerkte ich, dass jemand mit mir im Zimmer war. Es war das Stickmädchen. December. Als sie bemerkte, dass ich sie ansah, lächelte sie und legte ihre Stickarbeit zur Seite.

»Du sagst nicht viel«, sagte ich zu ihr.

»Gott gab uns zwei Augen und zwei Ohren, aber nur einen Mund«, antwortete sie, so kryptisch wie der Dalai Lama. Sie wirkte so nett, dass ich sie nicht versehentlich mit einer Antwort beleidigen wollte.

Ich streckte einladend meine Hände nach ihr aus. Sie stand von ihrem Platz auf und setzte sich neben mich auf das Sofa. Sie nahm eine meiner Hände und umschloss sie mit beiden Händen.

»Keine Sorge, am Ende wird alles gut«, sagte sie beruhigend.

∿

ICH WAR IN EINEM FLUGZEUG, saß neben Nana. Es schien, als wären wir auf dem Weg nach Spanien, genauer gesagt nach Granada. Sie und December stickten beide und trugen identische gelassene Gesichtsausdrücke. Ich begann wieder zu paniken. *Wo ist Mama? Warum war sie nicht mit uns auf der Reise?* Decembers Erinnerungen fluteten mein Gehirn.

Mama war seit drei Jahren mit einem Mann namens Simon zusammen. Er lebte nicht bei uns, aber er unternahm oft verschiedene Ausflüge mit mir und Mama und kam mit uns auf unseren jährlichen Familienurlaub mit Nana. Ich mochte ihn, er war nett. Allerdings starb er im Januar bei einem dummen Skiunfall und Mama war seitdem ein Wrack. Obwohl Nana so viel half, wie sie konnte, musste ich zu Hause einspringen.

Da ich unbedingt in jedem möglichen Fach auf die Bestenliste kommen wollte, wurde mein Stresslevel gefährlich hoch, und meine Klassenlehrerin schlug vor, dass ich mit einer Beraterin sprechen sollte. Sie empfahl Aktivitäten, die mir helfen könnten, meine Energie und Emotionen zu kanalisieren. Da ich ohnehin schon so viel zu tun hatte und sie darauf bestand, dass ich etwas auswählen sollte, entschied ich mich für Sticken, um sie zu besänftigen.

Es wurde zweimal pro Woche als Mittagsaktivität angeboten. Es gab mir eine gute Ausrede, nicht mit meinen Freunden abzuhängen. Sie meinten es gut, aber ich war es leid, über meine Probleme zu sprechen, und viel zu müde, um ihre zu hören. Mein Gehirn war so vollgestopft mit all den Zielen, die ich erreichen wollte, und all den Hausarbeiten, die ich zu Hause erledigen musste.

Die Aktivität wurde von der Schulpsychologin geleitet. Als ich sie von der Tür aus sah, scheute ich zurück und überlegte, zu gehen. Aber sie hatte mich entdeckt und prüfte ihre Liste auf meinen Namen. Widerwillig nannte ich ihn ihr und betrat den Raum.

Es waren etwa zwanzig Kinder hier, Jungen und Mädchen, sowie eine Handvoll Mitarbeiter. Die einzige Person, die ich erkannte, war Valerie, ein Mädchen aus meinem Französischkurs. Sie lächelte mich an und nickte zu dem Platz neben ihr.

Frau Reynolds winkte mich zu sich. Sie gab mir eine Tasche und lud mich ein, Platz zu nehmen.

»Ich möchte unsere neuen Mitglieder im Stickkurs willkommen heißen. Ihr denkt vielleicht, dass Sticken schon vor Jahrzehnten aus der Mode gekommen ist. Aber ihr werdet vielleicht überrascht sein, dass Sticken, Häkeln und Stricken als Achtsamkeitsübungen ein Comeback erlebt haben«, sagte sie.

Während sie sprach, öffnete Valerie die Tasche, die ich noch immer hielt, und legte den Inhalt auf meinen Schoß. Sie drängte mich, den Ring zu halten. Dann nahm sie ihr Set und begann zu sticken. Ich schaute mich um und alle außer den Neulingen stickten. Ein Mitarbeiter und zwei andere Schüler hielten den Ring so wie ich. Seltsam.

»Achtsamkeit ist der Prozess, langsamer zu werden und uns Zeit zu nehmen, unsere volle Aufmerksamkeit darauf zu richten, wo wir sind und was wir im gegenwärtigen Moment denken, fühlen und tun. Es ist die Praxis, sich unserer Emotionen und Handlungen bewusst zu sein und sich mit ihnen zu beschäftigen, während sie auftreten, sie ohne Urteil zu akzeptieren.«

»Wenn wir uns unserer Gefühle zu einem bestimmten Zeitpunkt bewusst sind, schaffen wir die Möglichkeit, mit anderen durchdacht zu interagieren, anstatt einfach zu reagieren oder reflexartig zu handeln. Achtsamkeit ist ein enormer Teil der Selbstfürsorge und des Wohlbefindens, besonders angesichts dessen, wie negativ sich Stress auf unsere Gesundheit auswirken kann«, fuhr sie fort.

Mir wurde klar, dass Sticken eine größtenteils stille Aktivität war.

»Wie hängt Sticken mit Achtsamkeit zusammen? Wenn wir uns mit unseren Händen einer Aufgabe widmen, erlaubt es unserem Geist, zu wandern oder einfach zu sein. Die Arbeit selbst hat eine meditative, rhythmische Qualität und ermöglicht es unseren Gedanken und Gefühlen zu perkolieren. Wir können sticken, während ein kniffliges Problem vor sich hin köchelt. Oft sind wir am Ende der mit Sticken verbrachten Zeit zu einer Lösung gekommen oder können zumindest die Mehrdeutigkeit der Situation besser tolerieren. Der kinetische Aspekt des Stickens gibt unserem Gehirn ein wenig Raum zum Innehalten, Nachdenken und Beobachten unserer Emotionen ohne Urteil«, schloss sie.

Dann ging sie herum, um Fragen zu beantworten. Valerie legte die bereitgestellte Leinwand auf den Rahmen. Es war keine gewöhnliche Landschaft. Auf die Leinwand waren die Worte 'Sei. Hier. Jetzt.' gemalt. Wie passend. Sie zeigte mir, wie man die Nadel einfädelt und den Faden knotet. Die Fäden in meiner Tasche hatten verschiedene Farben, waren aber alle auf die richtige Länge vorgeschnitten. Sie erklärte, dass es bei dieser ersten Stickarbeit nicht darum ging, sie hübsch zu machen. Es ging darum, das Sticken zu lernen und im Moment zu bleiben. Ich begann mit dem grundlegenden Kreuzstich und stellte fest, wie einfach das war.

Nach etwa fünfzehn Minuten kam Frau Reynolds vorbei und lobte meine Arbeit. Sie fragte, wie ich mich fühlte, und ich musste zugeben, dass ich mich zum ersten Mal seit langem entspannt fühlte. Valerie blieb ruhig, abgesehen davon, dass sie hin und wieder Tipps gab.

Einige Schüler hatten sich entfernt, um zu plaudern, während sie stickten. Andere hörten Musik über Kopfhörer. Aber die Atmosphäre war so zen, als hätten wir einen Yoga- oder Meditationskurs gemacht.

Ich war überrascht, als die Glocke läutete und es Zeit war, zurück zum Unterricht zu gehen. Frau Reynolds sagte, dass wir während des Unterrichts sticken dürften, wenn uns das helfen würde, ruhig und konzentriert zu bleiben. Sie erwähnte auch, dass es Strick- und Häkelgruppen gab, die wir ausprobieren könnten, falls Sticken nicht unser Ding war.

Zunächst war ich zu verlegen, um im Unterricht zu sticken. Aber als die nächste Französischstunde kam, sah ich, wie Valerie während der Erklärung der Lehrerin stickte, und tat es ihr nach. Innerhalb einer Woche merkte ich, dass Sticken nicht nur gut war, um ruhig zu bleiben, sondern auch zu einfachen Lösungen für meine schulischen Aufgaben führte.

Dennoch machte sich Nana Sorgen um mich. Sie bat um Erlaubnis, mich eine zusätzliche Woche nach den Märzferien aus der Schule zu nehmen. Natürlich musste das über Mama laufen, aber sowohl der

Schulleiter als auch die Beraterin stimmten zu. Da das Semester im Februar endete, würde ich nichts Wichtiges verpassen und könnte es nach meiner Rückkehr nachholen.

Mama ging zu einer Therapeutin und als sie wieder zur Arbeit ging, stellte sie eine Teilzeit-Haushälterin ein. Nana versicherte mir, dass es Mama gut gehen würde und es Zeit für mich war, eine wohlverdiente Pause zu nehmen.

Und deshalb flogen wir nach Granada. Mit der Absicht, mir ein einmaliges Erlebnis zu bieten, hatte Nana uns für eine zweiwöchige Wanderung nach Santiago de Compostella angemeldet. Es war eine der Camino-Routen, eine weniger bekannte, die andalusischer Camino genannt wurde.

Ich war zunächst skeptisch gewesen, ob Nana und ich die einhundertdreiundsechzig Kilometer nach Santiago laufen könnten, aber als sie mir die Bilder zeigte und erwähnte, dass die Durchschnittstemperatur etwa fünfzehn Grad Celsius betragen würde, war ich dabei.

Wir waren technisch gesehen Teil einer Gruppenreise, aber der Camino ist bekannt als etwas, das man alleine für sich selbst macht. Es wurde nicht empfohlen, mit anderen zu laufen, da jeder möglicherweise nicht das gleiche Tempo hatte. Ich war ziemlich sicher, dass Nana fitter war als ich und wir in Ordnung sein würden.

Die Route war in elf Etappen unterteilt. Wir hatten jeden Tag eine bestimmte Anzahl an Kilometern zu bewältigen, die wir in unserem eigenen Tempo absolvierten, und trafen die anderen in der für den Tag ausgewählten Unterkunft. Sobald wir dort waren, konnten wir unser eigenes Ding machen oder uns der Gruppe anschließen, um die Stadt zu besichtigen oder zum Abendessen zu gehen.

Nana hatte für uns beide eine europäische SIM-Karte besorgt, damit wir mit Mama und miteinander in Kontakt bleiben konnten, falls wir uns auf dem Weg aus den Augen verlieren sollten. Nach dem ersten Tag verstand ich, warum das eine gute Sache war und warum es kein großes Problem war, ein fünfzehnjähriges kanadisches Mädchen allein im Süden Spaniens wandern zu lassen.

Erstens waren im März nur wenige Menschen auf dem Camino.

Zweitens wurden Pilger – wie diejenigen genannt wurden, die den Jakobsweg gingen – mit größtem Respekt behandelt. Stadtbewohner boten unterwegs Essen, Wasser oder einen Rastplatz an. Und schließlich, weil ich die einzige Person in unserer Gruppe war, die unter sechzig war, war ich nun das Maskottchen, auf das alle ein Auge haben wollten. Aber in einem sicheren, respektvollen Abstand.

Ich kann nicht behaupten, dass ich auf dem Weg große Offenbarungen hatte, kein großes spirituelles Erwachen. Allerdings war ich noch nie so im Frieden, so *im Moment*, außer wenn ich stickte. Es gab nichts zu tun, als zu laufen und die Landschaft in mich aufzunehmen. Die andalusische Landschaft war atemberaubend. Ich hatte oft Bilder der Toskana im Internet gesehen, aber das hier war besser.

Jeden Tag erhöhte sich die Anzahl der Kilometer ein wenig. Am neunten Tag liefen wir durchschnittlich zwanzig Kilometer pro Tag und ich bemerkte kaum einen Unterschied. Am Ende des Tages war ich froh, meine Schuhe auszuziehen und meine Flip-Flops anzuziehen. Aber ich hatte keine Blasen bekommen und war nicht wund oder müde, wenn ich aufwachte.

Ich machte ungefähr eine Gazillion Fotos und lud die besten nachts auf meinen Instagram-Account hoch, wenn wir Zugang zu WLAN hatten. Ich schoss ein paar zusätzliche für Mama und schickte sie per E-Mail, aber das war der Umfang meiner bildschirmbezogenen Aktivitäten.

Als wir schließlich Santiago erreichten, konnte ich nicht glauben, dass wir praktisch quer durch Spanien gelaufen waren. Wir blieben einen zusätzlichen Tag dort und besuchten Finisterre, wo der Null-Kilometer-Markstein stand, Ende der Welt genannt.

Das Wetter war hier kühler, aber ich wollte nie wieder weg. Ich wollte in dieses kleine Küstendorf ziehen und jeden Tag im Meer schwimmen. Leider rief das echte Leben, und ich fühlte mich bereit, es zu erobern.

Ich kam gebräunt, ausgeruht und vollständig mit dem Reisevirus infiziert nach Hause. Nana versprach, dass wir über den Sommer eine besondere Reise planen würden, jetzt, da sie wusste, dass ich so eine großartige Reisebegleiterin war. Ich war so zen, dass ich nach meiner

Rückkehr zur Schule leicht mit all meinen Schularbeiten aufholte. Und erst nach meiner ersten Prüfung, für die ich bei weitem nicht so viel gelernt hatte, wie ich es gewohnt war, erkannte ich, dass sich mein ganzes Leben verändert hatte. Ob es das Sticken oder der Camino war, es gab keinen Weg zurück zu meinem alten Ich.

KAPITEL 26

KAPITEL
SECHSUNDZWANZIG

M eine Hände fühlten sich leer an, als ich in den gelben Raum zurückkehrte. December lächelte und gab mir ihren Stickrahmen. Ihn nur zu halten machte mich überglücklich. Ich würde mich definitiv mit diesem Stickzeug beschäftigen. Und ich machte mir eine Notiz, Nana zu bitten, mich diesen Sommer nach Spanien mitzunehmen. Diese Reise musste ich für mich selbst machen. Ich saß gerade da, völlig im Zen-Modus, als die Lehrerin erschien.

»Jetzt, wo du auf die Erinnerungen aller zugegriffen hast, können wir uns für das Ritual versammeln«, sagte sie.

Für einen Moment geriet ich in Panik. Ritual? Bilder aus Gothic-Filmen der Neunziger überfluteten mein Gehirn. Dann erinnerte ich mich, dass ich in Clarity Castle war und dass es wahrscheinlich nur eine Gruppenmeditation um einen Kreis von Kristallen sein würde.

Ich lag nicht so falsch. Die Lehrerin nahm meine Hand, und wir erschienen sofort in einem fensterlosen Raum im Keller. Es war ein kreisförmiger Raum mit zwölf Porträts von jedem von uns, die an den Wänden hingen. September hatte sie gemalt, und ich runzelte die Stirn, als ich sah, dass Writer unter dem Wort März in ihr Notizbuch kritzelte. Als ich mich auf den Weg machte, davor zu stehen, wie es die anderen getan hatten, wollte ich gerade den Fehler erwähnen, aber September zwinkerte mir nur zu und sagte mir, ich solle einfach mitspielen. Ich zuckte mit den Schultern und ließ es sein. Es ging hier nicht um mich, sondern um April.

In der Mitte befand sich tatsächlich ein Kreis aus Kristallen. Die Lehrerin und das, was ich für ihren Führer hielt, stellten sich hinein, wobei sie darauf achteten, den Umfang nicht zu stören. Als alle an ihrem Platz waren, lud der Führer April ein, sich zu ihnen in den Kreis zu gesellen. Sie wurde dann gebeten, ihre Absicht zu äußern.

»Ich möchte zum sechzehnten Januar zurückkehren. Laut den Zeitungen war das der Tag, an dem mein Vater und seine Kollegen mit dem Angebot konfrontiert wurden. Ich hoffe, ihn mit meiner Vorahnung der Ereignisse davon überzeugen zu können, es nicht zu tun und, wenn möglich, ihn dazu zu bringen, die anderen ebenfalls zu überzeugen, es nicht zu tun, oder sich zumindest von ihnen fernzuhalten, falls sie trotzdem weitermachen sollten«, sagte sie.

»Dir ist bewusst, dass dein Vater und alle anderen Beteiligten einen freien Willen haben und dass dein Eingreifen möglicherweise nicht die gewünschten Ergebnisse erzielt, dass das aktuelle Ergebnis möglicherweise das vorteilhafteste ist, und dass du mit dem neuen Ausgang, wie auch immer er ausfallen mag, umgehen musst, ist das richtig?«, fragte der Führer.

April bejahte. Der Führer wandte sich dann der Reihe nach an jeden von uns und fragte, ob wir mit Aprils Absicht einverstanden seien. Wir stimmten alle zu. Wir wurden gebeten, dem Kreis so nahe wie möglich zu kommen, ohne ihn zu berühren, und uns an den Händen zu halten. April nahm ihren Platz unter uns ein. Einen Moment lang dachte ich, wie unheimlich es war, dass ich in einem Kreis mit elf – dreizehn, wenn man die Lehrerin und den Führer mitzählte – meiner Ebenbilder stand.

Wir fassten uns an den Händen, und January teilte eine Vision vom sechzehnten Januar. Es war ein Samstag. Mom hatte Penny zu ihrem Schwimmunterricht gebracht. Dad und ich waren allein zu Hause. Es war der perfekte Zeitpunkt für das erste Gespräch.

Der Boden schien leicht zu vibrieren. Ich spürte Wärme von Aprils

Hand zu meiner Rechten, und dann war sie weg, meine Hand griff ins Leere.

»Hat es funktioniert?«, platzte es aus mir heraus. Ich entschuldigte mich sofort und legte eine Hand auf meinen Mund.

Das brach den Zauber, und alle hörten auf, Händchen zu halten. Die Lehrerin lachte und sagte mir, ich solle mir keine Sorgen machen. Obwohl es ein Ritual war, war es nicht heilig oder so. Es war eher ein symbolisches Ritual, dessen Zweck darin bestand, uns den Wert beizubringen, unsere Hausaufgaben zu machen, klare Absichten zu äußern und Verantwortung für die Konsequenzen zu übernehmen.

»April ist erfolgreich zu dem gewünschten Datum zurückgekehrt. Um zu erfahren, ob sie ihr Ziel erreicht hat, musst du in deinen Erinnerungen an ihre Realität suchen. Sie werden sich bereits verändert haben«, sagte sie.

»So schnell?«, fragte ich. Dann fügte ich schnell ein »schon gut« hinzu, bevor sie mich daran erinnern konnte, dass Vergangenheit und Gegenwart Illusionen waren.

Als alle gingen oder ich sollte sagen, in ihr Leben zurück verschwanden, bat ich die Lehrerin um einen Moment.

»Sie sagten, dies sei ein symbolisches Ritual. Wann können wir alleine einen Sprung zurück oder vorwärts in der Zeit oder in eine andere Zeitleiste machen?«, fragte ich.

»Hast du auf deinen Reisen eine passendere Realität gefunden?«, fragte sie mit einem Lächeln.

»Nein, ich bin nur neugierig. Wie Sie vorausgesagt haben, gefielen mir bestimmte Aspekte des Lebens aller, und ich werde als Ergebnis ein paar Änderungen in meinem eigenen Leben vornehmen«, antwortete ich.

»Sobald du diese Änderungen umgesetzt und einige Monate lang eine hohe Schwingung aufrechterhalten hast, wirst du in eine Gruppe von sechs, dann drei, dann zwei übertragen. Danach bist du auf dich allein gestellt. Wie lange du bei jeder Gruppe bleibst, hängt von der Geschwindigkeit deines Wachstums und der Stärke deiner Wünsche ab«, sagte sie.

Ich nickte langsam dazu. Es war immer noch eine vage Antwort, aber ich vermutete, es bedeutete, dass ich vorerst nirgendwo hingehen würde.

Ich zeigte auf mein Porträt. »Was weiß September über mich, das ich nicht weiß? Bedeutet das, dass ich eine Schriftstellerin werde?«, fragte ich.

»Es gibt zwei Möglichkeiten, das herauszufinden. Die erste ist, September um einen Einblick in deine Realität zu bitten. Die zweite ist, einfach abzuwarten und zu sehen«, sagte sie mit einem Augenzwinkern. Ihr Lächeln ließ mich denken, dass sie mich provozierte.

»Aber bringt mich nicht schon der Anblick des Porträts auf diesen Weg?«, fragte ich. Ich begann, dieses ganze Raum-Zeit-Kontinuum zu verstehen. Durch das Wissen, dass ich in der Zukunft eine Schriftstellerin sein würde, unabhängig davon, ob ich eine Vision davon sah oder nicht, würde die bloße Idee diesen Aspekt meines Lebens aktivieren. Klar, ich bekam gute Noten in all meinen schriftlichen Aufgaben, sowohl in Französisch als auch in Englisch. Aber ich hatte mich nie als Schriftstellerin gesehen, genau genommen. Andererseits hatte ich mich nie wirklich als irgendetwas gesehen.

»Denk daran, dass jeder einen freien Willen hat. Wenn dir die Idee nicht gefällt, kannst du eine andere wählen. Aber als du bei deiner Ankunft gefragt wurdest, was deine Fähigkeit sei, hast du ›Sorgen machen‹ geantwortet. Du kannst uns nicht vorwerfen, dass wir dir einen kleinen Schubs geben wollten«, sagte sie und gab mir tatsächlich einen Schubs mit ihrer Schulter, bevor sie mich allein im Ritualraum zurückließ.

Ich mochte die Vorstellung nicht, allein im Keller irgendeines Gebäudes zu bleiben, geschweige denn eines Schlosses.

Aber ich war noch nicht bereit aufzuwachen, also fasste ich den Entschluss, zum See zu gehen. Es wäre schön, alleine auf der Bank zu sitzen und so lange wie ich wollte aufs Wasser zu schauen, ohne mir Sorgen über einen Sonnenbrand machen zu müssen.

KAPITEL SIEBENUNDZWANZIG

Ich wachte zu Hause auf. Vielleicht hatte ich meinen Aufenthalt im Schloss überzogen. Welcher Tag war es? Mein Handy bestätigte, dass es Sonntag war, kurz nach neun Uhr morgens. Ich schnupperte. Speck. Und Waffeln!

Ich ließ mein Handy liegen, ohne die Feeds zu checken, und stürmte aus meinem Zimmer.

»Guten Morgen, Schätzchen«, sagte Mama und holte den Speck aus dem Ofen. Sie hatte kaum Zeit zu sagen: »Du kommst genau richtig!«, als der Rauchmelder losheulte. Ich schnappte mir den Pappkarton, den wir für solche Fälle bereithielten, und wedelte damit vor dem störenden Gerät herum. Nachdem es verstummt war, ging ich zu Mama, um ihr unsere Guten-Morgen-Umarmung zu geben.

»Riecht gut«, sagte ich und machte mich auf den Weg ins Bad.

Als ich wieder herauskam, hatte sie den Tisch gedeckt, und wir genossen unser Festmahl.

»Hast du Nanas erste Bilder aus Casablanca gesehen?«, fragte sie und nippte an ihrem Kaffee.

»Nein, ich bin gestern Abend wie ein Stein eingeschlafen, und heute Morgen hat mich der Duft von Waffeln abgelenkt. Ich schau nach dem Frühstück«, antwortete ich.

Mama weigerte sich, Pfannkuchen, Waffeln oder irgendetwas zu backen, wenn ich nicht beim Abwasch half. Sie war fleißig gewesen, während ich schlief. Sie hatte Muffins und Kekse für die Woche gebacken, und ein Berg von Schüsseln und Pfannen wartete auf uns.

Als meine Kinderarbeit erledigt war, ging ich in mein Zimmer, um die Feeds zu checken und die Fahrradtour für nach dem Mittagessen zu planen. Mel war mir zuvorgekommen. Wir waren um ein Uhr am See verabredet.

Den Rest des Vormittags büffelte ich, aß zu Mittag und machte mich dann auf den Weg, um mit meinen Freunden Spaß zu haben. In der Zwischenzeit ging Mama mit einer Freundin wandern. Sie sagte, sie wolle das noch ausnutzen, bevor sie die Wanderwege wegen der Schlammzeit schlossen. Bei den warmen Temperaturen schmolzen Eis und Schnee dieses Jahr schneller.

Als ich gegen vier nach Hause kam, war sie noch nicht zurück. Sie musste bei ihrer Freundin mitgefahren sein, denn das Auto stand in der Einfahrt. Ich warf einen Blick auf den Wochenmenüplan und sah, dass sie für heute Abend Lachs geplant hatte. Das war einfach genug. Ich heizte den Ofen vor, streute etwas Ahorn-Chipotle-Gewürz auf den Lachs und begann mit dem Salat, während der Fisch im Ofen war.

Als ich eine Autotür hörte, spähte ich aus dem Küchenfenster, um zu sehen, ob es Mama war oder eine weitere Lieferung. Mama war wirklich in Online-Shopping vernarrt. Ich sah Mama, aber sie war nicht allein. Es waren Mama und ein Typ!

Es musste ein Date gewesen sein, denn der Typ sprang aus dem Auto und rannte wie verrückt um den Wagen herum, um Mamas Tür zu öffnen. Er bewegte sich so schnell, dass ich sein Gesicht nicht richtig erkennen konnte. Sie musste das erwartet haben, denn sie ließ sich Zeit beim Zusammensammeln ihrer Sachen. Als er die Tür für sie öffnete, errötete Mama und kicherte wie ein Schulmädchen. Ich meine, ich konnte sie nicht hören, aber ich wusste, wie ein Kichern aussieht.

Als sie ausgestiegen war, öffnete er die Hintertür und holte ihren Wasserbeutel heraus. Es gab einen peinlichen Moment, als sie versuchte, ihn ihm abzunehmen, während er gleichzeitig versuchte, ihn ihr über die Schultern zu legen. Ich lachte laut auf und versteckte mich dann, falls sie mich gehört hätten.

Als ich wieder aufstand, um sie weiter auszuspionieren, waren sie aus meinem Blickfeld verschwunden. Innerhalb von Minuten betrat Mama das Haus, und Romeos Auto verließ die Einfahrt.

Der Ofen piepte, und ich griff nach den Ofenhandschuhen. Mama zog schnell ihre Schuhe aus und rannte zum Rauchmelder, um ihn anzufächeln, während ich die Ofentür öffnete.

»Schätzchen, du hast das Abendessen gemacht?«, fragte sie und küsste meine Schläfe. »Ich sterbe vor Hunger. Tut mir leid, dass ich spät dran bin, es war so schön, dass wir den langen Weg vom Berg genommen haben«, sagte sie, wusch sich die Hände und trug die Teller zum Tisch.

Ich wartete, bis wir uns zum Essen gesetzt hatten, bevor ich sie ausquetschte.

»Also... Wie heißt er?«, fragte ich unschuldig.

»Wer?«, fragte sie genauso unschuldig.

»Der Typ, Mama!«, sagte ich lachend über ihr Gesicht. Ich konnte sehen, dass sie hin- und hergerissen war. Sie wollte mir von dem Date erzählen, weil es gerade erst passiert war und sie jemandem davon erzählen musste. Andererseits stand im Handbuch für perfekte Eltern eindeutig, dass man sein Liebesleben nur dann mit seinen Kindern besprechen sollte, wenn es ernst genug war, um ihnen einen potenziellen Lebenspartner vorzustellen.

»Mama, ich bin fast sechzehn. Die meisten meiner Freunde daten oder haben Freunde. Ich kann damit umgehen, wenn du mir von einem Wanderdate erzählst!«, sagte ich und versuchte, ein ernstes Gesicht zu bewahren.

Sie nahm einen riesigen Bissen von ihrem Salat und kaute wirklich lange. Dann nahm sie einen langen Schluck Wein. Ich wollte unbedingt wissen, wie er hieß, und mein Bein fing an, ungeduldig unter dem Tisch zu zittern. Was, wenn er Simon hieße? Würde er bei einem Unfall sterben? Die Skisaison war vorbei, aber es gab ja immer noch Mountainbiken, Klettern oder Basejumping! Mama mochte Outdoor-

Typen. Nun, diese Mama hier. Die alternativen Versionen von ihr hatten eindeutig ein breites Spektrum an Typen.

Schließlich stellte sie ihr Glas ab und sagte: »Er heißt Gary.«

Es kostete mich alles, nicht an Ort und Stelle auf und ab zu springen oder vor Freude zu jubeln. Ich konnte jedoch ein Lächeln nicht verbergen. Ich musste mich konzentrieren. Es war vielleicht nicht er.

»Was macht er beruflich?«, fragte ich singend und wackelte mit den Augenbrauen.

Sie lachte und aß weiter. »Er ist Hausfotograf für eine Firma, die ein Dutzend oder so Fachzeitschriften veröffentlicht«, sagte sie.

Heilige Guacamole! Es war *er*. Es war mein Gary. Unser Gary. Ich war so aufgeregt, dass ich mich entschuldigen und ins Bad gehen musste, wo ich prompt einen Freudentanz aufführte und meine Arme in die Luft pumpte, als hätte ich gerade einen Touchdown erzielt. *Ja, ja, ja!*

Ich spülte, wusch mir die Hände und kam zurück zum Esstisch, wo ich so beiläufig wie möglich fragte: »Wie habt ihr euch kennengelernt?«

»Das ist das Lustigste. Du weißt doch, dass du mich die ganze Zeit gedrängt hast, dieser Dating-App beizutreten? Nun, Michelle hat mich auch ständig damit genervt. Also habe ich es getan, nur um sie zum Schweigen zu bringen. Die App lässt dich wissen, ob ihr gemeinsame Freunde habt, und diese Funktion gefällt mir. Es ist ein bisschen wie Referenzen für ein Vorstellungsgespräch zu bekommen«, sagte sie.

Es war typisch für Mama, Dating wie ein Personalprojekt zu betrachten.

»Jedenfalls ist Gary mit Michelle befreundet! Also frage ich sie, was mit Gary nicht stimmt? Warum hatte sie nicht versucht, mich schon früher mit ihm zu verkuppeln? Sie hatte mir jeden einzelnen Mann in ihrer Umgebung vorgestellt, bis jetzt. Warum da aufhören?«

Wir hatten mit dem Abendessen fertig, und Mama schlug vor, dass wir S'mores zum Nachtisch draußen an der Feuerstelle machen sollten. Während wir das Geschirr in die Spülmaschine räumten, fragte ich: »Und dann?«

»Sie sagte, sie habe nicht gewusst, dass Gary Single ist. Soweit sie wusste, war er mit einer anderen Frau zusammen«, antwortete Mama.

»Nein!«, sagte ich.

»Also fragte Michelle ihren Mann danach. Gary ist sein Freund. Es stellte sich heraus, dass sie sich kurz nach Weihnachten getrennt hatten, und Michelles Mann hatte nicht daran gedacht, es zu erwähnen.«

Wir gingen mit den Zutaten nach draußen, und Mama machte das Feuer an. Wir setzten uns in die Stühle und warteten, bis es richtig angezündet war.

»Wow! Und wie lange datet ihr schon? Es kann nicht lange sein, es sei denn, du warst heimlich«, fragte ich.

»Das war unser zweites Date. Oder ich sollte sagen, unser erstes *richtiges* Date. Beim ersten haben wir uns nur auf einen Kaffee getroffen, um zu sehen, ob wir uns im echten Leben mögen. Er war diese Woche beruflich in den Townships unterwegs, und ich hatte eine Pause zwischen Interviews, also haben wir es möglich gemacht«, erklärte sie.

Ich begann, Marshmallows auf meinen doppelten Bratspieß zu stecken, während Mama anfing, die Cracker und die Schokoladentafel zu trennen und auf unsere Teller zu verteilen.

»Ich schätze, es lief gut, wenn ihr euch entschieden habt, euch wiederzusehen. Wie lief es heute?«, fragte ich und versuchte, nicht so zu klingen, als hätte ich ein persönliches Interesse am Ausgang ihres Dates. Mama schien es nicht zu bemerken. Ich stellte keine merkwürdigen oder zu persönlichen Fragen.

»Es lief gut. Er ist ein sehr guter Fotograf und liebt es, draußen zu sein. Ich war ein bisschen befangen wegen all der Bilder, die ich auf Facebook gepostet habe, aber er fand sie gut«, antwortete sie.

»Wirst du ihn wiedersehen?«, fragte ich, während ich den Marshmallow zwischen den Crackern zerdrückte und die geschmolzene Schokolade ableckte, bevor sie auf den Boden tropfte.

»Ja, wir haben für nächsten Samstag eine längere Wanderung geplant und gehen danach vielleicht essen. Wird es dir gut gehen, wenn du allein bist? Nana wird noch nicht zu Hause sein. Vielleicht kannst du deine Freunde einladen?«, sagte sie unsicher.

»Oh mein Gott, Mama! Ich bin alt genug, um an einem Samstagabend allein zu Hause zu bleiben«, sagte ich und tat beleidigt. Keine Notwendigkeit zu erwähnen, dass ich *tatsächlich* meine Freunde einladen würde, weil ich eigentlich Angst hatte, allein zu Hause zu bleiben. Ich hatte keine Übung darin, sie ging nie irgendwohin! »Aber ich schaue, was Mel, Julie und Sam vorhaben«, fügte ich lässig hinzu.

»Wunderbar!«, sagte sie und sah erleichtert aus. Arme Mama, besorgt, ihr Baby allein zu Hause zu lassen.

Wir blieben noch lange am Feuer, nachdem wir unser Limit an S'mores erreicht hatten, und starrten einfach in die Flammen. Ich war ziemlich sicher, dass wir beide an Gary dachten. Sie fragte sich, ob es funktionieren würde. Ich hoffte es.

Moment mal, dachte ich. Es gab einen Weg, wie ich herausfinden könnte, ob es über das dritte Date hinausging. Auf die gleiche Weise könnte ich einen Blick darauf werfen, wie mein Leben in ein paar Monaten aussehen würde. Ich war mir jedoch nicht sicher, wie ich dabei vorgehen sollte. Wenn ich September rufen würde, wäre ich wohl ein Passagier in ihrer Realität, so wie ich es in Januarys und Aprils war.

Wenn ich Zugang zu Septembers Erinnerungen an meine Realität haben wollte, die für mich in der Zukunft, aber für sie in der Vergangenheit stattfanden, müsste ich sie wohl im Schloss treffen. Aber wie konnte ich sicherstellen, dass sie heute Abend dort war?

Ich stand abrupt auf, und Mama zuckte zusammen. »Tut mir leid, mir ist gerade eingefallen, dass ich vergessen habe, eine Abschlussüberprüfung für eine Aufgabe zu machen, die ich morgen abgeben muss«, sagte ich.

Mama schaute auf ihre Uhr und bat mich, ihr Buch zu holen. Sie würde lesen, bis das Feuer erloschen war. Ich holte ihr Buch und sagte gute Nacht, für den Fall, dass ich mehr Zeit brauchen würde, um mit September Kontakt aufzunehmen.

Ich zog meinen Schlafanzug an, putzte mir die Zähne und stellte meinen Wecker. Es war erst halb neun, aber ich wollte das aus dem

Weg räumen, falls mein Vorhaben länger dauern sollte. Im Clarity Castle gab es keine Zeit, und es spielte keine Rolle, wie lange die Dinge dauerten, also war ich mir nicht sicher, wie das laufen würde.

Ich setzte mich im Schneidersitz auf mein Bett und schloss die Augen. Ich atmete tief ein, leerte meinen Kopf und rief in Gedanken nach September.

»Hey, was geht«, antwortete sie sofort, vermutlich auch in Gedanken.

»Ich würde gerne einen Blick darauf werfen, was im September passieren wird. Das ist erlaubt, oder?«, fragte ich. Es war einfacher, wenn ich mir einfach vorstellte, sie stünde vor mir im gelben Raum.

»Ja, natürlich, deshalb sind wir in derselben Gruppe«, antwortete sie.

»Wie funktioniert das? Zeigst du es mir jetzt? Machen wir einen Termin aus? Treffen wir uns im Schloss?«, fragte ich.

»Wir müssen im Schloss sein. Wenn es nur ein kurzer Blick ist und nicht ein ganzer Monat, dann könnten wir uns dort jederzeit treffen. Andernfalls muss es nachts sein«, erklärte sie.

»Wenn es soweit ist, wie würde ich sicherstellen, dass du oder jemand anderes dort wäre?«, fragte ich.

»Du würdest vorher fragen, so wie jetzt«, sagte sie.

»Ok, wann hättest du Zeit?«, fragte ich.

»Ich kann dich jetzt treffen, wenn du willst. Mama liest am Feuer und ich bin schon im Bett«, sagte sie.

»Bei mir auch«, rief ich aus, erstaunt darüber, wie unsere Leben selbst mit fünf Monaten Abstand gespiegelt wurden. April und September waren beide gute Zeiten, um ein Feuer im Freien zu genießen. »Hattest du auch S'mores?«, fragte ich. Sie lachte und verneinte, weil ihre Mama Zucker aus dem Speiseplan gestrichen hatte, also hatten sie nur Pfefferminztee. Ich fühlte mit ihr und hoffte, dass das nicht Teil der kommenden Attraktionen für mich sein würde. Wir vereinbarten, uns im Schloss zu treffen.

Sofort waren wir beide im gelben Raum.

KAPITEL ACHTUNDZWANZIG

Es war irgendwie komisch, aber wir haben uns umarmt, als wir uns sahen. Ich wollte unbedingt mit jemandem über all das reden, und das taten wir auch gute fünfzehn Minuten lang. Ich fragte, wie sich ihr Leben verändert hatte, seit sie das Schloss entdeckt und ihre Erweckung erlebt hatte.

»Meine Kunst hat sich stark verbessert, und meine Beziehungen auch. Erinnerst du dich an Max?«, fragte sie.

»Der stille, gutaussehende Holzarbeiter?«, fragte ich mit einem Augenzwinkern. Sie errötete.

»Ja, genau der. So gemütlich wie wir in freundschaftlichem Schweigen unsere Kunst gemacht haben, wollte ich, dass er sich mir öffnet, weißt du, redet. Jetzt teilt er ständig seine innersten Gedanken und Gefühle mit. Manchmal wünsche ich mir, er würde die Klappe halten, damit ich arbeiten kann«, sagte sie.

»Sei vorsichtig mit dem, was du dir wünschst. Hab's kapiert«, antwortete ich, und wir brachen beide in Gelächter aus.

»Aber ernsthaft, es hat uns näher zusammengebracht, und die Dinge haben sich so weit entwickelt, dass wir fast zusammen sind«, sagte sie.

»Fast?«, fragte ich.

»Obwohl wir über alles andere gesprochen haben, hatten wir noch nicht 'das Gespräch'. Wir halten in der Schule Händchen, und er hat mich ein paar Mal auf die Lippen geküsst, aber offiziell ist noch nichts entschieden worden«, sagte sie.

»Ich bin keine Dating-Expertin, aber ich glaube, das ist es schon, ob ihr es ausgesprochen habt oder nicht«, antwortete ich. Dann erzählte ich ihr, wie April und Sam in ihrer Realität zusammen waren und wie mich das seitdem verfolgte.

»Ist er nicht dein bester Freund? Also, einer von ihnen?«, fragte sie.

»Ja! Ich habe ihn nie als etwas anderes als einen Freund gesehen, bis ich einen Monat in Aprils Leben verbracht habe. Jetzt kann ich ihn in dieser Rolle nicht mehr ungesehen machen oder seinen Kuss auf meinen Lippen nicht mehr unfühlen«, antwortete ich.

»Und natürlich kannst du deinen Freunden nicht davon erzählen, weil sie denken würden, du wärst verrückt«, sagte sie verständnisvoll nickend.

»Und ich habe dasselbe Gefühl bei deinem Porträt von mir als Schriftstellerin. Ich dachte, ich könnte es auf sich beruhen lassen und einfach abwarten. Aber jetzt habe ich einen weiteren Grund, einen Blick darauf zu werfen«, sagte ich und wurde bei der Vorstellung, Gary als Stiefvater zu haben, wieder aufgeregt. Ich fragte sie, ob sie sich an ihn aus den Realitäten der anderen erinnerte.

»Ich wünschte, meine Mutter würde ihn kennenlernen! Vielleicht sollte ich sie in Richtung dieser Dating-App stupsen«, antwortete sie nachdenklich.

»Es fühlt sich wie Betrug an, aber ich muss es wissen«, sagte ich. Sie lachte.

»Das ist kein Betrug, Dummerchen. Deshalb kommen wir zum Klarheitsschloss. Um Klarheit zu finden, Antworten, um zu wählen, was am besten zu uns passt. Wie können wir wissen, was zu uns passt, wenn wir es nicht zuerst ausprobieren? Nana sagt immer: 'Man kann keinen Kuchen...'«, begann sie.

Ich beendete den berühmten Ausspruch: »...backen, ohne Eier aufzuschlagen!« und wir lachten beide. Das machte so viel Spaß. Als hätte man eine beste Freundin und eine Schwester in einer Person.

»Ok, was möchtest du sehen? Gibt es ein bestimmtes Datum?«, fragte sie.

»Ich habe keine Ahnung, aber vielleicht such einen Tag aus, an dem ich etwas über das Schreiben, über Mama und Gary und über Sam und mich sehen werde«, sagte ich und war mir bewusst, dass ich klang, als würde ich aus einem Katalog bestellen.

Sie schloss die Augen und schien in Gedanken durch den Monat zu blättern. Dann lächelte sie und öffnete ihre Augen. »Ich habe den perfekten Tag!«, sagte sie und nahm eine meiner Hände, bevor ich wusste, worauf sie hinauswollte.

ES GAB eine Party zum Tag der Arbeit bei uns zu Hause! Es war die erste, die wir je veranstaltet hatten. Das Wetter war fantastisch, und es waren ziemlich viele Leute im Pool. Neben Mel, Julie und Sam waren einige andere Kinder verschiedenen Alters da, die ich nicht erkannte.

Mama und Gary waren in einem Whirlpool, den wir vermutlich in den nächsten fünf Monaten bekommen werden. *Gary!* Nana war mit ihnen dort, mit jemandem, der ihr Freund sein musste, denn er knabberte an ihrem Ohr. Widerlich!

Sogar Onkel Riley war hier und grillte Burger auf dem Grill. Ich sah mich nach Tante Felicia um, und da war sie und servierte frisch aus dem Mixer Margaritas. Ich schaute zurück zu den Kindern im Pool und erkannte, dass es Chase und Evan mit ihren Freundinnen waren. Ich hatte sie so lange nicht gesehen.

Genau in diesem Moment packte Sam mich an der Taille, drückte mir einen Kuss direkt auf die Lippen und stürzte uns beide in den Pool. Als wir wieder auftauchten, sagte er: »Wir müssen dieses Mal gewinnen!« Er ging wieder unter Wasser, nahm meine Beine auf die Schultern und tauchte mit mir auf seinen Schultern auf. Chase und Evan machten dasselbe, und Mel hatte Julie auf ihren Schultern. Es war eine Art Volleyballspiel.

Innerhalb weniger Minuten wurden Chase und Mandy zu den ultimativen Champions gekrönt, und wir wurden aus dem Pool gerufen, um zu essen.

Ich ging in mein Zimmer, um aus meinem nassen Badeanzug zu steigen. Als ich gerade mein Zimmer verlassen wollte, sah ich einen Umschlag auf meinem Schreibtisch. Der war heute Morgen noch nicht da gewesen. Vielleicht hatte Mama am Freitag vergessen, den Briefkasten zu kontrollieren, und Gary hatte auf dem Rückweg vom Eisholen heute Morgen angehalten.

Es war von der örtlichen Bank. Darin stand: *'Sehr geehrte Frau Knox, wir freuen uns, Ihnen mitteilen zu können, dass Ihr Aufsatz mit dem Titel "Verändere deine Gedanken, verändere dein Leben" als einer der drei Finalisten unseres jährlichen Nachwuchsschriftsteller-Wettbewerbs ausgewählt wurde...'*

Was? Ich hatte an keinem Schreibwettbewerb teilgenommen und diesen Aufsatz nicht geschrieben. Ach ja, stimmt. Ich hatte diese Dinge noch nicht getan. Der Brief fuhr fort zu erklären, dass die Finalisten und ihre Familien zu einer offiziellen Lesung eingeladen wurden, nach der die Jury den Siegeraufsatz bekannt geben würde. Der Gewinner würde ein Stipendium in Höhe von dreitausend Dollar für seine postsekundäre Ausbildung erhalten. Wow!

Ich rannte hinaus, den Brief in der einen Hand und meinen nassen Badeanzug in der anderen.

MEINE HÄNDE HIELTEN NOCH IMMER die unsichtbaren Gegenstände, als wir ins Schloss zurückkehrten. Ich schätze, ich hatte meine Antworten. Ja, an allen Fronten. Ich hatte immer noch gemischte Gefühle bezüglich der Sache mit Sam.

Als ob sie meine Gedanken lesen würde, sagte September: »Denk daran, du hast einen freien Willen. Und den haben auch Sam, deine Mutter und Gary. Es kann alles genau so passieren, wenn die Dinge so weiterlaufen wie bisher. Aber jeder kann seine Meinung ändern und in eine andere Richtung gehen. Also mach dir keine Sorgen. Es ist nur eine weitere von Millionen von Möglichkeiten«, sagte sie.

Wir plauderten noch ein bisschen mehr über sie und Max. Dann half sie mir, meine gemischten Gefühle für Sam zu klären. Am Ende war das Wichtigste, die Dinge natürlich geschehen zu lassen und zu sehen, wohin sie führen würden. Nicht drängen, aber auch nicht widerstehen. Ich fand, das war ein großartiger Rat. Ich dankte ihr für ihre Zeit, und wir kehrten beide in unser Leben zurück, um uns für das Bett fertig zu machen.

KAPITEL 29

KAPITEL
NEUNUNDZWANZIG

I n dieser Nacht wollte ich unbedingt herausfinden, was mit April passiert war. Wenn sie endgültig verschwunden wäre, hätten sie sie sicherlich ersetzt, und wir wären gerufen worden, um die Erinnerungen der neuen April zu bezeugen. So wie es jetzt stand, hatte ich keine Ahnung, wie ich den aktualisierten Monat März aus Aprils Realität abrufen sollte.

Als ich den gelben Raum betrat, war April da und trug ihre übliche Debattierclub-Kleidung. Bis hierhin alles gut. Als ich näher kam, stand sie auf und umarmte mich. Sie lächelte, also schien alles gut gelaufen zu sein.

»Wie ist es gelaufen?«, platzte es aus mir heraus, zu neugierig, um zu warten, bis sie es mir zeigen würde.

»Es hat funktioniert!«, sagte sie triumphierend. »Nun, das Hauptziel wurde erreicht. Sobald ich zurück war, begann ich, meinen Vater bei jeder Gelegenheit zu bedrängen und ihm so viele Details wie möglich zu erzählen, an die ich mich erinnern konnte. Anfangs wimmelte er mich ab. Dann, nachdem er Mama erzählt hatte, dass ich mich seltsam benahm, ließen sie mich zu einer Psychologin gehen. Das war das Schlimmste. Sie dachten, ich wäre verrückt, hätte Wahnvorstellungen. Zum Glück war die Psychologin wirklich gut, und sie überzeugte sie, dass ich abgesehen von dieser Sache mit dem Betrug völlig normal und vernünftig war«, erklärte sie.

Meine Hand lag auf meinem Mund, die Augen vor Entsetzen weit aufgerissen. Das war der ultimative Albtraum, wenn deine Eltern denken, du bist verrückt. Ich nahm mitfühlend ihre Hand und seufzte erleichtert, als sie sagte, dass die Psychologin auf ihrer Seite gewesen war.

»Da begann er, mich nach Details zu befragen. Es gab keine Möglichkeit, wie ich von der Gelegenheit hätte wissen können, die sich ihm bieten würde. Es stand nicht in den Zeitungen, und er hatte nicht mit Mama darüber gesprochen, also war es nicht das Ergebnis von Lauschen. Schließlich sagte er mir, ich solle die Angelegenheit ihm überlassen, und er würde das regeln. Ich müsste mir keine Sorgen mehr machen«, fuhr sie fort.

»Ich war immer noch etwas besorgt, besonders als er und Mama unseren Familienausflug nach Cozumel ankündigten. Als ich ihn darauf ansprach, sagte er, er und Mama hätten das seit Januar geplant, weil er am Jahresende einen riesigen Bonus bekommen hatte. Ich entspannte mich ein wenig. Noch mehr, als er flüsternd hinzufügte, dass es besser wäre, wenn er außer Landes wäre, wenn die Verhaftungen stattfinden würden«, sagte sie. Ich nickte.

Soweit ich mich erinnerte, hatte das jedoch zu einer ziemlich stressigen Ankunft am Flughafen Montreal geführt, und ich sagte ihr das.

Sie grinste und streckte ihre Hand aus. Ich schaute sie skeptisch an und zögerte. Ich hatte meine letzte Reise nicht genossen. Müde vom Warten, ergriff sie selbst meine Hand.

ICH HATTE VERGESSEN, wie sehr ich die Reise nach Mexiko vor der daraus resultierenden Prüfung genossen hatte. Beim zweiten Mal war es sogar noch besser. Mama und Papa waren noch entspannter, und es war eine unglaubliche Woche.

Bei unserer Rückkehr überfielen uns keine Agenten. Wir luden das

DIE ZWÖLF LEBEN DER CLARE

Auto voll, hielten auf dem Heimweg zum Abendessen an und kamen gegen acht in Cowansville an. Nachdem wir das Auto ausgeräumt hatten, ging Papa wieder los, um Lebensmittel zu kaufen. Mama ließ uns unser Gepäck auspacken und verstauen, und sie hatte eine Ladung Wäsche gestartet, bevor Papa zurückkam. Sie hasste es, wenn Sachen herumlagen. Dann begann sie, einen Stapel Muffins für den nächsten Morgen zuzubereiten. Obwohl Penny und ich am Montag einen pädagogischen Tag hatten, ging es für Mama und Papa zurück zur Arbeit.

Der Rest des Monats verlief dramatisch anders. Während wir weg waren, wurden Verhaftungen vorgenommen und das Büro wurde für eine Woche geschlossen. Am frühen Montagmorgen rief Papas Chef an und bat ihn, ins Büro zu kommen, um einige Routinefragen zu beantworten, damit sie ihre Arbeit wieder aufnehmen konnten. Papa sagte die Wahrheit, ließ aber mein Insiderwissen aus, und wurde von jeder Beteiligung freigesprochen.

Anstatt Papa jedes Wochenende im Gefängnis zu besuchen, hatten wir den üblichen vollen Familienplan. Mama und Papa hatten freitags ihren Date-Night, und Nana kam vorbei, wenn sie nicht irgendwo auf Reisen war. Samstags hatte Penny morgens Schwimmunterricht, und abends spielten wir Familienspiele. Sonntags hatten Mama und Papa oft Brunch mit Freunden, bevor sie zum Supermarkt fuhren, um Vorräte für die Woche zu kaufen.

Aprils Leben hatte sich sehr verbessert, aber ich würde trotzdem nicht mit ihr tauschen wollen.

Wenn es nach mir gegangen wäre, hätte ich mehr Zeit mit Penny verbracht. Sie war eine so tolle kleine Schwester. Zwischen dem Debattierteam, den Hausaufgaben und der Zeit mit Sam sah ich sie unter der Woche kaum. Ich konnte immer Folgebesuche beantragen.

Ich war allerdings etwas zwiegespalten bezüglich Papa. Da ich nicht mit ihm aufgewachsen war, vermisste ich es nicht, ihn um mich zu haben. Seltsamerweise bedauerte ich Garys Abwesenheit mehr als Papas. Obwohl ich mich etwas illoyal fühlte, es zuzugeben, selbst mir gegenüber, war die Wahrheit, dass Gary besser zu Mama passte. In all den Leben, in denen ich ihn gesehen hatte, war sie glücklicher, entspannter. Mit Papa war sie härter, ehrgeiziger in ihrer Karriere und auf materielle Dinge fixiert. Gary machte Mama Spaß!

Währenddessen bekam ich einen guten Einblick in die Beziehung zwischen April und Sam. Es gab subtile Unterschiede, die nicht darauf zurückzuführen waren, dass Sam und ich erst jetzt anfingen, unsere Gefühle füreinander zu erforschen.

Weil April in der Schule so zielstrebig war und einen klaren Weg für ihre Zukunft vorgezeichnet hatte, der mit Sams Plänen übereinstimmte, waren sie eher ein Power-Couple als alles andere. Es war, als hätten sie beschlossen, dass sie zusammen stärker waren, und einen Pakt geschlossen, sich gegenseitig zu helfen, ihre individuellen und gemeinsamen Ziele zu erreichen. Sie hatten einen sehr bestimmten Kurs für ihr Leben festgelegt, überzeugt, dass sie es für die lange Strecke schaffen würden.

Wer beschließt mit fünfzehn zu heiraten? Sie hatten alles geplant: Abitur machen, heiraten, in die Stadt ziehen, Jura studieren, ihre Sommer als Praktikanten bei den besten Kanzleien in Montreal, Toronto und Vancouver verbringen, die Anwaltsprüfung bestehen, bei Elitekanzleien einsteigen, ein Haus kaufen, zwei Kinder bekommen.

Allein der Gedanke an diesen Zehnjahresplan jagte mir eine Gänsehaut über den Rücken. Ich hatte gerade erst herausgefunden, dass ich ein Händchen für Worte hatte und vielleicht Schriftstellerin werden würde. Offensichtlich würde April diese Worte nutzen, um Schriftsätze zu verfassen. Aber wer war ich, das am Ende zu beurteilen? Sie und Sam schienen zufrieden zu sein. Ich fragte mich nur, was das für meine Beziehung zu meinem Sam bedeutete.

Würde es wie Papa und Gary für Mama sein? Würde eine Beziehung mit mir Sams Gegenwart verändern? Seine Zukunft? Zum Besseren oder Schlechteren?

Mein Sam war bei weitem nicht so zielstrebig wie er in dieser Realität war. Oder vielleicht kannte ich ihn noch nicht gut genug. Ich konnte sehen, wie Sam und ich ein großartiges Team bilden würden; wir waren tolle Freunde und tolle Lernpartner. Aber ich hoffte, dass die Freundschaft die Grundlage für jede Beziehung sein würde, die wir entwickeln könnten. Ich wollte, dass wir einander beim Wachsen helfen, und natürlich wollte ich, dass Sam seine Ziele erreicht, und würde auf jede mögliche Weise helfen. Aber für mich sollte eine romantische Beziehung nun mal, naja, romantisch sein.

Obwohl ich noch nicht bereit war für tobende Hormone und das Maß an körperlicher Intimität, das ich bei den Paaren um mich herum sah, hoffte ich auf mehr emotionale Intimität. Ich war bereit, einen besten Freund zu haben, ohne Mel und Julie fallen zu lassen.

Nein, ich wollte Aprils Leben nicht, aber ich war froh, dass es für sie geklappt hatte. Und ich war froh, dass ich beide Versionen besucht hatte. Es war eine goldene Gelegenheit gewesen, herauszufinden, was ich nicht wollte, was ein Schritt näher daran war, herauszufinden, was ich wollte.

KAPITEL 30

KAPITEL DREISSIG

Bei dem milderen Wetter war es keine Überraschung, dass die Kinder in der Mittagspause nach draußen strömten. Bei unserer Fahrt gestern hatte die Clique beschlossen, sich an unserem üblichen Platz zu treffen. Als ich jedoch dort ankam, saß nur Sam am Tisch. Ich versuchte, mich daran zu erinnern, dass es keinen Grund gab, warum dies unangenehm sein sollte.

»Hey! Kommen die anderen zu spät?«, fragte ich, als ich mich ihm gegenüber setzte. Er runzelte die Stirn über die Änderung der Routine. Normalerweise saß ich neben Sam, aber wenn sonst niemand käme, würde es seltsam aussehen.

»Mel hatte eine kurzfristige Theaterprobe und Julies Mutter hat sie ein paar Minuten vor dem Klingeln abgeholt. Anscheinend gab es eine Absage bei dem Kieferorthopäden, bei dem sie seit Langem versucht, einen Termin zu bekommen«, sagte er. Ich überprüfte mein Handy, um zu sehen, ob Mel und Julie mir eine Nachricht geschickt hatten, aber da war nichts.

»Woher weißt du das alles? Sie haben es nicht in die Gruppennachricht gesetzt«, erwiderte ich schmollend.

Er lachte und begann, sein Mittagessen auszupacken. »Ich habe Mel auf dem Weg hierher gesehen, und sie hat mir von Julie erzählt, weil beide vor dem Mittagessen zusammen im Französischunterricht waren«, erklärte er.

Ich holte mein eigenes Mittagessen heraus und begann zu essen. Es hatte nicht genug Zeit oder Reste gegeben, um ein neiderweckendes Mittagessen zusammenzustellen. Ich hatte heute Morgen einen Salat zubereitet und Lachsstücke vom Vorabend hineingeworfen und einen Obstbecher als Nachtisch mitgenommen.

Sam starrte mich an. »Hast du dein Mittagessen selbst eingepackt?«, fragte er.

»Ja...«, antwortete ich, wobei meine rechte Augenbraue fragend nach oben schoss.

»Ist deine Mutter verreist?«, fragte er, während er ein Stück seines Hähnchensalat-Sandwiches hinunterschlang, das er wieder aus dem Automaten geholt hatte.

»Nein, warum? Wolltest du eine außer Kontrolle geratene Teenager-Party veranstalten?«, spottete ich.

Er prustete los. »Nein, du Dummerchen. Es ist nur, dass ich dich noch nie mit so einem traurigen Mittagessen gesehen habe«, antwortete er.

»Ich muss dir mitteilen, dass es ein völlig nahrhaftes Mittagessen ist. Es hat alle Nahrungsgruppen, ist kohlenhydratarm, proteinreich und reich an Omega-3-Fettsäuren«, erwiderte ich schnaubend.

Er hob beschwichtigend die Hände. »Natürlich ist es das. Tut mir leid. Ich wollte nicht urteilen. Ich meinte nur, es sah aus, als hätte deine Mutter dich im Stich gelassen«, sagte er mit einem gequälten Gesichtsausdruck.

Ich schätze, wir waren es nicht gewohnt, Zeit allein zu verbringen, ohne Hausaufgaben als Puffer. Er hatte mir gerade eine Gelegenheit geboten, und ich ergriff sie.

»Das liegt daran, dass sie mit diesem neuen Typen, Gary, ausgeht«, sagte ich, und wir verbrachten die nächsten dreißig Minuten damit, diese neue Information zu zerlegen. Schließlich, wenige Minuten vor dem Klingeln, als wir zu den Haupttüren zurückgingen, fragte Sam beiläufig, ob ich am Samstagnachmittag kommen wollte, um ihn beim Wettkampf in Sherbrooke schwimmen zu sehen.

»Ich fahre morgens früh mit dem Bus und der Mannschaft los, aber meine Familie wird nach dem Mittagessen hinfahren, um das Finale anzuschauen. Ich habe einen sicheren Platz in der Staffel, und ich könnte auch noch bei einem anderen Wettkampf schwimmen«, fügte er hinzu.

»Ja, klar. Kommen Mel und Julie auch?«, fragte ich unschuldig.

»Mit meinem Bruder im Auto ist nur Platz für eine zusätzliche Person, und meine Mutter hat vorgeschlagen, dass ich dich einlade«, sagte er, während er geradeaus schaute und so tat, als wäre dies ein ganz normaler Vorgang.

Er war offensichtlich nervös deswegen, und ich wollte ihn ehrlich gesagt wirklich bei einem Rennen schwimmen sehen. Ich hatte ihn nur bei Wettkämpfen hier in Cowansville gesehen. Ich versuchte, mich daran zu erinnern, was September gesagt hatte. Ich brauchte das nicht überzuanalysieren.

»Ja, klar. Das klingt nach viel Spaß. Ich muss nur kurz mit meiner Mutter sprechen, aber da ich mit deinen Eltern fahren würde, bin ich sicher, dass sie ja sagen wird. Danke für die Einladung!«, antwortete ich und hielt meinen Mund geschlossen, bevor ich anfing zu plappern.

Glücklicherweise läutete die Glocke, und er eilte mit einem »Bis später!« davon, um rechtzeitig zum Schwimmbad zu gelangen, während ich zu meinem Naturwissenschaftsunterricht ging.

ICH WAR IM BUS, als ich sie zum ersten Mal hörte. Da ich meine Kopfhörer drin hatte, nahm ich sie heraus und schaute mich um, in der Annahme, dass jemand im Bus mit mir sprach. Als der Ruf wieder kam, steckte ich sie wieder ein und versuchte, in meinem Kopf zu sprechen, ohne wie ein Idiot auszusehen.

Ich hatte diese Fähigkeit noch nicht gemeistert. Normalerweise zog ich es vor, laut zu sprechen, als ob tatsächlich jemand bei mir wäre. Aber das war in diesem Moment keine Option. Also sagte ich in Gedanken: »Ich bin im Bus, kann ich mich in etwa fünf Minuten bei dir melden?« Sie antwortete, dass das kein Problem sei, und bevor sie sich ausblendete, fragte ich, wen ich »zurückrufen« sollte. Es war May. Pandemie-Girl. Interessant.

Als ich nach Hause kam, war Mom da. Ich umarmte sie, schnappte mir einen Apfel und sagte ihr, dass ich einen kurzen Spaziergang machen würde. Ich würde in den Wald gehen. Selbst wenn ich auf dem Weg dorthin laut sprechen würde, würden die Leute denken, ich würde über Bluetooth plaudern.

»Hey, May. Was gibt's?«, fragte ich.

»Hey, March. Hast du Zeit für einen Plausch?«, fragte sie.

»Ich bin auf dem Weg zum Schlossgelände, physisch meine ich. Ich kann dich drinnen treffen, sobald ich irgendwo sicher sitzen kann«, antwortete ich.

»Ich bin jetzt da!«, rief sie aus, bevor sie hinzufügte: »Kennst du den kleinen Pfad hinter dem Tor? Er führt zu einem Hügel hinauf. Ich sitze dort. Kaum jemand kommt hier vorbei. Wenn doch, sehe ich einfach aus, als würde ich meditieren.«

»Klingt perfekt. Das werde ich auch tun«, sagte ich und beschleunigte meinen Schritt. Als ich dort ankam, schaute ich hinunter auf die Stelle, wo das Schloss sein sollte. Ich wünschte, es wäre ein echtes Schloss. Die Aussicht auf den See war hier durch die Bäume etwas versperrt, aber ähnlich der Sicht von einer der Schlosszinnen. Ich fand einen Baumstamm und setzte mich. Ich leerte meinen Geist und war sofort dort.

Sie saß am Fenster und schaute hinaus, als ich hereinkam. Ich ging hinüber, um aus dem Fenster zu schauen. Ich hatte mir nie die Zeit genommen, zu sehen, welche Aussicht es gab. Es war nach Osten ausgerichtet. Von hier aus konnte man ein paar Nebengebäude sehen, die zwischen den hohen Bäumen versteckt waren.

»Es gibt Pferde im Stall«, sagte May mit verträumter Stimme.

»Wirklich? Können wir sie sehen gehen?«, fragte ich aufgeregt.

»Ich sehe keinen Grund, warum nicht«, antwortete sie und stand vom Fenstersitz auf.

Keiner von uns wusste, ob es am östlichen Teil des Schlosses Außentüren gab. Wir wussten, dass es eine Tür gab, die zum Innenhof führte, und wir dachten, dass wir, wenn wir keine andere finden könnten, durch diese hinausgehen würden.

Es gab eine Tür, nur wenige Türen vom gelben Zimmer entfernt. Die Konfiguration war identisch mit der Westseite des Schlosses, die ich vom Innenhof aus betreten hatte. Die Außentür musste vom Dienstpersonal benutzt worden sein, denn man erreichte sie, indem man eine halbe Treppe hinunterging.

Wir machten uns auf den Weg zum größten der Gebäude. Es war niedriger als das Schloss, vielleicht nur zwei Stockwerke hoch. Es war etwa so breit wie eine Straße und musste mindestens einen halben Kilometer lang sein, aber von außen sah es genauso aus wie das Schloss. Ich hatte solche Gebäude in Zeitschriften gesehen. Ich glaube, sie begannen irgendwann, Schlossställe in Wohnungen umzuwandeln.

Diese Ställe waren mit Pferden und den üblichen Stallutensilien gefüllt. Und es waren ziemlich viele Leute darin beschäftigt. Nein, keine Leute, Versionen von mir! Es verwirrte mich immer noch, dass jeder im Schloss eine Version von mir war.

»Ich wünschte, ich könnte hier leben«, sagte May, als wir unseren Weg zu den Stallboxen fanden. Keiner von uns wusste etwas über Pferde, daher blieben wir in sicherer Entfernung.

»Ich auch!«, antwortete ich aufrichtig. »Ich frage mich, ob es Schlafzimmer gibt und ob jemand Essen aus den Küchen zubereitet«, sagte ich.

»Ich glaube, dass einige von uns hier leben, obwohl ich nicht sicher bin, wie das funktioniert. Glaubst du, wir müssen in unserer Realität sterben, um dauerhaft hierher zu ziehen?«, fragte sie.

»Vielleicht ist das unsere Version des Himmels«, sagte ich, und wir nickten beide. Die Pferde waren hübsch, aber sie rochen auch. Ohne es zu besprechen, gingen wir wieder hinaus und folgten einem abgenutzten Grasstreifen, der zu einer großen Koppel führte, wo weitere Pferde beim Grasen und Abhängen zu sehen waren.

Wir legten unsere Arme auf den Zaun und starrten zu ihnen hinaus. Ich nahm an, dass May mir sagen würde, was ihr auf dem Herzen lag, wenn sie bereit wäre. Ich hatte es nicht eilig. Dieser Ort war erstaunlich, und da die Zeit hier nicht so verging wie zu Hause, hatte ich gerade nichts Besseres zu tun.

»Also, für mich ist es Mitte Juni, wie für dich Mitte April«, begann sie. Ich nickte, sagte aber nichts. »Das wird so dumm klingen, aber ich glaube, ich möchte Realitäten mit dir verschmelzen«, sagte sie und wartete auf meine Antwort.

Mein Herz flatterte ein wenig. Meine Bauchreaktion war negativ. Ich wollte mein Leben, meinen Körper, nicht mit ihr teilen. Das wäre seltsam, aufdringlich. Dann erinnerte ich mich, dass sie ich war. Dass ihre Realität in allen Aspekten fast identisch mit meiner war, außer der in ihrer tobenden Pandemie. Natürlich wollte sie raus. Sie hatte wahrscheinlich gewartet, bis Aprils Krise vorbei war, bevor sie das Thema ansprach.

»Es ist nicht dumm. Dumm ist, dass ich mich fragte, ob dein Leben besser als meins war, nachdem ich dort einige Zeit verbracht hatte«, sagte ich mit einem Lachen. Ihr schockierter Gesichtsausdruck war unbezahlbar. »Ich habe es schnell überwunden, als mir klar wurde, dass ich die guten Teile deines Lebens in meines manifestieren könnte, ohne die Härten ertragen zu müssen«, fügte ich schnell hinzu.

»Versteh mich nicht falsch, ich liebe mein Leben. Aber es gab ein paar Entwicklungen, die jetzt die Waage kippen und mich dazu bringen, einen Schritt zu machen«, sagte sie.

Dann dämmerte es mir. Es ging um Sam! Sie war mir zwei Monate voraus. Sie war wahrscheinlich zum Schwimmwettkampf gegangen. Aber nein, in ihrer Realität gab es keine Wettkämpfe. Das Schwimmteam hoffte, ihre Aktivitäten mit den April-Sicherheitsmaßnahmen wieder aufzunehmen, aber es hatte keine Garantien gegeben. Vielleicht ging es nicht um Sam.

»Geht es um Mom?«, fragte ich besorgt.

»Nicht ganz. Sie hat vor ein paar Monaten angefangen, Gary zu sehen. Es ist eine Herausforderung, da sie zwei Meter Abstand halten müssen, aber ich glaube, sie sind auf andere Weise näher gekommen. Sie nehmen sich Zeit, einander kennenzulernen«, sagte sie.

»Ja, Mom hat in meiner Realität ihr drittes Date mit ihm. Ich bin sehr aufgeregt«, antwortete ich. Sie nickte zustimmend.

»Ich hatte eine ähnliche Erfahrung mit Sam...«, sagte sie zögernd. Ich lächelte und stieß sie mit meiner Schulter an.

»Erzähl weiter«, drängte ich sie.

»Das Schwimmteam durfte seine Aktivitäten immer noch nicht wieder aufnehmen, also hat Sam viel Freizeit. Er hat ein Trainingsprogramm, das Laufen und Körpergewichtstraining umfasst, aber es dauert nur etwa eine Stunde pro Tag. Da er am nächsten zu unserem Haus wohnt, haben er und ich mehr Zeit miteinander verbracht, sind spazieren gegangen, Fahrrad gefahren, solche Sachen«, erklärte sie.

»Und jetzt seid ihr so eine Art Paar, aber ihr könnt es nicht auf die nächste Stufe bringen?«, fragte ich und sah, worauf das hinauslief. Sie errötete und kickte mit ihren Schuhen einige Kieselsteine weg, während sie mit großem Interesse auf sie hinabstarrte.

Schließlich sagte sie: »Es ist nicht das, was du denkst!«

Ich lachte und stieß sie wieder an. »Du vergisst, dass wir im Grunde die gleiche Person sind. Ich wäre auf keinen Fall bereit für etwas anderes als Händchenhalten, Umarmungen und vielleicht einen ersten Kuss irgendwann«, sagte ich, um sie zu necken. »Ich verstehe es«, fügte ich hinzu. Sie atmete erleichtert aus und sackte gegen mich. Ich legte meinen Arm um sie und ruhte meinen Kopf auf ihrem, im Bewusstsein, dass ich der Selbstberuhigung einen neuen Namen gab.

KAPITEL 31

KAPITEL EINUNDDREISSIG

In jener Nacht, während May die erforderlichen Erinnerungsbesuche absolvierte, hatte ich um ein Treffen mit der Lehrerin gebeten.

»Wie wird es sich anfühlen?«, fragte ich bezüglich der möglichen Verschmelzung.

»Es wird sich nach nichts anfühlen. Sobald die Zeremonie abgeschlossen ist, wird Mays Bewusstsein mit deinem verschmelzen, und wenn du am nächsten Tag aufwachst, wirst du dich wie du selbst fühlen. Fortan könntest du etwas andere Entscheidungen treffen, weil du eine zusätzliche Perspektive haben wirst, aber du wirst es nicht als etwas von dir selbst Verschiedenes wahrnehmen«, erklärte sie.

»Aber was passiert mit Mays Realität?«, fragte ich.

»Ihre Realität wird weitergehen wie bisher. Sie wird weiterhin als May Teil der Gruppe sein«, antwortete die Lehrerin und nippte an dem Tee, den ich abgelehnt hatte.

»Aber wird das nicht seltsam sein?«, fragte ich.

»Für wen?«, fragte die Lehrerin mit schräg gelegtem Kopf.

Gute Frage. »Für mich, für May, eigentlich für alle«, versuchte ich zu erklären.

»Oh ja, ich verstehe. Es tut mir leid, ich dachte, du hättest verstanden, dass nach der Verschmelzung keiner von euch sich daran erinnern wird, wie die Dinge vorher waren«, sagte sie.

Ah, ein wichtiges Detail.

»Okay, wenn wir das also tun, wird Mays Bewusstsein mit meinem verschmelzen, während wir schlafen. Wenn ich aufwache, werde ich keinen Unterschied bemerken und mich nicht an die Verschmelzung erinnern. Wenn sie aufwacht, wird sie in meinem Leben als ich sein und sich nicht an ihre alte Realität erinnern. Habe ich das richtig verstanden?«, fragte ich und rieb mir die Muskeln über den Augenbrauen.

»Ja«, rief sie aus.

»Also gibt es wirklich überhaupt keinen Nachteil dabei«, sagte ich.

»Überhaupt keinen. Und wenn du dich an den Prozess gewöhnst und eine hohe Schwingung aufrechterhältst, wirst du sehen, dass es zu einem regelmäßigen und schnelleren Vorgang wird. Anstatt mühsam an einzelnen Manifestationen in deiner eigenen Realität zu arbeiten, wirst du feststellen, dass viele deiner Wünsche bereits in einer anderen Realität gruppiert sind. Es ist doch viel einfacher, in eine neue Realität zu springen, findest du nicht?«, fragte sie. Ich nickte. Es fühlte sich für mich immer noch wie eine Abkürzung an, aber deshalb war ich hier. Um zu erkennen, dass das Leben nicht so schwer sein sollte und dass ich mit ein wenig Hilfe buchstäblich alles haben, sein oder tun konnte, was ich wollte.

Im selben Moment hoben wir beide den Kopf. Wir wurden in den Zeremonienraum gerufen. Schon? Sie hatte recht, es war ein viel schnellerer Prozess, sobald alle in der Gruppe Zugang zu ihren Erinnerungen hatten.

Die Lehrerin und ich materialisierten uns in dem Raum, in dem die anderen bereits an ihren jeweiligen Plätzen versammelt waren. Ich stellte mich unter mein Porträt und untersuchte es genau, falls September neue Hinweise auf mein zukünftiges Leben hinzugefügt hatte. Es hatte sich nicht verändert, und ich zwinkerte ihr zu, bevor ich mich nach vorne wandte.

May trat in den Kreis und sprach ihre Absicht aus. Niemand erhob Einspruch, und es war geschehen. So einfach war das. Ich wollte bleiben und mit dem Führer sprechen, aber sobald May zu ihrem Porträt zurückkehrte, wurde mir schwarz vor Augen.

KAPITEL 32

KAPITEL ZWEIUNDDREISSIG

D er Rest der Woche verlief ereignislos. Mama hatte nicht nur zugestimmt, dass ich mit Sams Eltern zum Schwimmwettbewerb gehen konnte, sondern war auch überglücklich, dass ich irgendwo sein würde, während sie mit Gary unterwegs war.

Gary holte sie am Samstag gegen neun Uhr morgens ab. Da die Katze nun aus dem Sack war, stellte sie ihn kurz vor, als er an der Tür klingelte, umarmte mich dann schnell und sagte mir, ich solle eine gute Zeit haben.

»Du auch!«, sagte ich und winkte ihnen von der Veranda aus nach. Ich brannte darauf, Gary zu umarmen, aber das wäre seltsam gewesen. Ich musste einfach abwarten.

Ich verbrachte den Vormittag damit, für meine anstehenden Mathe- und Naturwissenschaftstests zu lernen. Ich fragte mich, ob die Lehrer planten, uns alle Tests und Aufgaben in derselben Woche zu geben. Wir hatten in Englisch und Französisch jeweils mit einem neuen Roman begonnen. Für beide mussten bis Montag Kapitelfragen beantwortet werden.

Ich ging auf die Terrasse, um zu Mittag zu essen und einige Seiten aus dem französischen Buch zu lesen. Es war nicht schlecht. Es war der erste Roman einer Trilogie über Ameisen. *Echt jetzt?* Nach ein paar Kapiteln fragte ich mich, ob dies die Inspiration für den Animationsfilm *Antz* gewesen sein könnte. Nach einer kurzen Recherche im Internet fand ich heraus, dass dem nicht so war, beschloss aber trotzdem, mir den Film bald anzusehen.

Nach dem Mittagessen packte ich meine Sachen zusammen und wartete auf Sams Eltern. Seine Mutter hatte angerufen und gesagt, sie würden mich gegen ein Uhr nachmittags abholen. In letzter Minute schnappte ich mir meinen französischen Roman und steckte ihn in meine Tasche. Falls es Zeit totzuschlagen galt, wäre ich froh, ihn dabei zu haben.

Sams Staffelrennen war für drei Uhr nachmittags angesetzt. Wir kamen etwa fünfzehn Minuten vorher an und hatten Zeit, einen guten Platz zum Zuschauen zu finden. Es war ein regionaler Wettbewerb und es gab viele Zuschauer. Der Lärmpegel war sehr hoch, und ich überlegte, mir meine Ohrstöpsel einzusetzen, nur um das Chaos auszublenden. Aber Sams Mutter erzählte mir ständig etwas über die anderen Schwimmer und die anderen Teams, und das wäre unhöflich gewesen.

Schließlich riefen sie die Teams für das Vierhundert-Meter-Staffelrennen auf. Sam schwamm hundert Meter Schmetterling. Es war ein knappes Rennen und sie belegten den zweiten Platz. Das Team und der Trainer schienen zufrieden.

Wir schauten auf die Anzeigetafel und sahen, dass sie als Nächstes zwei der Finalläufe schwimmen würden. Sam hatte gerade mal fünfzehn Minuten, um Luft zu holen, bevor er für das Fünfzig-Meter-Freistil-Rennen aufgerufen wurde. Er brachte es völlig auf den Punkt und gewann das Rennen. Ich jubelte und sprang mit seiner Familie auf und ab, winkte wie verrückt, damit er wusste, wo wir waren, für den unwahrscheinlichen Fall, dass er uns nicht hören konnte.

Mit einem breiten Grinsen winkte er zurück und zeigte auf die Stelle, wo sie die Medaillen und Pokale des Tages verteilten. Ich machte mit meinem Handy ungefähr so viele Fotos wie seine Mutter. Ich war so stolz auf ihn, dass ich hätte platzen können.

Wir warteten in der Empfangshalle auf ihn. Nach etwa dreißig

Minuten erschien Sam mit zwei Medaillen um den Hals. Die Goldmedaille für das Freistilrennen und eine Bronzemedaille für die Staffel. Wir applaudierten pflichtbewusst unserem furchtlosen Gewinner.

Seine Eltern luden uns zum Feieressen in Sherbrooke ein. Sam wollte Kohlenhydrate, also gingen wir zu dieser italienischen Kette, die eine Brotbar hatte. Ich war seit Jahren nicht mehr dort gewesen und freute mich, als ich sah, dass sie immer noch die Estragonbutter hatten, die ich so liebte. Ich musste aufpassen, dass ich noch Platz für die Lasagne ließ, die ich bestellt hatte. Am Ende musste ich mir keine Sorgen machen, denn Sam aß die Teller von allen leer.

Obwohl ich im Laufe der Jahre oft bei Sam zu Abend gegessen hatte, war ich noch nie mit ihnen ausgegangen. Es hätte peinlich sein können, war es aber nicht. Niemand in seiner Familie machte irgendwelche unpassenden Bemerkungen darüber, dass dies ein Date sei oder so, und sein Bruder war wirklich süß. Ich fühlte mich wie ein Teil der Familie, und das half mir, die Möglichkeit von Sam und mir als Paar anzunehmen.

Nach dem Dessert machten wir uns auf den Heimweg. Es war nach neun, als wir nach Hause kamen, und wieder war es nicht unangenehm. Ich dankte Sams Eltern, winkte Curtis zu, gab Sam die übliche Umarmung und sagte ihm, dass ich ihm am nächsten Tag schreiben würde.

Mama war zu Hause, als ich ins Haus kam. Ich hatte ihr eine Nachricht geschickt, bevor wir das Restaurant verließen, damit sie sich keine Sorgen machte, aber sie sagte, sie sei selbst erst vor einem Moment nach Hause gekommen. Sie trug ihren Bademantel und wollte gerade unter die Dusche springen. Ich sagte ihr, sie solle ruhig gehen, und wir könnten unser Gespräch führen, wenn sie fertig sei.

Während ich wartete, schaute ich mir die Bilder an, die ich von Sams Rennen gemacht hatte. Ich wählte meine Favoriten aus und schickte sie ihm. Er dankte mir für die Bilder und dafür, dass ich zum Rennen gekommen war. Ich sagte ihm, dass ich eine tolle Zeit gehabt hatte, und bat ihn, seinen Eltern noch einmal für mich zu danken. In diesem Moment klingelte mein Handy. Es war Sam.

»Hey, was gibt's?«, fragte ich.

»Ich wollte dir nur sagen, wie viel es mir bedeutet hat, dass du heute dabei warst«, sagte er.

»Das hast du mir schon gesagt, du Scherzkeks«, antwortete ich lachend, aber ich hörte auf, als ich bemerkte, dass er nicht lachte. Es gab eine Pause, dann zwei. Ich wartete.

»Also, willst du morgen zu mir kommen, um für den Mathetest zu lernen?«, fragte er zögernd.

Wir lernten ziemlich effizient über Videokonferenz, aber das erwähnte ich nicht. Stattdessen konterte ich mit: »Wie wäre es, wenn du hierher kommst? Meine Mutter wird denken, es sei zu viel Zumutung, zwei Tage hintereinander mit deiner Familie zu verbringen.«

»Ja, klar. Wann?«, fragte er. Ich wollte das mit Mama absprechen, also sagte ich ihm, ich würde ihm die Uhrzeit schreiben, bevor ich ins Bett ginge.

»Gute Nacht, Clare«, sagte er ins Telefon.

»Gute Nacht, Sam«, antwortete ich. Es war das erste seltsame Ding, das wir zueinander gesagt hatten. Bis jetzt waren wir einfach nur normale Freunde gewesen. Wir hätten uns nicht angerufen und auch nicht gute Nacht gesagt. Ich fühlte mich ein bisschen kribbelig.

Mama war in der Küche und machte Tee, als ich mit Sam fertig war. Sie fragte nach dem Rennen und ich erzählte ihr vom Abendessen und meinen Plänen, am nächsten Tag mit Sam zu lernen. Ich konnte sehen, dass sie darauf brannte, etwas zu der Veränderung in unserer Beziehung zu sagen. Aber das Ausmaß des Grinsens, das ich immer noch auf dem Gesicht trug, muss sie dazu gebracht haben, es sich anders zu überlegen.

»Sag ihm, er soll gegen zwei Uhr kommen, dann kann er zum Abendessen bleiben«, sagte sie.

»Danke, dass du nicht komisch deswegen bist, Mama«, sagte ich und gab ihr eine schnelle Umarmung. Geschickt lenkte ich das Gespräch zurück zu ihr, bevor sie mich aufziehen konnte. »Und wie war dein Date mit Gary? Es kann kein sehr romantisches Date gewesen sein, wenn du in deiner Wanderkleidung zu Abend gegessen hast, ganz verschwitzt und schmutzig«, sagte ich mit einem Lächeln.

»Ich glaube, *dieses* Date kommt als Nächstes«, sagte sie augenzwinkernd. »Die Wanderung war fantastisch. Wir haben ein ähnliches Tempo und wir haben beide viel zu oft angehalten, um Fotos zu machen. Wir haben auf dem Heimweg in einem Pub zu Abend gegessen. Viele Leute halten dort für ein Bier und einen Happen an, nachdem sie draußen waren, wir haben genau dazu gepasst«, antwortete sie.

»Also lief es gut, wenn du schon über das nächste Date nachdenkst«, sagte ich, während ich auf der Kante meines Stuhls saß und viel zu eifrig aussah. Sie schien es nicht zu bemerken, oder vielleicht war es ihr auch egal.

»Ja, es lief gut. Ich mag ihn. Man kann leicht mit ihm reden und er kommuniziert klar. Ich muss nie erraten, was er meint. Er ist die Art von Person, mit der jeder gut auskommt«, sagte sie ein wenig wehmütig. Wenn ich gehofft hatte, mehr aus ihr herauszubekommen, würde es heute Abend nicht passieren.

Sie schaute auf ihre Uhr, stand auf und sagte mir, dass es Zeit sei, ins Bett zu gehen.

KAPITEL 33

KAPITEL DREIUNDDREISSIG

Sam und ich verbrachten immer mehr Zeit miteinander, hatten unseren Freunden aber noch nicht verraten, dass wir mehr als nur Freunde wurden. Wir genossen das Leben in unserer kleinen Blase. Es gab so vieles, was ich noch nicht über Sam wusste. Zum Beispiel, dass er früher nach der Schule mit seinem Opa angeln ging und nach dessen Tod so traurig war, dass seine Eltern ihn im Schwimmteam angemeldet hatten, um ihn zu beschäftigen.

Und irgendwie hatte ich eine Million kleine Nuancen seines Ausse- hens übersehen. Ich wusste schon immer, dass Sam gutaussehend war, aber seine sandfarbenen Haare, seine olivfarbene Haut und seine braunen Augen hatte ich als selbstverständlich angesehen. Je länger ich ihn betrachtete, desto mehr entdeckte ich. Zum einen war seine natürliche Haarfarbe kastanienbraun, aber der ständige Kontakt mit Chlor hatte sie ausgebleicht.

»Ich würde meine Haare gerne schulterlang wachsen lassen«, hatte er einmal gesagt und mich damit völlig überrascht. Er erklärte, dass er sie kurz hielt, damit es einfacher war, die Schwimmkappe aufzusetzen. Weil er sie so regelmäßig schnitt, waren sie nie so strohig oder trocken wie die Haare anderer Schwimmer. Ich liebte es, mit meiner Hand hindurchzufahren, die Form seines Schädels zu spüren, die Wärme seines Kopfes. Manchmal ließ ich meine Hand einfach auf seinem Scheitel ruhen und sagte, ich würde seine Genialität aufsaugen.

Als Antwort wickelte Sam meine langen blonden Locken um seinen Arm und zog sie langsam wieder heraus, um den Strudel zu bewundern, den er erzeugt hatte, bevor mein Haar wieder zu seinem perfekt geraden Vorhang an meinem Rücken zurückkehrte.

»Du bist wie eine Meerjungfrau, die auf einem Felsen sitzt und mich aufs Meer hinauslockt«, sagte er und schaute mich staunend an. Seine Augen waren nicht einfach nur braun. Sie waren mit Gold gesprenkelt und nahmen einen grünlichen Schimmer an, wenn er mich so anstarrte. Es war, als würde er goldene Funken verstreuen, wohin sein Blick auch fiel.

»Ich kann keine Meerjungfrau sein, dafür schwimme ich nicht gut genug. Aber ich habe magische Fähigkeiten«, antwortete ich und erzählte Sam von meinen Besuchen im Schloss, aber ich konnte erkennen, dass Sam mir nicht ganz glaubte. Er glaubte zwar, dass ich nachts davon träumte, aber nicht den Teil über die Besuche am Tag oder dass die anderen durch Telepathie kommunizierten. Er dachte, ich müsse zu diesen anderen Zeiten geschlummert haben. Zum Beispiel, wenn ich beim Yoga entspannte.

Wie auch immer, das Wichtigste war, dass er mich nicht für verrückt hielt und es cool fand, da es mir half, in der Schule besser zu werden und mir weniger Sorgen zu machen. Es tat gut, miteinander zu reden und sich zu öffnen, unsere innersten Geheimnisse und Wünsche zu besprechen.

Im Mai begann Mel mit täglichen Proben während der Mittagspause und nach der Schule für das bevorstehende Theaterstück. Julie fing an, mit James auszugehen, einem Typen aus dem Robotikprogramm. Die beiden waren sofort unzertrennlich und unerträglich.

In der Zwischenzeit brachte ich meine Schularbeiten und Prüfungen mit Bravour hinter mich, und da Sam und ich nicht die ganze Zeit rumknutschten, verbrachten wir viel Zeit zusammen mit Lernen. Wir waren sowieso noch nicht zum ersten Kuss gekommen. Da die Abschlussprüfungen bevorstanden und wir zögerten, weil wir unsere Freundschaft nicht ruinieren wollten, nahmen wir es langsam an. Da mein Geburtstag im Juni bevorstand, beschlossen wir, uns vor meiner Party vor unseren Freunden zu outen.

Zur Belohnung für das Bestehen der regionalen Matheprüfung gingen Sam und ich an einem Dienstagnachmittag während der ersten Prüfungswoche ins Kino. Keiner von uns hatte am nächsten Tag eine Prüfung, und wir konnten es uns leisten, ein bisschen Dampf abzulassen.

Nach dem Film schlenderten wir Hand in Hand die Hauptstraße entlang, als wir Mel und ihrer Mutter begegneten. Mel war eine ausgezeichnete Schauspielerin, aber der anfängliche Blick des Schocks, dann der Wut, den sie zeigte, war echt. Ihr Blick war auf unsere verschränkten Hände fixiert, und die Hitze ihres Blicks fühlte sich an, als würde sie mit einem Laser ein Loch hineinbohren. Instinktiv ließ ich Sams Hand los, aber er ergriff sie nur noch fester.

»Hallo, Frau Darby. Hallo, Mel«, sagte er geschmeidig und klebte ein Lächeln auf sein schönes Gesicht. Er drückte meine Hand und ich tat es auch.

Mels Gesicht verwandelte sich sofort in eine Vision der Freude und des Wohlwollens. Sie eilte auf uns zu und gab uns eine gemeinsame Umarmung, küsste jeden von uns auf die Wange.

»Schaut euch an! Ich wusste gar nicht, dass ihr zusammen seid!«, rief sie aus, als wäre dies die beste Nachricht aller Zeiten. Wie gesagt, sie war eine großartige Schauspielerin.

Ihrer Mutter war es unangenehm und sie sagte: »Schön, euch zu sehen, Sam und Clare. Ich hoffe, es geht euren Eltern gut?«, fragte sie und lächelte so aufrichtig wie möglich.

Wir nickten beide und antworteten mit den üblichen Höflichkeitsfloskeln.

»Gut, gut. Wir müssen wirklich weiter, Mel hat einen Termin beim Kieferorthopäden«, sagte sie und begann, Mel die Straße hinunter zu ziehen.

Sie drehte sich um und winkte uns zu. »Wir sehen uns in der Schule!«, sagte sie mit fröhlicher Stimme, aber ihre Augen zerlegten uns in Stücke.

Auf dem Heimweg war ich ein Nervenbündel. »Sie wird es Julie erzählen und dann haben wir ein Problem. Wir hätten nicht so lange damit warten sollen, es ihnen zu sagen. Ich bin so ein Idiot«, sagte ich, kaum dass ich zwischen den Sätzen Luft holte.

Sam ließ meine Hand los und legte einen Arm um mich. »Entspann dich, sie werden darüber hinwegkommen. Wir sind seit ewig befreundet, das wird nichts ändern«, sagte er. Ich lehnte mich an ihn, konnte aber das Gefühl des bevorstehenden Unheils nicht abschütteln. Er war naiv. Dies würde alles ändern.

Als wir an meinem Haus ankamen, umarmte er mich fest und sagte mir, ich solle nicht zu viel nachdenken.

»Und versuch auch nicht, Schadensbegrenzung zu betreiben«, sagte er und wedelte warnend mit dem Finger. »Lass es sich entwickeln. Lass Mel es Julie erzählen und ihre Gefühle rauslassen. Lass sie mit Julies Reaktion umgehen. Auf diese Weise können wir uns mit beiden zusammen auseinandersetzen, sobald der größte Teil ihrer Schimpftirade vorbei ist«, fügte er hinzu, als er sich zum Gehen wandte. Er warf mir eine Kusshand zu und machte eine Geste, dass ich ihn später anrufen sollte. Ich fing den Kuss auf und hielt ihn an meine Brust, während ich ihm nachsah, wie er die Straße hinunterging.

Ich ging hinein und antwortete auf die automatische Schwänzer-Nachricht, die die Schule schickte, als wir nicht zu den Nachmittagslernstunden erschienen. Mama war einverstanden damit, dass ich zu Hause lernte, und es würde ihr die Mühe ersparen, eine Nachricht auf dem Anrufbeantworter der Schule zu hinterlassen.

Mit dieser Aufgabe erledigt, begann ich mit dem Abendessen, während ich über die Situation grübelte. Als der Salat fertig war und der gefüllte Schweinebraten, den Mama vorbereitet hatte, im Ofen stand, versuchte ich, mich auf meine Naturwissenschaftsnotizen zu konzentrieren. Ich brannte darauf, genau das zu tun, wovon Sam abgeraten hatte. Bei laufendem Ofen konnte ich nicht spazieren gehen. Ich musste das in Ordnung bringen. Ich musste etwas tun.

Dann kam mir der Gedanke, eine der Mädchen anzurufen. Welche? April schien die beste Wahl zu sein, da sie vielleicht eine ähnliche Situation erlebt hatte, obwohl sie nicht die gleichen Freunde hatte. Januar war die optimistischste und Dezember war die ausgeglichenste. Ich entschied mich für April, konnte sie aber nicht erreichen. Ich versuchte es bei den anderen beiden und bekam keine Antwort. Ich seufzte frustriert.

Ich legte mich auf mein Bett, räumte meinen Kopf so gut wie möglich frei und versuchte, zum Schloss zu gehen. Warum funktionierte es nicht? Beim Klang der Ofenuhr gab ich auf und ging, um sie auszuschalten. Es ging mir auf die Nerven. Als ich den Schweinebraten aus dem Ofen nahm, begann der Rauchmelder zu kreischen, und alles, was ich tun konnte, war, ihn anzuschreien, er solle die Klappe halten. In dem Moment kam Mama herein.

»Alles in Ordnung, Schatz?«, fragte sie, als ich anfing zu weinen. Sie eilte herbei, hin- und hergerissen zwischen mir in den Arm nehmen und dem heulenden Mahner zum Schweigen zu bringen, dass sie den Ofen reinigen musste.

Sie entschied sich klug, mit dem Pappkarton in der Luft zu wedeln, während ich das Fenster einen Spalt öffnete.

»Was ist passiert?«, fragte sie und streichelte beruhigend meinen Rücken. »Hattest du Streit mit Sam?«

Unter Schniefen und Schluchzen erzählte ich ihr, was passiert war. Sie nahm ein Taschentuch aus der Schachtel neben ihrem Schreibtisch und gab es mir. Sie strich mir die Haare aus dem Gesicht, damit sie nicht in meinem Rotz klebten.

»Ach Liebes, du machst viel zu viel daraus«, sagte sie und versuchte, nicht zu lächeln. »Einen Moment lang dachte ich, du hättest deine Matheprüfung vermasselt.« Sie ging zum Kühlschrank und goss sich ein Glas Roséwein ein. Sie streifte ihre Anzugjacke ab und fragte, ob ich drinnen oder draußen essen wolle. Ich zog es vor, drinnen zu essen, da die Wärme des Juni die üblichen stechenden Kreaturen angelockt hatte.

Wir deckten den Tisch und begannen zu essen. Obwohl wir perfekt gesunde Muffins zum Nachtisch hatten, fragte Mama, ob ich nach dem Abendessen zur Eisdiele laufen wolle. Das war ein sicherer Weg, um meine Laune sofort zu verbessern.

Unterwegs erzählte ich ihr, was Sam gesagt hatte, und sie stimmte seinem klugen Rat zu.

»Hast du irgendeinen Grund zu glauben, dass Julie oder Mel heimlich Gefühle für dich oder Sam haben?«, fragte sie, während wir auf unsere Bestellung warteten. Mama hatte sich für Amaretto-Frozen-Yogurt entschieden, während ich eine Schoko-Vanille-Mischung mit Schokolade und Nüssen bestellt hatte.

Ich dachte über ihre Frage nach. Julie war immer noch mit James zusammen, und nach ihren heißen Knutschsessions an ihrem Spind zu urteilen, würde ich sagen, es war sicher, dass Julie keine Absichten auf einen von uns hatte. Was Mel betrifft, sie schien wirklich wütend zu sein. Es gab nichts in ihrem Verhalten mir gegenüber, was mich glauben ließ, dass sie in mich verknallt war. Und ich hatte auch nichts in Richtung Sam bemerkt, obwohl es möglich war, dass sie sich anders verhielt, wenn sie mit ihm allein war.

»Ich glaube nicht«, antwortete ich, nicht hundertprozentig sicher.

»Nun, dann ist es ein Vertrauensbruch. Niemand mag es, der Letzte zu sein, der etwas erfährt. Die Tatsache, dass ihr durch die Stadt paradiert seid, hat sie wahrscheinlich denken lassen, dass ihr bereit wart, dass es alle erfahren – nur sie nicht«, sagte Mama und holte unsere Leckereien.

Da wir noch Dinge zu erledigen hatten, beschlossen wir, auf dem Heimweg zu essen.

»Wir sind nicht durch die Stadt paradiert, Mama!«, rief ich entrüstet. »Wir haben nur Händchen gehalten!«

»Ich weiß, ich weiß. Aber du verstehst, was ich meine«, antwortete sie. Ich nickte, und wir gingen schweigend weiter, während wir unsere Leckereien genossen. Ich seufzte zufrieden und gab Mama einen Schubs mit der Schulter.

»Danke, Mama«, sagte ich.

Sie küsste meine Schläfe und erwiderte: »Jederzeit, mein Mädchen.«

KAPITEL 34

KAPITEL VIERUNDDREISSIG

In dieser Nacht schaffte ich es endlich zum Schloss. Der gelbe Raum war leer, also steuerte ich auf den Aufzug zu, der mich hinunter zum Büro der Lehrerin bringen würde. Ich könnte versuchen, sie anzurufen, aber ich war immer noch voller nervöser Energie. Ich hatte den Rat meiner Mutter und Sam befolgt und dem Drang widerstanden, Mel und Julie zu kontaktieren. Tatsächlich hatte ich das Festnetztelefon benutzt, um Sam vor dem Schlafengehen anzurufen, und mein Handy oder Tablet gar nicht benutzt, um meine eigene Einhaltung der Regeln sicherzustellen.

Auf dem Weg kreuzte ich den Pfad einer Führerin. Es gab keine Möglichkeit zu wissen, ob sie dieselbe Führerin war, die unsere letzten beiden Zeremonien geleitet hatte. Sie trug denselben langen, blasrosa Umhang, der mit einer magentafarbenen Schärpe gebunden war. Und natürlich sah sie aus wie eine ältere Version von mir. Ich schätzte sie auf etwas über fünfzig. Sie hatte die gleiche Anzahl grauer Haare wie Mama, aber das konnte kein sehr genaues Maß für das Alter einer Person sein.

»Hallo, haben Sie einen Moment Zeit?«, fragte ich sie. Sie blieb stehen, lächelte und sagte, sie hätte alle Zeit der Welt. Ich lächelte als Antwort. In der Tat.

»Ich war auf dem Weg, meine Lehrerin zu finden, aber vielleicht können Sie mir helfen. Ich brauche Führung. Sollte ich eine formelle Anfrage stellen? Gibt es ein Verfahren, dem ich folgen muss?«, fragte ich mit so viel Ehrfurcht, wie ich aufbringen konnte.

»Ich bin jetzt hier, also bin ich deine Führerin«, antwortete sie. Sie fragte, ob ich mit ihr spazieren gehen wolle, und ich nickte. Sie führte den Weg zu einer der Hoftüren. Die Kinder spielten draußen, und es war eine Freude, all die Mini-Ichs lachen und herumlaufen zu sehen.

»Wann kann ich die Kleinen treffen?«, fragte ich plötzlich. Sie lächelte liebevoll zu den Kleinen, die im Sandkasten spielten. Sie waren so niedlich mit ihren pummeligen Händen und Füßen, wie sie mit den Zehen im Sand wackelten.

»Wenn du nicht mehr Teil einer Gruppe bist, wirst du in der Lage sein, auf deine jüngeren und älteren Selbst zuzugreifen«, antwortete sie und stieß die Türen auf, die zu den äußeren Geländen führten.

Während wir zum See liefen, erzählte ich ihr davon, dass ich die Mitglieder meiner Gruppe oder das Schloss an diesem Nachmittag nicht erreichen konnte. Sie nickte verständnisvoll.

»Erinnerst du dich, wie du das erste Mal hierher gekommen bist?«, fragte sie. Das tat ich.

»Ich war total glückselig und sonnte mich«, sagte ich.

»Genau. Deine Schwingung war hoch, und das Schloss erschien«, sagte sie. Das stimmte. »Wie hast du dich gestern Nachmittag gefühlt?«, fragte sie.

»Besorgt, dass meine Freunde mich hassen könnten, dann frustriert, als ich niemanden um Hilfe erreichen konnte, dann genervt von allem«, antwortete ich.

»Hast du bemerkt, wie es von schlecht zu schlimmer wurde?«, fragte sie, und ich nickte. »Hast du jemals die Gelegenheit gehabt, die emotionale Skala im Internet nachzuschlagen?«, erkundigte sie sich.

Ich errötete und schüttelte den Kopf. Es war mir völlig entfallen. Die Dinge liefen so gut und dann hatte ich angefangen, Sam zu sehen.

»Mach dir keine Sorgen darüber, aber schau es dir früher als später an«, schlug sie vor.

»Ich verspreche es!«, antwortete ich.

Wir waren bei meiner Lieblingsbank angekommen, und sie schlug vor, dass wir uns setzen und die Enten beobachten sollten.

»Das waren negative Emotionen. Alles unterhalb von Zufriedenheit wird dich von deinem Wissen und daher vom Schloss fernhalten. Deshalb ist es zwingend erforderlich, dass du täglich Schritte unternimmst, um deine Schwingung zu erhalten oder zu erhöhen«, erklärte sie.

»Wie zum Beispiel?«, fragte ich.

»Wie einen Spaziergang machen, meditieren, mit deiner Mutter ein Eis essen gehen«, antwortete sie mit einem Augenzwinkern.

Ich hatte solche Praktiken in den Realitäten der anderen bemerkt, aber keine tatsächlichen Schritte unternommen, um sie in mein Leben zu integrieren.

»Die Dinge liefen so gut, ich habe es wohl als selbstverständlich angesehen, dass ich von nun an jederzeit hierherkommen könnte«, antwortete ich und ließ meinen Kopf ein wenig hängen.

»Es ist wichtig, dass du verstehst, dass du nichts falsch gemacht hast. Du wurdest nicht bestraft. Wenn überhaupt, hast du dich selbst bestraft.« Sie machte eine Pause und lächelte wieder. »Jede Emotion, die nicht auf Liebe basiert, muss auf Angst basieren. Kennst du das Gefühl, wenn du von Angst gepackt wirst? Dein Hals fühlt sich zusammengeschnürt an, dein Bauch verkrampft sich, dein ganzer Körper spannt sich an.«

»Ja! Es ist, als würde ein Riese die Freude aus deinem ganzen Körper herauswringen«, antwortete ich.

»Genau. Außer dass du der Riese bist, der den Schlauch verdreht, durch den Lebensenergie oder Liebe fließt. Es ist unmöglich, klar zu denken, wenn du vom Fluss der Liebe abgeschnitten bist«, erklärte sie.

Das ergab perfekten Sinn.

»Aber wie vermeide ich es, Angst zu bekommen oder wütend oder frustriert zu werden? Es könnte Jahre dauern, bis ich meine Gedanken und Emotionen wie diese buddhistischen Mönche beherrsche!«, jammerte ich.

»Du musst deine Emotionen nicht beherrschen oder sogar deine Gedanken überwachen. Du musst dem voraus sein. Du ziehst immer

Menschen und Situationen an, die deiner Schwingung entsprechen. Indem du deinen Tag mit einer hohen Schwingung beginnst, wirst du sicherstellen, dass du jeden Tag einen großartigen Tag hast!«, sagte die Führerin fröhlich.

»Aber ich kann nicht die ganze Zeit glücklich sein, oder?«, fragte ich.

»Nein, und das musst du auch nicht. Du musst dich nur zufrieden oder ausgeglichen fühlen. Zähle deine Segnungen, konzentriere dich nur auf die Dinge, die gut laufen, und lass die anderen Dinge sich von selbst regeln. Wenn du vor einer größeren Herausforderung stehst, kläre sie hier mit uns. Probiere einige Lösungen hier aus, bevor du sie in deinem wachen Leben ausprobierst«, schlug sie vor. Bei meinem verwirrten Gesichtsausdruck fügte sie hinzu: »Wir werden dir mit der Zeit beibringen, wie das geht. Aber für jetzt, wenn das Leben dir einen Kurveball zuwirft, geh einfach mit. Es ist nur ein Spiel und du bist hier, um zu gewinnen«, sagte sie.

Sie stand dann auf und ging zurück zum Schloss. Als ich ihr danken wollte, sah ich, dass sie im Wind verschwunden war.

Ich saß noch eine Weile da und genoss die Sonne auf meinem Gesicht mitten in der Nacht.

KAPITEL 35

KAPITEL FÜNFUNDDREISSIG

Am nächsten Morgen nahm ich mir ein Beispiel an den sportlichen Versionen von mir und ging nach draußen. Joggen konnte ich auf keinen Fall, aber ich konnte meinen Lieblingsweg zum See entlanglaufen. Mama, die bereits mit ihrem Kaffee draußen saß, hob fragend eine Augenbraue angesichts meiner Shorts und Turnschuhe zu so früher Stunde.

»Ich gehe früh spazieren«, sagte ich und ließ sie bei ihrem meditativen Kaffeegenuss zurück.

Es war bereits warm, und ich zog schnell meinen Hoodie aus. Ich war froh, dass ich meine Wasserflasche mitgebracht hatte, denn nach wenigen Minuten hatte ich schon Durst. Ich ging zügig, sowohl wegen der Bewegung als auch, um diesen Spaziergang so kurz wie möglich zu halten. Heute würde ich nicht trödeln. Ich musste nicht den ganzen Tag vergeuden, um meine Schwingung zu erhöhen.

Allein das Gefühl der Sonne im Gesicht, das Zwitschern der Vögel in den Bäumen und der Duft der Kiefern im Wald reichte aus, um mich in gute Stimmung zu versetzen. Ich folgte dem Pfad, der am See entlangführte, setzte mich aber nicht hin. Ich war ja gestern Abend schon hier gewesen! Außerdem sonnten sich alle Enten drüben auf dem Steg, bevor der Bootsaufseher für den Tag ankam. Ich winkte ihnen kurz zu und war mir sicher, dass sie alle zurückquakten.

Als ich nach Hause kam, war ich überrascht, ein Fahrrad in unserer Auffahrt zu sehen. Drinnen entdeckte ich, wem es gehörte. Es war Mel. Sie aß einen Muffin an der Küchentheke und plauderte mit Mama über das Schultheaterstück. Die Aufführung war diesen Freitag und sie war sehr aufgeregt deswegen.

Als sie mich entdeckte, hörte sie auf zu reden und stand auf.

»Hi, Clare«, sagte sie. Sie wirkte nervös und ich wusste nicht warum. Vielleicht hatte sie versucht, mir eine Nachricht zu schreiben, und beschlossen, stattdessen herzukommen, als sie keine Antwort bekam. Ich hatte mein Handy nicht überprüft, als ich aufwachte.

»Hi, Mel«, antwortete ich ruhig und gab ihr Raum, um zu sagen, weshalb sie gekommen war.

»Willst du mit dem Fahrrad zur Schule fahren?«, schlug sie mit einem zaghaften Lächeln vor. Erleichtert lächelte ich ebenfalls.

»Ja, klar. In dem Fall dusche ich nicht, wenn wir auf dem Weg sowieso ins Schwitzen kommen. Ich ziehe mich nur schnell schulkonform um«, sagte ich und ging in mein Zimmer. Eigentlich hatte ich nicht vorgehabt, heute Morgen zur Schule zu gehen, da ich keine Prüfung hatte, aber ich wollte dieses Friedensangebot annehmen. Ich konnte immer noch bei der Nachhilfestunde in Naturwissenschaften vorbeischauen und dann nach Hause kommen. Ich packte meine Sachen in meinen Rucksack, schnappte mir einen Muffin und gab Mama einen Abschiedskuss.

Ich aß den Muffin, während ich mein Fahrrad aus der Garage holte, und dann fuhren wir los.

»Also, ich weiß nicht, ob du irgendeine meiner Nachrichten von gestern Abend gelesen hast«, begann sie mit Blick auf die Straße vor uns.

»Um ehrlich zu sein, nein. Sam und Mama meinten, ich sollte dir einfach etwas Raum geben«, erwiderte ich.

»Das ist super. Sei so nett und lösche sie alle. Ich habe überreagiert. Ich glaube, ich fühlte mich einfach ausgeschlossen. Nicht, dass du und Sam mich ausschließen würdet, aber mit Julie, die mit James zusammen ist, und euch beiden als Paar, fühlte ich mich buchstäblich wie das fünfte Rad am Wagen«, sagte sie.

»Es tut mir so leid, dass wir es dir nicht früher gesagt haben. Ich schätze, wir wollten die Gruppendynamik nicht durcheinanderbringen, bis wir wussten, dass es funktionieren würde«, sagte ich.

»Ich verstehe das. Und nur damit du's weißt, ich hätte dasselbe getan. Es wäre einfach für alle unangenehm gewesen, wenn ihr es gleich gesagt hättet und dann festgestellt hättet, dass es ein Fehler war«, antwortete sie.

»Ich bin so froh, dass du heute Morgen vorbeigekommen bist und wir dieses Gespräch hatten. Wie denkt Julie darüber?«, fragte ich sie.

»Sie meinte, sie wusste, dass ihr beide zusammenkommen würdet, und sie freut sich für euch. Ich glaube, sie ist so in ihrer eigenen kleinen Liebesblase gefangen, dass sie will, dass jeder mit jemandem zusammen ist«, antwortete sie mit einem Kichern.

»Also, immer noch Freunde?«, fragte ich kleinlaut und warf ihr einen Seitenblick zu.

»Immer«, sagte sie und streckte ihre Faust für einen Bump aus. Meine Hand ging ihr entgegen, aber wir wären fast zusammengestoßen. Wir lachten so heftig, dass wir einen Block von der Schule entfernt anhalten und verschnaufen mussten.

Wir waren früh dran, also bat mich Mel um Details über meine aufkeimende Beziehung mit Sam. Ich gab ihr die Kurzversion. Es gab eigentlich keine Langversion, wir arbeiteten noch daran. Als ich fertig war, stiegen wir wieder auf unsere Fahrräder und fuhren zum Fahrradparkplatz. Ich begleitete sie zu ihrem Spind, wünschte ihr viel Glück für ihre Prüfung und ging zurück, um mein Fahrrad zu holen.

Ich brauchte die Nachhilfestunden nicht und würde viel bequemer zu Hause unter dem Pavillon lernen. Spontan fuhr ich zu Sams Haus. Es war mittlerweile nach neun und er war alleine zu Hause. Wir waren noch nie allein gewesen, immer war jemand in der Nähe.

Er bat mich herein und fragte, ob ich etwas essen oder trinken wolle. Ich lehnte ab. Wir setzten uns auf sein Sofa, ich klammerte mich immer noch an meinen Rucksack, den ich abgenommen hatte.

Wir sagten mindestens dreißig Sekunden lang nichts. Mein Herz raste, und der Schlag wurde in meinen Ohren ohrenbetäubend laut.

Ich zuckte zusammen, als Sam meinen Rucksack nahm und ihn auf den Boden stellte. Meine Hände fingen an zu zappeln, also nahm er eine davon. Die andere zuckte auf meinem Schoß wie ein Fisch auf dem Trockenen. Er nahm auch diese und zog daran, sodass ich mich leicht umdrehte, um ihn anzusehen.

Seine Augen waren auf unsere Hände gerichtet, sein Daumen zeichnete ein unsichtbares Muster auf meiner Hand. Er stand auf und zog mich mit hoch, zog mich ein bisschen näher. Dann blickte er auf, und ich bekam die volle Wucht seines Blicks zu spüren.

Unsere Augen waren wie verschlossen, goldene Funken gingen hin und her. Er lächelte langsam. Meine Lippen formten einen passenden Ausdruck. Wir standen da, hielten Hände, versunken in der Galaxie, die wir zwischen uns geschaffen hatten. Unsere Gesichter näherten sich immer weiter, bis sich unsere Lippen trafen. Zuerst sanft, als wären sie wie Asteroiden zufällig zusammengestoßen. Dann fester.

Ich lächelte. Er lächelte. Unsere Zähne klapperten aufeinander und wir brachen in Gelächter aus, was nur dazu führte, dass unsere Stirnen zusammenstießen. Aber anstatt uns zurückzuziehen und die Beule zu reiben, die sich sicher bilden würde, blieben wir dort, Stirn an Stirn wie verliebte Elefanten.

»Ich liebe dich, Clare Knox«, sagte er mit klarer, sicherer Stimme.

»Ich liebe dich, Samuel Goodman«, antwortete ich mit atemlosem Staunen.

Wir küssten uns erneut, jetzt ernst, aber ohne Eile, dem Ruf der Hormone zu folgen, die langsam in Rage gerieten. Sam ließ meine Hände los und schlang seine Arme um mich. Das war die engste, festeste Umarmung, die wir je ausgetauscht hatten. Es fühlte sich unglaublich an. Es fühlte sich an wie Liebe, Freundschaft, Sicherheit, Aufregung und sogar ein bisschen Abenteuer, alles in einem. Das war eine hohe Schwingung. Das war die höchste Schwingung. Es war pure Glückseligkeit. Der beste Tag aller Zeiten.

Und ich wusste dann und dort, dass ich, wenn ich mich jeden Tag so fühlen wollte, nur den Tag mit einem Spaziergang wie heute beginnen musste oder mit einer Meditation wie Mama oder mit irgendetwas, das mich in gute Stimmung versetzen würde. Es war kaum zehn Uhr, und ich hatte bereits einen erstaunlichen Tag erlebt.

Schließlich lösten wir uns voneinander und Sam fragte, ob Mama bei mir zu Hause sei. Als ich bejahte, schlug er vor, zu mir nach Hause zu gehen, um zu lernen, da seine Eltern es nicht mögen würden, wenn wir allein zu Hause wären, und er gab zu, dass es ihm schwerfiel, die Hände von mir zu lassen. Ich fühlte dasselbe. Wir mussten nicht übereinander herfallen, nur weil wir zum ersten Mal allein waren.

Wir hatten alle Zeit der Welt.

Ende

Wenn du dieses Buch genossen hast, überlege bitte, eine Rezension auf **Goodreads** oder deinem bevorzugten Händler zu hinterlassen.

Rezensionen helfen mir, neue Leser zu erreichen.

Lies *Der Schlüssel der Ahnen*, das erste Buch in **Die Evers-Reihe.**

Finde alle meine Bücher oder tritt meinem Newsletter bei, um ein KOSTENLOSES Exemplar auf meiner Website unter www. mhlebeault.com zu erhalten

ÜBER DIE AUTORIN

Positive, aufbauende Bücher und Geschichten.
Marie-Helene Lebeault lebt in Quebec, Kanada und ist Mutter von zwei jungen Erwachsenen. Als pensionierte Lehrerin verbringt sie ihre Tage nun damit, zu schreiben, akademische Handbücher zu übersetzen und ihre Stimme für Unternehmensschulungsvideos zu leihen. Sie liest gerne, wandert und geht an den Strand. Außerdem ist sie ein begeisterter Achterbahn-Fan und hat es sich zur Aufgabe gemacht, mit ihrer Tochter alle Six Flags Freizeitparks zu besuchen. Jedes Jahr unternimmt sie eine dreiwöchige Solo-Reise in einen neuen Teil der Welt.

www.mhlebeault.com
Folge ihr in den sozialen Medien, sie würde sich freuen, von dir zu hören!

facebook.com/mhlebeaultauthor
x.com/mhlebeault
instagram.com/mhlebeault
amazon.com/author/mhlebeault
bookbub.com/authors/marie-helene-lebeault
goodreads.com/mhlebeault
linkedin.com/in/mhlebeault
tiktok.com/@mhlebeaultauthor

BÜCHER VON DIE AUTORIN

Auf Deutsch

Fee Großmutter-Serie – Bilderbücher für Kinder von 3 bis 7 Jahren

Mila geht in die Antarktis

Mila geht zum Nordpol

Mila geht nach China

Mila geht nach Afrika

Die Evers-Reihe

Der Schlüssel der Ahnen

Die Akademie

Die Zeitwanderin

Die Weltenwandlerin

Blutmagie-Reihe

Blutmagier

Blutmagie

Bluterbe

Legenden Wiedergeboren-Reihe

Ein Fluch aus Schnee und Asche

Ein Fluch aus Dornen und Schlummer

Ein Fluch aus Glas und Schatten

Auf Englisch

Legends Reborn (Fairytale Retellings)

A Curse of Snow and Ash

A Curse of Thorns and Slumber

A Curse of Glass and Shadows

A Curse of Iron and Roses

A Curse of Briars and Hearts

The Chronicles of the Starborne Cadets

Stars Beyond Realms

Shadows of Orion

Echoes of the Void

The Nebula's Heart

The Starborne Paradox

Defenders of the Realm

A Journey to Power

The Quest for the Emerald Rattleback

A Summer of Discovery

The Quest for the Sacred Tree

A Summer of Opposites

The Quest for the Phantom Feather

A Summer of Courage

The Quest for the Kraken's Ink

A Summer of Destiny

The Quest for the Cursed Mirrors

A Summer of Unity

Defenders of the Realm - Special Edition Hardcover Set

The Evers Series

The Ancestors' Key

The Academy

The Time Walker

The World Jumper

5th Anniversary Edition Omnibus

The Traveler's Handbook

The Lost Key

Blood Magick Trilogy

The Blood Mage

Blood Magick

Blood Legacy

Extended Edition Omnibus

Standalones

Clarity Castle

What Happens Next?

Ghost Stories

Holiday Shifters

Echoes of Tomorrow

Utopia

Picture Books

Fairy Grandmother: Millie Goes to Antarctica

Fairy Grandmother: Millie Goes to the North Pole

Fairy Grandmother: Millie Goes to China

Fairy Grandmother: Millie Goes to Africa

(Also available in French, Spanish, German, and Italian)